KASTAŞ YAYINEVİ
Biyografi Dizisi-47

•

KONFÜÇYÜS

•

Eski Çin'deki Devlet Dininin Kurucusu
Dünyanın en uzun süre ve en çok insanı etkilemiş filozofunun yaşam öyküsü.
Çin Mitolojisi - Taoculuk - Buddhacılık
Konfüçyüs'ün iktidarı ele geçirme ve insanları yönetme üzerine koyduğu ilkeler.

ISBN: 978-975-282-098-2

•

Yayınlayan
KASTAŞ YAYINEVİ
0212-5205970

•

Redaktör
EDA ARSLAN

•

Kapak Tasarım
RENK AJANS

•

Baskı
ZAFER MATBAASI
Prof. Kazım İsmail Gürkan Cad.
Üretmen Han No:27-29
Cağaloğlu / İstanbul
0212-5121688

•

Cilt
DERYA MÜCELLİT

•

BİRİNCİ BASKI
Mayıs 2007

YAŞAR ŞAHİN ANIL
ŞASEV ÖZBEK

KONFÜÇYÜS

KASTAŞ YAYINEVİ
Himaye-i Etfal Sok. No: 6
Dr. Orhanbey İş Hanı Cağaloğlu – İstanbul
Tel: 0212 520 59 70 Fax: 0212 511 36 68
web: www.kastasyayinevi.com
e-mail: kastasyayinevi@gmail.com

YAŞAR ŞAHİN ANIL

1939 yılında doğan lise tahsiline kadar yurdumuzun değişik yerlerinde öğrenim gören Yaşar Şahin Anıl; İstanbul Edebiyat Fakültesi Klasik Filoloji bölümünde bir süre okuduktan sonra İstanbul Üniversitesi Hukuk Fakültesinden mezun oldu. Cumhuriyet Savcılığı ve hâkimlik görevlerinde bulundu.

Kartal İcra Teknik Mercii Hâkimliği görevinde iken; 1990 yılında Yeni Adalet Dergisi tarafından yılın hâkimi seçilen Yaşar Şahin Anıl'ın Kastaş Yayınevi tarafından çıkan Fatih Sultan Mehmet, Kanuni Sultan Süleyman, Mahatma Gandhi, Louis Pasteur, Adlî Sultan İkinci Mahmut Han, Sokrates, Galileo Galilei, İzmir Suikastı Davası ve Antik Çağda Demokrasinin Doğuşu isimli eserleri vardır.

ŞASEV ÖZBEK

1975 yılında doğan Şasev Özbek; İstanbul Marmara Üniversitesi Güzel Sanatlar Üniversitesi bölümünü bitirdi. Halen antik kültür tarihi üzerinde çalışmaktadır. Yayınevimizden Pasteur isimli kitabı yayınlanmıştır.

Sayın Rıfat Kasnak'a
teşvikleri için

SUNUŞ

Yeryüzü kültür tarihi içinde; "Olağanüstü" sıfatıyla nitelendirilebilecek insanlardan birisi de, hiç kuşkusuz ki, Konfüçyüs olabilir. Filozof kimliğiyle olduğu kadar; siyasetçi ve toplumbilimcilikte de kendisini kanıtlamış olan bu bilgenin, yetkinliği tartışılamaz. O kadar ki Konfüçyüs, ortaya koyduğu siyasal kuramlarıyla yüzyıllar boyunca Çin yönetimini etkilemiş olduğu gibi; onun toplumsal davranış ve ahlaka ilişkin öğretileri de zaman içinde kutsal nitelikler kazanarak özgün bir "Din" haline gelmiştir. Hatta daha da önemlisi, Konfüçyüs'ün ortaya koyduğu bu inanç ve tapım şekilleri, MÖ 200 yıllarından itibaren, eski Çin Devleti'nin resmi dini katına yükselmiştir.

MÖ 551 yılında, günümüzde Şandung olarak adlandırılmış olan, Çin'in Lu eyaletinde doğan Konfüçyüs; MÖ 479 yılına kadar süren yaşamında; tıpkı öğretisinde kurumsallaştırdığı gibi, dürüst ve sade bir ömür geçirmişti. İnsanların gerçek mutluluğu ancak; iyilik, acıma duygusu, sevgi ve hak tanırlılıkla elde edebileceğini söyleyen filozof; onların bu yüce duygulara erişebilmelerinin ise ancak sağlam bir aile ortamı ve geleneklere saygıyla sağlanabileceğine inanıyordu. Onun içindir ki; Konfüçyüs'ün öğretisini bir inanç biçimi olarak algılayan Çin halkının en çarpıcı özelliği de efendilik ve aileye bağlılık şeklinde gerçekleşti. Çin uygarlığının temelini olduğu kadar; bu ulusun binlerce yıl süren devlet yaşamının sırrını da işte bu özellikler oluşturdu.

Konfüçyüs öğretileri, onun öğrencileri ve izleyicilerinin üstatlarına karşı hiç azalmayan gayret ve bağlılıklarıyla, bütün tarih boyunca geliştirilip en iyi şekilde evrimleştirilmişti. Onun için bu öğretiler, Çin halkının en önemli bilgi ve inanç hazinesi olarak algılanıyordu. O kadar ki; ilke ve söylem olarak Konfüçyüsçülüğe karşı bir ideoloji şeklinde ortaya çıkan Komünizm rejiminden sonra bile; Konfüçyüsçülük varlığını sürdürme olanağını bulmakta zorlanmamıştı. Nitekim; Çin halkı olduğu kadar, Komünist rejim yöneticileri de, konumlarını koruyabilmek için Konfüçyüsçülüğün ilkelerinden alabildiğince yararlanmaktan vazgeçmediler. Öyle ki Konfüçyüs kuramları, ortaya atıldıklarından binlerce yıl sonra da, Çin'in yönetiminde etkilerini sürdürmeye devam etti.

Ancak belirtmek gerekir ki; Çin ulusunun bu büyük bilgesinin ortaya koyduğu kuramlar, yalnızca kendi ülkesinin koşullarında geçerli ve bölgesel birtakım ilkelerden ibaret bulunmuyorlardı. Tam tersine; bu kuramlar bütün insanlığı kapsayan ve ulusların yaşayabilmeleri için uygulamak zorunda oldukları evrensel ilkelerle dayanmaktaydılar. İşte bunun içindir ki; Konfüçyüs'ün ünü Çin sınırlarını aşarak, büyün Uzakdoğu'yu kapsayacak bir yaygınlığa ulaşırken, o aynı zamanda tüm dünyanın kendisinden ders alabileceği bir bilge katına da yükselmişti.

Bu bakımdan, Türkiye'mizde henüz yeteri kadar bilinmeyen bu büyük insanın; ortaya koyduğu özgün öğreti ve kurduğu inanç sistemi ile birlikte tanıtılmasında sonsuz yararlar bulunmaktadır.

Konfüçyüs'ün:

"İnsanları eğitirsek, cahilliği ortadan kaldırmış oluruz. İnsanlara faydalı ve kazanç getirecek işler yapmalarını öğretirsek, dürüst bir hayat yaşamalarını sağlamış oluruz."

"Siz insanların yöneticilerisiniz. İyi olmak önce sizin görevinizdir. Halkın, peşinden gideceği iyi yöneticilere ihtiyacı vardır. Yöneticiler bozuk olurlarsa, vatandaşlar da bozulur."

"İyi olmanın ilk kuralı şudur: Kendinize yapılmasını istemeyeceğiniz şeyleri, başkalarına da yapmayın."

"Bir iyiliği, bu dünyada mükâfatını göreceğiniz için değil, ama sadece iyilik yapmaktan haz ve sevinç duyduğunuz için yapmak, iyiliği sevmektir."

"İyi insan derviş olmaz. Onun birçok dostları vardır."

"Bütün insanlığı sevmek: İşte sevgi budur."

"Sevginin mükâfatı, yine kendisidir. Sevgi her şeyi güzelleştirir. Sevgi barış getirir."

"Bilgili insan, her çeşit aşırılıktan kaçınır. Yeter derecede ileri gitmemek kötüdür. Çok ileri gitmek de kötüdür. Aşırı uçların ortasında kalabilen insandır ki bilgi ve anlayış sahibidir."

"Bir tehlike ortaya çıkınca bırakıp kaçmak değildir insanın görevi. Doğruyu görmek, sonra da onu yapmamak korkaklıktır."

şeklindeki evrensel öğretilerinin, Türk insanının bilgisine katılmaması büyük bir eksiklik olur.

Konfüçyüs'ün; her türlü doğadışı, hayalci ve gizemli yaklaşımlardan arındırılmış; gerçekçi ve uygulamaya yönelik öğretilerinin; tüm insanlığın aydınlanmasına yardımda bulunacağı kuşkusuzdur. Her ne kadar sisteminin monarşik geleneklere bağlılığın yarattığı bazı tutucu yanları varsa da; bunlar; Konfüçyüsçülüğün eğitsel ve idealist niteliklerindeki değerlerin görmezden gelinmesine neden olmamalıdır. Çünkü; Onun, Çin'in küçük bir kentinde başlayarak, kısa zaman sonra bu devasa ülkenin tümünü kapsayan etkinliğinin temelindeki hoşgörü ve akılcılık; dünya uluslarının yüzyıllardır beklediği mutlu günlerin gerçekleşmesine bir katkıda bulunabilir.

Nitekim:

Çin'de Konfüçyüs'ün, komünist rejimden sonra, yeniden saygınlık ve önem kazanması 2006 yılından itibaren resmi bir hal almaya başlamıştır. Çünkü büyük filozofun dünya çapındaki şöhretinin yadsınamaz oluşu, onun ülkesi için kültürel bir hazine olarak ihmal edilemezliğinin de kanıtı durumundaydı. Bu nedenledir ki; dünyaya açılma çabalarına hız vermek isteyen Çin Halk Cumhuriyeti; 2006 yılı sonlarından başlayarak yaklaşık 50 kadar ülkede; "Konfüçyüs Merkezleri" adı altında önemli kültür ve tanıtım birimleri kurarak bu yolda büyük çabalara girişmiştir. 2007 yılında Türkiye'mizde de açılması kararlaştırılan bu kültür merkezleriyle; Konfüçyüs'ün ülkemiz bakımından olan yabancılığının artık sona ereceği söylenebilir.

KU- İnsanın neyi yapması, neyi yapmaması gerektiğini kesin olarak kim biliyor? İyiyi kötüden ayıran sınırları tam bir emniyetle kim kurabilir? Onları birbirinden ayırt etmek için bana gösterdiğiniz kurallar nedir?

Ku-Su- Hocam Konfüçyüs'ün kuralları: "Ölürken gözün arkada kalmayacak gibi yaşa; benzerine, sana nasıl davranmasını istiyorsan öyle davran." İşte bunlar.

VOLTAİRE[1]

[1] Voltaire (kage) C. II, S. 14.

İÇİNDEKİLER

GİRİŞ

Yeryüzü gökyüzü düşçül
Kocaman yankısı çağların suda.
Üstümüze bir parıltı düşer
Konfüçyüs verir elmayı,
Alır Buda.

Fazıl Hüsnü Dağlarca[2]

Heybetli Asya kıtasının en doğu ucundaki Kore ülkesi, çelik bir yay gibi Büyük Okyanus'a uzanır. Ama sonra, güneye doğru öylesine güzel bir kıvrılış yapar ki; ummandan aldığı bir parçayı, koynunda saklıyormuşçasına kendine özgüleyiverir. Öyle ki, artık Sarı Deniz ismiyle anılan bu güzelim mavilik, Japon Adalarına karşı güçlü bir kalkanın korumasında olmanın huzuruyla, anakaraya doğru türlü pırıltılarla çalkalanır. Yakamozlar doğal özgürlükleriyle, Shandong yarımadasının girintili sahillerinin hazırladığı irili ufaklı koylara kadar gelirler. Sert granit kayaların dayanıklı yapılanmalarıyla oluşmuş bulunan kıyılar ise; sanki Kuzey Çin Ovası'nın kapılarıymış gibi dik ve görkemle yükselirler. Gerçi batıya doğru yumuşayan bu eğilimlerin yüksekliği iç taraflarda 450 m.yi de pek geçmez. Ötelerde ise geniş ve bereketli bir ova uzanır. Hatta Lao sayılmazsa, yörede fazla yüksek tepeler de yoktur.

Ama daha batıda, toprak ana, birden ve şaşılası bir sıçrayışla, gökyüzüne doğru şahlanıverir. Burada

---

[2] Dağlarca (kage) S.

Tai Dağı; 1.532 metre yüksekliğe erişir. Öyle ki insanlar bu ulu tepenin; 'hanedanların tanrısal seçimini simgelediğine' inanırlar. Zaten hemen batısından geçerek Shandong yarımadasının kuzeyinden Sarı Deniz'e akan uygarlıklar beşiği Hoang-Ho'nun (Sarı Irmak) sularıyla bereketlenen bu dağın kutsallığını düşünmemek olası da sayılamaz. Sibirya kaynaklı soğuğun, tropik rüzgârlarla ısınmasıyla yeşeren bu doğa; güzelin ciddiyetle şekil bulduğu ya da hırçınlığın sonsuz bir dinginlikle kaynaştığı tanımı zor bir yaşam öyküsü gibidir. Öyle ki; batı yörelerinin; buğday, soya, Hint darısı, pamuk, yer fıstığıyla göveren tarlalarına karşı; doğu yakasının sert kayalar ve aşılmaz uçurumlarla derinleşen yoksulluğunun çatışması bile, burada özgün bir ilginçlikle izlenebilir. Batıdaki heybetli Tai Dağı ile Shandong Yarımadası'nın doğu ucundaki yoksul Fu kenti arasındaki farklılıklar; yaşam çelişkilerinin devasa ve somut örneklerini oluştururlar.

Kuşkusuz; bütün bu anlatılanların MÖ. VI. yüzyıllardaki görünümleri de şimdiki betimlemelerinden pek değişik değildi. Üstelik, o dönemin ilkelliği ölçüsünde; yoksulluklar daha belirgin ve doğal koşullar daha acımasızdılar. Rakipler kuralsız, mücadeleler vahşi ve umutlar çok azdı. İşte onun içindir ki; yoksul Fu kentinin fakir çobanı Konfüçyüs'ün tinsel yeteneklerini, Tai Dağı'nın doruklarıyla eşitleyecek o büyük başarısı; bu ilginç ülkenin tarihsel görkemini yaratmıştı. Fu kentinden yükselen "Akıl Gücü" zamanla bütün Çin İmparatorluğu'nu ele geçirerek; devletin yönetiminde belirleyici bir tılsım haline geldi. Ülkenin doğasından kaynaklanan dayanıklılığı; bu evrensel düşünüş gücünü her türlü insan eğilimini kavrayacak ve her türlü beşeri zorluğu karşılayacak bir niteliğe kavuşturmuştu. Öyle ki; XIII. yüzyılda Çin ülkesini Batı dünyasına ilk kez tanıtan Marco Polo bile: *"Davranışlarında çok incelikli ve saygılıdırlar. Birbirlerini içtenlikle selamlarlar. Ana-babalarına büyük saygı gösterirler. Bir çocuk ana-babasına karşı saygısızlık ederse ve zor günlerde onlara yardım etmezse görevleri, iyilik bilmezlik suçunu katı bir biçimde cezalandırmak olan resmi yargıçlar önüne çıkarılır"* [3] şeklindeki betimlemeleriyle, aslında, Konfüçyüs'ün ilkelerini yinelemekten başka bir şey yapmamaktaydı.

Konfüçyüs'ün, Çin üzerindeki bu etkisi bütün tarih boyunca sürdü. Gerçi bazen onun öğretilerinin yasaklandığı dönemler de olmuştu ama; Çin ulusunun başının derde girdiği her dönemde, yöneticiler Konfüçyüs'ün ilkelerine dönmekte duraksamadılar. Ülkenin en büyük refah ve zenginliklerinin yaşandığı dönemlerde ise bu ünlü filozofun önerdiği kurallar ulusun çoğunluğunca ve içtenlikle benimsendi. Dahası, Konfüçyüsçülük zamanla, bir felsefe olmak niteliğinden daha da genişleyerek ve giderek, bir inanç haline geldi. Hatta, Çin İmparatorluğu'nun resmi dini katına yükseldiği dönemler bile oldu. Çünkü onun görünürdeki törensel davranış kuralları ve diğer gösterişli ilkelerinin altında saklı olan esas nitelikleri, insan topluluklarının oluşumunu belirleyen çok kökten ve temelli birtakım eğilimlere dayanmaktaydılar. O eğilim ve yönelişlerin ise; birtakım yapma hevesler ya da siyasal zorlamalarla yok edilmeleri olanaksız bulunuyordu. Nitekim; Konfüçyüs ilkelerinin sınavdan geçirildiği en önemli ve en çetin süreç; 1949 yılında komünist Çin Halk Cumhuriyeti'nin kuruluşundan sonraki dönemde yaşandı. Eski ve köhne bir düzenin yıkılış coşkusu içinde bulunan devrimciler, eskiyi simgeleyen Konfüçyüs sistemini en büyük düşmanları olarak ilan ettiler.

Kültür Devrimi'nin kutsal metni sayılan ünlü "Kırmızı Kitap"ında Mao Çe Tung: *"Bütün gericiler kâğıttan yapılmış kaplanlardır. Görünüşte korkunçturlar, ama gerçekte o kadar güçlü değillerdir. Olaylara ge-*

---

[3] Polo (kage) S. 111.

leceğin gözüyle bakarsak, güçlü olanların gericiler değil, halk olduğunu göreceğiz"; "Eğer bu hareketler olmasaydı, toprak sahiplerine, zengin köylülere, karşı ihtilalcilere, kötü unsurlara ve sahte dehalara imkân tanınmış olacaktı" [4] şeklindeki söylemleriyle tanıttığı yeni inanç hareketini; kısa zaman sonra Konfüçyüs ilkelerine saldırmakla genişletmişti. Nitekim; daha 1940 yılında: *"Çin'de bir yarı derebeylik kültürü vardır. Bu kültür memleketteki yarı derebeylik sistemiyle iktisadının yansımasıdır. Konfüçyüs kültürünü, Konfüçyüs dinine ait kitapların incelenmesini, eski ahlak ve eski fikirleri salık verenlerin, yeni kültür ve yeni fikirlere karşı çıkanların hepsi bu kültürün temsilcileridir. Bunlar yıkılmadıkça yeni bir kültür kurmak mümkün değildir. Yeni kültürle gerici kültürler arasında bir ölüm-kalım mücadelesi başlamıştır"* [5] sözleriyle büyük bir yıkım hareketini başlatmakta da duraksamamıştı.

İşte Çin Komünist Devrimi'nin bu evresinde; Konfüçyüsçülük o döneme kadar görülmemiş bir baskı altında kaldı. Gerçi, bu olaydan yüzlerce yıl önce İmparator Shi Huang-Ti döneminde de aynı şekilde büyük kovuşturmalara uğramış ve hatta Konfüçyüsçülükle ilgili tüm kitapların toplanıp yakılması gibi bir dönem de yaşamıştı. Ama, modern çağların yönetime sağladığı çok elverişli araçlar ve olanaklar nedeniyle bu son yasaklanma hepsinden daha acılı ve korkunç bir anı olarak belleklere kazındı.

Ne var ki; Konfüçyüs ilkelerinin içlerinde saklanan gizem ve devlet kurma ya da insan yönetiminde ulaştığı olağanüstü başarılar nedeniyle; çok geçmeden; Çin Komünist Yönetimi de Konfüçyüsçülüğün çok etkili araçlarına başvurmaktan geri kalamadı. Çünkü yoksul Fu kentinin; kutsal ve elitlerin konutu Tai Dağı'ndaki efendilerle birlikte yaşatabilme ahen-

---

[4] Tung (kage) - İhtilalin Özü- S. 28, 48.
[5] Tung (kage) - Kültür, Sanat, Edebiyat - S.3.

gini yalnızca o sağlayabiliyordu. Nitekim Çin Devrimi'nden çok kısa bir süre sonra; Mao'nun Konfüçyüsleştirilmesi işlemi başladı. Öyle ki: Marks'ın düşünceleri özünde değişikliğe uğratılmıyordu ama; *"Kendisine ve bütün Avrupa kültürüne has diyalektik, dramatik ve şüpheci düzeyden, hafifçe, belli belirsiz, Konfüçyüs ve genellikle bütün Çin kültürüne has bir eğitici, kural koyucu, yönetici düzeye"* kayıyordu. *"Mao katı, çok katı, insafsız olabilirdi ama katılığı, sertliği öğretici amacından geliyordu."* Üstelik; *"Çinli yığınlarının Maoizm denen Çin ifadeli Marksizm'de yaptığı değişiklik, Konfüçyüsleştirme, Mao'nun Marks'ın düşüncesinde yaptığı Konfüçyüsleştirmeden çok daha önemliydi."* [6] İşte böylece; önderler katında olduğu gibi, halk katında da Konfüçyüsçülük Çin'de yeniden büyük bir ilgi ve giderek de otorite kazandı. Hatta daha da ilginci; 1990 yılından sonra başlayan yumuşama ve kısmi liberalizm dönemi; Konfüçyüsçülük akımının; devlet yönetiminde olduğu kadar, özel girişim anlayışıyla yönetilen kuruluşlarda da etkili olduğu izlenimini veriyordu.

Kuşkusuz ki; Konfüçyüs'ü böylesine güçlü kılan nedenler onu; yoksul Fu kentinin fakir çobanlığından; Tai Dağı denetçisi katına yükselten süreçte gizliydi.

Ama bütün bu gizemli macerayı izleyebilmek için, öncelikle; Çin coğrafyası ile onun çok ilginç tarihini tanımak gerekecektir.

---

[6] Moravia (kage) S. 44-45.

I. BÖLÜM
ÇİN

Şang-Hay büyük bir limandır,
mükemmel bir liman.
Gemileri daha kocamandır
boynuzlu bir Mandarin konağından.
Vay vaaay!
Ne acayip yer be Şang-Hay...

Nazım Hikmet[7]

Bir ülkeyi bütünüyle ve eksiksiz tanıyabilmek kolay değildir. Hele bu ülke Çin gibi, devasa boyutlarda ve çok uzun bir tarihi geçmişe sahipse, zorluk daha da içinden çıkılmaz hale gelir. Onun için, amacı çok kısa tanıtımlar yapmakla sınırlı bir bölüme aktarılacak bilgiler, ancak çok kaba ve kalın çizgiler şeklinde olabilir. Burada özenilecek tek husus; verilecek bilginin gerekli ve doğru olmasına çalışmak şeklinde betimlenebilir. Öyleyse, Çin'in tanıtımında coğrafyasına kısaca değinildikten sonra, tarihsel bilgiler yönünden de konumuz için gerekli olanlarla yetinilmelidir. Bu bakımdan Çin hakkında verilecek bilgilerin daha çok Konfüçyüs'ün etkili olduğu klasik dönemle ilgili olmasına dikkat edilecek ve modern çağlarla ilgili bilgiler daha çok belli bir karşılaştırma gereksinimine yetecek boyutlarda olmak üzere oldukça kısıtlı tutulacaktır.

---

7 Hikmet (kage) S. 23.

a) Çin'in Coğrafyası

Çin denilen ülke; bugün Çince; *"Zhong-Hua Renmin Gonheguo"* olarak isimlendirilen *"Çin Halk Cumhuriyeti"*'nin sahip olduğu toprakların büyük bir bölümünü kapsayan memleketi belirler. Kuzeyde: Kazakistan, Moğolistan, Rusya; güneyde: Hindistan, Bhutan, Laos, Vietnam, Birmanya; batıda: Kırgızistan, Tacikistan, Keşmir, Nepal; doğuda: Çin Denizi, Filipinler, Kore, Japonya ve Büyük Okyanus ile çevrili bulunan bu ülke yaklaşık 9.572.900 km²'lik bir alanı kaplar. Dünyadaki bütün karaların ¼'ü büyüklüğündeki Çin; yaklaşık 1,5 milyar nüfusuyla da yeryüzündeki bütün insanların 1/5'ine yurt oluşturmaktadır. Böylece; alan yönünden sıralamada 3'ncü olurken; nüfus yönünden de en kalabalık ülke sıfatını kazanmaktadır. Başkenti; Pekin, sanayi kenti; Şanghay, liman kenti Hong Kong olan ülke; 4.000 yıllık tarihiyle dikkati çekerken; halen de dünyanın en güçlü ülkelerinden biri olmakla, saygınlığını devam ettirmektedir.

Çin; batıdan doğuya doğru alçalan bir arazi yapısına sahip olduğu için; ülkenin iklimi de bu özgün konumuna uygun bir nitelik kazanmıştır. Batıda ortalama 4.000 metreyi bulan Tibet Yaylasından sonra; doğu yönüne doğru yükseklikler 1.800-1.900 metrelik bir yapılama gösterirler. Daha doğuya doğru ise; Moğolistan Platosu, Tarım Havzası, Lös Platosu ve Sichuan Platosu; ortalama yüksekliği 450 metreye inen ovalara ulaşır. Öyle ki bu arazi yapısında; dünyanın en yüksek yeri olan Nepal sınırındaki Everest tepesi olduğu gibi; denizden 154 metre aşağıda bulunan Alding Gölü de yer almaktadır.

Batıdan, doğuya doğru; çok dağlık ve yüksek tepelerle birbirlerinden ayrılmış bu geniş yüzey şekilleri, çağlar boyu, Çin'in yönetim şeklini bile etkilemiştir. Öyle ki; ülke içindeki ulaşım ve iletişimi geniş ölçüde engelleyen bu yapı; siyasal gücün, merkezi bir otorite şeklinde gerçekleşmesinde zaman zaman güçlükler yaratmış ve ülkenin feodal görünümlü bir monarşik sistem kazanmasını hazırlamıştır. Yine doğal koşullar; Çin uygarlığının, Lös Platosu'nun alçak ve ova görünümündeki güney yörelerinde yoğunlaşmasına neden olmuştur.

Çin'in çok geniş boyutlarda bulunan ülke yapısı; doğal koşulların tek ve kalın çizgilerle belirlenmesini güçleştirmektedir. Bu bakımdan bu devasa ülkenin başlıca beş ana bölgeye göre betimlenmesinde yarar bulunmaktadır.

Çin'in Doğu Bölgesi; nehirlerin bol bulunması nedeniyle, akarsuların biçimlendirdiği bir yapıya sahip bulunmaktadır. Genelde Muson ikliminin egemen olduğu bu bölge; kalın bir toprak yapısına sahip olduğu için ülkenin en verimli topraklarını oluşturmaktadır. Bu arazinin tek olumsuz yanı; sık sık taşkınlara maruz kalmakta oluşudur. Ne var ki onun bu özelliği de, doğu bölgesinde sulu tarımın yapılmasına olanak sağlamış ve ülkenin başlıca tahıl ve pirinç ambarlarından birisi olmasına fırsat yaratmıştır.

Kuzeydoğu Bölgesi; Changbai dağlarının şekillendirdiği, verimli arazilerden oluşmaktadır. Üstelik bu bölge; yüksek yörelerinin Çin'in en geniş orman alanlarını kapsamasıyla da özgün bulunmaktadır. Huang-Ho (Sarı Irmak) ve Huai Irmağı'nın suladığı bu ovalar; ortalama 45 metre yükseklikte; göl, akarsu ve bataklıkları bol bereketli tarlalarla doludur.

Kuzey Bölgesi; Çin ovası ile batıdaki çöller arasında kalan yüksek Lös Platosu'yla oluşmuştur. Irmakların boylarındaki ekilebilir nitelikteki kısıtlı arazi dışında; çıplak tepeler, kül renkli ince kumullarla kaplı ovalar şeklinde uzanan bu arazi genelde ülkenin fakir yörelerini oluşturmaktadır. Liupan Dağlarının şekillendirdiği bu alan ülkenin orta kesimlerine kadar devam eder.

Güneybatı Bölgesi; Tibet Platosu'nun kapladığı alanlarla oluşmuştur. Kanyon biçimindeki vadiler ve sarp dağlar bu alanın en dikkat çekici özellikleridir. Yüksek ve dağlık bir yeryüzü şeklinde uzanan alan; genelde çorak ve tarıma fazla elverişli olmayan bölgelerdendir. Bu arazinin en çarpıcı özelliklerinden biri de; yörenin büyük nehirleri olan Yangtze, Huang, Mekong, Saluen ve İndus gibi ırmakların bu dağlardan kaynak almakta oluşudur.

Kuzeybatı Bölgesi; Tibet Platosu'nun kuzeyindeki bu yöre; Tian Shan (Tanrı Dağları) ve Pamir Dağları gibi yüksek arazi kıvrımlarını içermesiyle dikkati çeker. Yüksek dağlardan inen ırmakların Batıdaki Taklamakan çölünde kaybolduğu bu yöre; Alp Tipi bozkırların egemen olduğu bir arazi yapısındadır. Geniş otlakların olması bu çevrede hayvancılığın gelişmesini sağlamıştır. Eski çağlarda hemen hemen yarısı ormanlarla kaplı olan bu yerler Çin'in geri kalmış bölgelerindendir.

Betimlenmesine çalışılan bu yeryüzü şekilleri içinde; Çin'de, 50.000 dolaylarında ırmak ve nehir akmaktadır. Yılda 3 milyon ton su taşıyan bu nehirlerin en önemlileri; Hindistan topraklarından denize ulaşan ünlü Brahmaputra ile Saluen ve Irrawadday ırmakları Hint Okyanusu'na akarlar. Çin'in diğer iki önemli ırmağı olan Yangtze (Gök Irmak) ile Huang-Ho (Sarı Irmak) ise Büyük Okyanus'a ulaşırlar. Çin'in en uzun ırmağı olan Yangtze; akış hızı yönünden dünyada dördüncü, su alanı yönünden de dokuzuncudur. Huang-Ho ise; Çin'in en mamur yörelerinden bereketler saçarak geçerek Bo Hai Körfezi'nden denize kavuşur. Bütün bu ırmaklardan Kuzeydoğu ve Doğu ırmaklarının akışları düzenli ve düzgün buna karşılık diğer ırmaklar düzensizdirler. Ama Çin'deki bütün ırmakların müşterek özellikleri taşkınlara neden olmalarındadır. Bu bakımdan Akarsu taşkınları; sık sık yinelenen depremlerle birlikte Çin'de yüzyıllar boyunca birçok acılara neden olmuş iki önemli afet durumundadır.

Çin; Güneydoğu Asya ile Büyük Okyanus'a özgü iklim koşullarını taşır. Kışın Sibirya'dan gelen karasal iklim etkili olur. Yaz ayları ise tropik iklimle etkilenir. Bu iki akımın yarattığı değişken hava ise Çin'e özgü iklimi oluşturur. Ama tıpkı yüzey şekilleri gibi; Çin'in iklimi de ülkenin genişliği nedeniyle çok çeşitlilik gösterir. Örneğin kuzey yöreler; gündüzleri sıcak, geceleri soğuk olur. Doğu yöreleri ise; yağışlı ve ılık geçerler. Isı; güneyden kuzeye doğru düşer. Ortalama sıcaklıklar: Zhu vadisinde 20 C, Yangtze'de 15-20 C, Çin Seddi'nde 5 C'dir. Ülkenin en güneyi ile en kuzeyi arasındaki sıcaklık farkı ise 30 C kadar çıkar. Örneğin tüm ülkede Nisan ayı ortalaması 0 C dolaylarında bulunur. Ama bütün bunlara karşın; diğer yörelerde saptanan büyük ısı farklılıklarına karşın; Çin uygarlığının beşiği olan Huang-Ho kıyılarında mevsimler eşit ve düzenli olurlar.

Çin'de yağışlar da güneydoğudan, kuzeybatıya doğru azalırlar. Güneyde yıllık yağış; 2000 mm, Yangtze'de; 1000 mm, Huang'da; 500, Lös'de, 300 mm ve Tarım Havzası'nda; 100 mm kadardır.

Doğal olarak ülkenin bitki örtüsü bu iklim ve yağış dağılımına göre şekil almıştır. Gerçekten de ülkede bitki örtüsü; çölden Sibirya'ya kadar çeşitlilik gösteren bir niteliktedir. Yaklaşık 2.700 cins bitkinin yer aldığı bu çeşitlilik içinde; 200'e yakın orman ağacı nev'i bulunur. Ülkede genelde tropik ve ılıman iklim bitkileri yetişirken; kuzeyin soğuk ikliminde de bu koşullara uymuş bitki çeşitleri vardır. İşte bu çok çeşitliliktir ki; ülkede her türlü hayvanın yetişmesine olanak sağlamıştır. O kadar ki; Çin'de başka hiçbir yerde bulunmayan hayvan cinsleri bile yetişmektedir. Örneğin Mersin Balığı, timsahlar, sülün, sazan balığı ve yayın balığı gibi hayvanların yanında; Dev Pandalar da Çin'de bulunmaktadır.

Çin; ilk çağlardan beri kalabalık bir ülke olarak bilinmektedir. MÖ 800 yıllarında yapılan bir sayımda nüfusu 13.700.000 kişi olarak belirlenen Çin'in; MS 2. yy.da yapılan diğer bir sayımda da nüfusu 100 milyon kişi olarak saptanmıştır. Ne var ki bu kalabalık insanlar ülkenin çok uluslu bir karakter kazanmasına da neden oluşturmuşlardır. Nüfusun %95'ini Han Çinlileri oluşturmakta iseler de; ülkede ayrı ırklardan 55 çeşit azınlık insan grubu yaşamaktadır.

Çin'de başlıca 4 ana dilin varlığı kabul edilmekte ise de; aslında küçüklü büyüklü olmak üzere; 20 adet yazısı olan ve 50 adet de yazısı olmayan dil konuşulmaktadır. Gerçi halkın çoğunluğunun anladığı ve kullandığı dil Mandarin ya da Putonghua ismi verilen dildir; ama buna karşın küçük grupların kendi aralarında sözü edilen 70 çeşit dil ile birlikte Mandarin'in binlerce lehçesini de konuştuğu bir gerçektir. Azınlıklar tarafından konuşulan en önemli diller; Zhuanglar'ın konuştuğu dil ile Tibetlilerin konuştukları diller ve kuzey yörelerde yaygın bulunan Altay Dilleridir.

Halkın büyük çoğunluğunun kırsalda oturduğu Çin; geniş ülkesi ve yoğun nüfusu ile; bütün çağlar boyunca; güçlü ve ekonomisi sağlam bir ülke sayıla gelmiştir. Doğal olarak zaman zaman bazı ekonomik sıkıntılar yaşamış ise de; bunları ilk fırsatta atlatabilmiştir.

Çin'in, özellikle XX. yüzyıl sonlarından itibaren; dünya ülkeleri arasında ekonomik gücünden çekinilen bir ülke olma başarısını yakalamış bulunduğu söylenilmektedir.

b) Çin'in Tarihi

Çin'de ilk insanın MÖ 350.000 yıllarında yaşadığı saptanmıştır. İskeleti Pekin dolaylarında bulunduğu için; Homo Erectus Pekinensis adıyla anılan bu insandan beri de Çin meskûn bir ülke olagelmiştir. Bu ülke ilk çağlarda; ormanlar, bataklıklar ve çöllerle diğer ülkelerden ayrıldığı için, görece de olsa yine de bir koruma altındaydı. Onun için Huang-Ho (Sarı Irmak) yörelerinin uygun koşullarında uygarlıklarını kolayca kuran ilk Çinliler; kuzeylerinde bulunan göçebe kavimlerle yaptıkları uğraşılarla tarih sahnesine çıkmışlardı. Nitekim MÖ 1800-1200 yıllarında da ilk devletlerini kurarak siyasal yaşamda bir güç olmayı başardılar.

Aslında birçok küçük krallık ve kent devletinin *"Göklerin Oğlu"* adıyla anılan bir rahip-kralın yönetimi altında bulunması şeklinde oluşmuş bulunan İlk Çin İmparatorluğu; Shang (Yin) Hanedanı adıyla biliniyordu. Batıda Shanxi ve güneyde Yangtze ırmakları arasında kurulmuş; bir soylular hiyerarşisi tarafından yönetilen ve dinleri, eski hükümdarlarına ya da doğa güçlerine tapınmak şeklinde düzenlenen bu insanlar, MÖ 1200 yıllarına kadar bütün yörenin egemenliğini ellerinde tuttular. Büyük halk çoğunluğunu oluşturan yoksul köylülerin; soylular, sanatçılar ve savaşçıların refah ve rahatı için çalıştığı bu siyasal yapının sömürdüğü ikinci büyük kesimi ise kölelerdi. Zaten devlet yapısı da; merkez ve ona son derece de gevşek bağlarla bağlı ve başlıca özellikleri bir grup savaşçıya kumanda etmekten ibaret beylerin denetimindeki yönetim birimlerinden oluşuyordu. Açıkçası; barbar bir yaşantı içindeydiler. Ne var ki bu ilkel yönetim; 1051 yılında Vei vadisinden gelen Zhoui (Çoular)'ın saldırıları sonunda yıkılarak tarihe karıştı. Onların yerini aynı halk üzerinde daha güçlü bir otorite kuran Zhou ve Chin (Qin) hanedanları aldı. MÖ 1111 yılından 221 yılına kadar süren bu devlet; Çin'e ismini de vererek uzun imparatorluklardan birini oluşturdu.

Huang-Ho (Sarı Irmak) vadisinde egemen olan Zhoular; bir yandan merkezi hükümeti güçlendirirken, diğer yandan da bu vadide kurdukları yeni kentlerle, ileride gerçekleşecek olan tarihsel feodalitenin temellerini attılar. Ama bu hanedan dönemi Çin için uzun bir barış ve dinginlik dönemi olmuştu. Özellikle İmparator Fu-Hi zamanında ülke en güzel dönemlerini yaşadı. O kadar ki; ülkede sağlanan 200 yıllık barış havası içinde, Çin kültürünün en büyük atılımı gerçekleştirilerek özgün Çin yazısı bulundu. Ama zamanla, zengin kesimin alıştığı eğlence ve israfın devam edebilmesi için halka salınan yükümlülükler nedeniyle, bu toplumsal dinginlik büyük bir sarsıntıyla yerini bunalıma bıraktı. Üstelik giderek güçlenen feodal yapının etkisiyle merkezi hükümet de iyice yıpranmış bulunuyordu. MÖ 770 yılında başlayan Hiong-Hu (Hun) saldırıları da imparatorluk için dayanılmaz bir darbe oluşturmuştu. Böylece Çinlilerin; Chunqiu (İlkbahar-Sonbahar) dönemi dedikleri yıkım evresine girildi. O kadar ki, Hunlar birkaç kez başkent Loyang'ı ele geçirerek yağmaladılar. Olayları önlemek isteyen merkezi hükümetin sert önlemler almaya kalkışması iç muhalefeti artırdı. Bütün bu olanlar ise, devlet içinde yeni yeni başkaldırmaları alevlendirdi. Artık, devletin feodal beylerle ve feodal beylerin de diğer güç odaklarıyla çatıştığı tam bir karışıklık dönemi yaşanıyordu. Bu olguların yarattığı sonuç da doğal olarak çok korkunç oldu. Bunca tahribat sonunda devlet parçalandı. Ülke yeniden büyük bir savaş alanına dönüştü. Öyle ki; bir zamanların dinginlik yayılan mutluluk ülkesinde, şimdi, birbirleriyle çatışan, savaşan ve kıyasıya uğraşan 1500'den fazla yeni yeni devletler ortaya çıkmıştı. Gerçi bu karmaşa ortamında bir ara; Qi, Qin, Jin ve Chu devletleri durumu toparlamış ve ülkede düzeni sağlamış göründülerse de; bu dönem de uzun süremedi. Özellikle Jin Devleti'nin yıkılıp parçalanmasıyla kurulan düzen yeniden bozuldu. Bütün bu olayları daha 50 yıl sürecek olan tam bir karmaşa dönemi izledi.

Olayların gelişmesiyle; ülkede sonuçta 7'si büyük ve 6'sı da küçük olmak üzere 13 devlet kalmıştı. Jin toprakları üzerinde Zhao, Han ve Wei isimli yeni devlet kuruldu. Qi ve Qin devletlerinde ise hanedan değişiklikleri gerçekleşti. Doğal olarak bu oluşumlar yeni bir feodalitenin ortaya çıkması anlamına geliyordu. Onların imparatorluğu ihya ederek bütün devlet erkini ele geçirmek için sürdürdükleri uğraşılar ise ülkede yeni bir kargaşanın yaşanmasını hazırladı. İşte bütün bunlar; ileride Çin ülkesine olduğu kadar Çin insanına da özgün niteliklerini verecek olan ünlü Zhanguo yani *"Savaşan Devletler"* dönemini oluşturdu.

Zhanguo Dönemi; gerçekten de Çin'in toplumsal temelinin atıldığı bir yapılanma evresiydi. MÖ 403-221 yılları arasında yaşanan bu uzun belirsizlik döneminde Çin insanları çok değerli devlet deneyimleri ve ileride bütün yaşamlarını etkileyecek olan olağanüstü ahlaki değerler elde ettiler. Bu arada özellikle; hanedan ve feodalitenin geleceğinin belirsiz olması, ülkede memurların konumlarını güçlendirip önem kazanmalarına neden olduğu için; Çin devletlerinin başlıca özelliğini oluşturan bürokrasinin güçlü bir kurum olarak ortaya çıkması olgusu da bu dönemde gerçekleşti.[8] Bu karmaşa döneminin devlet yaşamındaki ikinci büyük sonucu ise; kralların rahiplik görevlerini de üstlenmeleri olmuştu. Çünkü imparatorluğa aday olan krallar, konumlarını daha da güçlendirmek için; iktidarı Tanrıların isteği ile ele geçirdiklerini savunarak kendilerine mistik bir güç de vermek istiyorlardı. Nitekim bu dönemden sonra hükümdarlar; Gök'ün Vekili olduklarını iddia etmeye başladılar. Halk tarafından da benimsenen bu anlayış onların *"Göğün Oğlu"* unvanını almalarını sağladı. Bu sıfat her ne kadar onların halk üzerindeki otoritelerini artırarak, zorbalıklarına yeni olanaklar sağladı ise de; ilkel çağlardan

[8] William (kage) S. 124.

kalma bazı vahşi inanç ve ritüellerin ortadan kaldırılmasına da vesile oluşturdu. Nitekim bu dönemden sonra; dinsel nedenlerle insan kurban etmek adetlerine son verildi. Buna karşılık kozmoloji ve siyaset de bu yeni anlayışa göre düzenlenmeye başladı.

Bu olağanüstü dönemin Çin halkı ve devleti üzerinde bıraktığı izler kuşkusuz ki yalnızca bu sayılanlarla sınırlı bulunuyordu. Nitekim bu dönemde; yerel beyler ve kent yöneticileri feodal bir oluşum için gösterdikleri çabalarda önemli başarılar elde etmişlerdi. Öyle ki toprak birtakım derebeyleri tarafından aralarında paylaşıldı. Soyca Zhou olmayan insanlar da kentlere taşınarak yerleştiler. Böylece kentler dikkat çekecek şekilde kalabalıklaşarak, büyüyüp gelişme olanağına kavuşturalar. Öte yandan köleliğin giderek yaygınlaşması, ülke topraklarının soyluların elinde toplanmaya başlaması ve böylece pirinç ekiminin büyük tarlalarda yapılması da bazı insanların aşırı zenginleşmelerine fırsat verdi. Ama bu olumlu durum diğer bir yandan da; güçlü aileler ya da feodal beyler arasında devleti ele geçirme rekabetinin şiddetlenmesine yol açıyordu. Bütün bu olanlar, doğal olarak ülke nüfusunun artmasına olduğu kadar merkezi bir otoritenin bir an önce gerçekleşmesi isteklerini de ön plana çıkarıyordu. Esasen; bu rekabet ortamında küçük siyasal birimlerin giderek yok olması ve ülke çapında bürokrasinin önem kazanması; insanlarda monarşik bir devlet yapısına duyulan özlemi yoğunlaştırdı. Güçlü bir devletin özlenen refah ve toplumsal güveni sağlayacağı inancının halk katında rağbet kazanmasına yol açtı. Nitekim geniş kitlelerin bu özlemlerinden yararlanan Qi, Qin, Chu, Zhao, Han ve Wei Krallıkları giderek egemenliklerini güçlendirmek için bazı önlemler aldılar.

Devletlerin ıslahı evresinde, yeni kurulan valilik sistemiyle merkeze bağlı yerel yönetimler oluşturuldu. Sivil bürokrasi, askerlerden ayrılıp devlet güçleri, iki ayrı odakta toplanarak bunların üzerinde merkezi otoritenin denetimi daha etkili kılındı. Bu arada ülkede ilk kez bir devlet arşivi oluşturularak siyasal güçlerin kurumlaştırılması aşamasına geçildi. Teb'anın kazanım ve konumlarının güvence altına alınması sağlanmaya çalışıldı. Ama kuşkusuz ki alınan bütün bu önlemlerin içinde en önemli ve etkili olanı; devletlerin zorunlu askerlik sistemine geçişleri oldu. Çünkü böylelikle, silahlı güçlerde soyluların yerini meslekten yetişme ve hanedana bağlı askerler almış bulunuyordu. Bu arada devletlerin sulama tesisleri, yollar ve kamu binaları gibi bayındırlık eserlerinin yapımını yüklenmeleri da onların toplumsal niteliklerinde büyük gelişmelere neden oluşturdu. Ticari ilişkiler ve özel mülkiyete değgin yapılan düzenlemeler ise devletlerin itibarlarını artırırken; özellikle köylülerin feodal beylerin egemenliklerinden kurtulmalarına olanak hazırladı. Halk bir devletin uyruğu haline gelmiş olmanın yararlarını duyumsadı. Böylece feodalite yıkılırken; eski soylu ya da yönetici kesiminden olup askerlik ve edebiyat alanında eğitim görmüş seçkin tabakanın devlet hizmetinde yer bulması sağlanmış oldu. Nitekim bu dönemde: insanların en iyi şekilde yönetilmeleri ve onların mutluluğu elde etmesi için gerekli yolları araştıran; Konfüçyüs, Mengzi, Mozi ve Xunzi gibi ünlü ve etkili düşün ve sanat adamları da yetiştiler.

İşte oluşan bu yeni durumda; ülkedeki küçük devletler ve feodal oluşumlar etkisiz hale getirilirken; yerel prenslikler de disiplin altına alınmış oldular. Öyle ki MÖ IV. yüzyılda artık Çin'de yalnızca Qin ve Chu devletleri yaşamaya devam edebilecek olanaklara sahip halde kalmış bulunuyordu. Ama buna rağmen; monarşinin güçlenmesi için yapılan bütün bu çalışma ve uğraşılar yine de beklenen sonuçlara ulaşamamışlardı. Bu bakımdan Qin krallarından Shang Yang monarşiyi daha da güçlendirebilmek için bürokrasi ve tarım alanında düzenleyici yeni birtakım önlemler almayı denemeye girişti. Diğer taraftan da Qi devleti üzerine yaptığı bir seferle bu devleti ortadan kaldırarak egemenlik alanını genişletti. Ticaret, ipekçilik ve zanaat ürünlerini daha verimli kılmak için çeşitli önlemler aldı. Ne var ki bu önlemler arasında; köleciliği bir araç olarak kullanmakta çok fazla ileri gitmesi, toprak alım satımını serbest bırakması, tefeci ve tüccar sınıfı üzerinde denetimi gevşetmesi toplumun geniş kesimlerinde tepkilere neden oldular. Çünkü bu yeni uygulamalarla; tüccar ve tefecilerin zenginleşmelerine karşı; eski özgür insanların servetlerini kaybederek köleleşmelerine yol açılmıştı. Öyle ki; paralı askerlerle ordu güçlendirilirken, eski soylulardan bir kesimi büyük bir çöküş içine girdiler. Dahası; yeni ve servete dayalı bir yüksek sınıf ülkede egemenlik kurmaya başladı. Bu ise doğal olarak, büyük bir memnuniyetsizler kitlesi oluşturmuştu. Sonuçta büyük bir halk ayaklanması kurulmak istenilen bu yeni düzenin alt üst olmasına neden oldu.

Çin'de yaşanan bu uzun karmaşa döneminin sonunda; MÖ 221 yılında Tsin-Şi isimli bir Qin valisi; Shi Huang Di adıyla imparator oldu. Kısa bir süre içinde duruma egemen olan Shi Huang Di; bütün Çin'de demetimi ele geçirerek; ülkede feodaliteye son verdiği gibi; ülkenin ilk ulusal devletini de kurmuş oldu. Çin'in bu ilk ulusal imparatoru; yaptığı köklü yeniliklerle monarşiyi güçlendirdi. Soylu sınıfın ayrıcalıklarını ve eski unvanları kaldırırken, ülkeyi 36 eyalete bölerek bunlara valiler atadı. Halkın geleneksel siyasal bağlılıklarını ortadan kaldırabilmek için, eski kralların isimlerinin anılmasını yasaklarken; kendi koyduğu yasaların tüm ülkede yürürlüğünü sağlamak için gerekli önlemleri de aldı. Yörelerinde etkili ya da servetleriyle güçlü kimseleri ülkelerini terk ederek başkentte oturmaya zorladığı gibi; olası bir başkaldırıyı önleyebilmek için; halkın elinde bulunan bütün silahları toplattı. Yine aynı amaçla tüm ülke için geçerli olacak ölçü ve ağırlık birimleri ya da yazı usullerini koyarak ulusal birliği pekiştirmeye çalıştı. Bu arada ülke insanlarını da 'Soylular' ve 'Halk' olarak iki bölüme ayırarak her birinin hak ve görevlerini belirleyen yasalar çıkardı. Ama yalnızca bu değişiklikleri yapmakla da kalmayarak; koyduğu yasa ve kuralların uygulanmalarını sağlayabilmek için; ülkenin her yöresine özel denetçiler göndererek, koyduğu kuralların boş birtakım tedbirlerden ibaret kalmasını önlemenin yollarını da kullandı.[9]

Si Huang Di'nin saltanatı sırasında gerçekleştirdiği en büyük eseri ise; dünyanın yedi harikalarından biri olarak kabul edilen Çin Seddi'ni tamamlaması oldu. Bo-Hai Körfezi'nden Tibet eşiğine kadar, ülkenin kuzeyinde uzanan bu olağanüstü duvar; kuzeyden Çin'e akın eden kavimlerin saldırılarını engellemeyi hedefliyordu. 300.000 askerin gözetiminde 2.000.000 köle ve angaryalı insanın çalışmasıyla ve daha eski çağlarda başlanıp inşa edilmiş küçük duvarların onarılıp tamamlanarak birleştirilmeleri suretiyle yapılmıştı. 5000 km. uzunluğunda, yer yer 5 ila 8 metre genişliğinde ve yine 5 ila 15 metre yüksekliğindeki bu dev yapıt; imparatorluğun görkemini ortaya koyan bir eser niteliğinde bulunuyordu.

Kendi unvanıyla, ülkesine *"ÇİN"* ismini de kazandıran Si Huang Di; kuşkusuz ki yaptığı hizmetlerle büyük bir ün de kazanmıştı. Ne var ki; bu imparator bütün başarılarına karşın, ortaya koyduğu zorbalığıyla, halkının dayanma gücünü tüketmekten de geri kalmamıştı. Kurduğu düzenin yerleşmesi ve devamı için en köklü gelenekleri bile çiğnemekten çekinmeyen bu zorba; kendi düşüncelerine ters gelen bütün eserleri yok etmekten de geri kalmamıştı. Bu arada ünlü düşünür Konfüçyüs'ün yüzyıllar önce yarattığı ve ülkede saygıyla anılan eserlerini de yasaklamıştı.

---

[9] Diakov-Kovalev (kage) S. 288.

Dahası; bu eserleri tüm ülkede toplatarak, her birinden bir örneğini sarayda saklattıktan sonra, hepsini, diğer düşünürlere ait eserlerle birilikte yaktırarak yok etmişti.

Shi Huang Di'nin saltanatı MÖ 210 yılına kadar sürdü. Ancak uygulanan zorba usuller ve yapmış olduğu yeniliklerden memnun olmayan kesimlerin giderek genişlemesi; bu imparatorluğun temellerini sarsmakta gecikmemişti. MÖ 209'da patlayan Çeng Şeng başkaldırısı sonunda bu imparatorluk da tarihe karıştı. Bir süre devam eden karışıklıklar, eski soylular ve köle sahiplerinin desteklediği Hiang Yu ile özgürlükçü rakibi Lieu Pang'ın kanlı mücadeleleriyle sürdü. Sonunda duruma egemen olan Lieu Pang MÖ 206 yılında imparatorluk makamını ele geçirdi.

Lieu Pang'ın Gao Zu unvanını alarak kurduğu Han İmparatorluğu MÖ 206 yılından MS 220 yılına kadar devam etti. Türlü saray darbeleri; entrikalar ve isyanlar içinde geçen bu 500 yıla yakın dönem; Çin ulusunun oluştuğu en ilginç zamanı kapsadı.

Han Hanedanı Dönemi: Çin'in geleneksel yönetim usullerinin egemen olduğu bir evreydi. Bu usuller genelde Konfüçyüsçülüğün ağır bastığı ilkelere dayanıyordu.

Han yönetimi; ülkeyi geniş bir memurlar kadrosuyla idare etmişti. Saray Kâtibi denilen yüksek bir bürokratın emrinde bulunan memurlar ülkenin denetimini ele geçirmişlerdi. Halk vergi vermek, askerlik yapmak ve bütün bunlardan ayrı olarak da bir yıl süreyle ülkenin bayındırlık işlerinde çalışmakla yükümlü bulunuyordu. Aslında yasalar herkesi bağlayıcı bir güçte iseler de; soyluların, karşılığında verilebilecek cezaları para ile ödemek koşuluyla bu yasalara aykırı davranabilme ayrıcalıkları bulunuyordu. Bu dönemde; devletin en büyük sorunu, kuzeyde bulunan barbarların yapmış oldukları saldırılardı. Öyle ki imparatorluk bu yağma amaçlı saldırılardan ancak büyük miktarda haraçlar ödemek suretiyle kurtulabiliyordu. Ama her şeye karşın, Han dönemi; Çin için verimli bir uygarlaşma zamanı olmuştu. Nitekim MS 105 yılında kağıt yapımı bulunmuş, MS 100 yılında ilk Sözlük derlenmiş, Konfüçyüs'ün kitapları çoğaltılıp yeniden yayınlanmışlardı. MS 31 yılında eski kültlerin yerini; Gök ve Yer tanrıları almıştı. Ama imparatorun dinsel törenlerde ve tapımlardaki kutsallığı yine de devam ediyordu. Han döneminin diğer bir özelliği ise; MS I. yüzyılda Budizm'in Çin'e girmesi olmuştu. MS II. yüzyılda ise Çin artık türlü inanç şekillerinin kaynaştığı bir ülke durumuna girmişti.

Han Hanedanlığı; 220 yılında ordu kumandanı Cao Pei'nin başlattığı bir başkaldırı sonunda tarihe karıştı. Bu hanedanın yerine isyancı kumandanın kurduğu *"Altı Hanedanlık"* ismini alan yeni bir aile imparatorluğu ele geçirdi. Ancak bu uğurda yapılan ve uzun süren iç çatışmalar sırasında; büyük toprak sahipleri dikkati çekecek kadar zenginleşip güçlendiler. 589 yılına kadar süren Altı Hanedanlık döneminde; Han Hanedanlığının devamını sağlamakta yetersiz kaldığı düşünülen Konfüçyüsçülük gözden düştü. Bu nedenle Çin'de birçok yabancı din moda haline geldi. Bu arada özellikle Taoculuk ve Karanlığın Bilgisi (Xuan Xue) inançları önem kazandılar.

Altı Hanedanlığının 581'de yıkılmasından sonra; Çin'de 618 yılına kadar Sui Hanedanlığı egemen olmuştu. Bu imparator soyunun kurucusu olan Yang Jian zamanında Çin Seddi'nin onarımıyla başlayan geleneklere dönüş hareketi Konfüçyüsçülüğe yeniden itibar kazandırdı. Gerçi Yang Jian; Konfüçyüsçülük ile birlikte Budizm'i de desteklemişti ama; 604 yılında tahta geçen Yang Di; Konfüçyüsçüleri devletin en etkili makamlarına getirerek bu dengeyi değiştirmekte duraksamamıştı. Öyle ki bu dönemde; memuriyete alınmada Konfüçyüsçü ders programına dayalı bir sistem yaşama geçirildi. Öte yandan yine bu dönemde ülkedeki su kanallarını genişletmek için halka angarya yükleyen çalışmalara da başlanmıştı. Bütün bunların halk kesiminin bir kısmında memnuniyetsizlikler yaratmaması olanaksızdı. Nitekim kısa bir süre sonunda ülkede yer yer ayaklanmalar baş göstermekte gecikmedi. Sonunda Yang Di'nin bir kargaşa sırasında kendi askerleri tarafından öldürülmesiyle bu imparatorluk ailesinin saltanatı da tarihe karıştı.

Yeni İmparatorluk soyunu Gao Zu isimli kumandan kurdu. Tang Hanedanı olarak anılan bu yeni sülale, uzun bir süre Çin'e egemen oldu. Gao-Zu'nun ölümünden sonra yerine geçen Tai Zong; edindiği Konfüçyüsçü danışmanları sayesinde; soyluların egemenliğine ilişmemekle birlikte, yetenekli halk çocuklarının da eğitilip devlet hizmetinde kullanılmasına önem vererek yetkin bir yönetici kadrosu kurdurdu. Bu yolla yürüttüğü devlet yönetimi çok başarılı oldu. 755'de Tang Hanedanının yıkıldığı yıllarda; Çin'de Konfüçyüsçülük artık büyük bir önem kazanmış bulunuyordu. Öyle ki Konfüçyüs'ün *"Beyefendilik"* öğretisi, yönetici ve toprak sahipleri için, yaşamdaki başarılar yönünden en büyük ve vazgeçilmez bir inanç ve yöntem olarak kabul ediliyordu.

Tang Hanedanı zamanı; savaşlar, taht kavgaları ve reform çalışmalarıyla geçmişti. Bu hanedanın olumlu davranışları sonucu; Konfüçyüsçülük ile Buddhacılığın birleştirilmesiyle kurulan Yeni Konfüçyüsçülük akımı da büyük ilerlemeler gösterdi.

Ne var ki bu dönem aynı zamanda, soylular en yüksek düzeyde refaha ulaşırken; halk kesiminin kölelik ve kiracılıkla inlediği bir çağ durumundaydı. Üstelik taht sahiplerinin değişmeleri; devletin dinsel inançlara karşı gösterdiği hoşgörü uygulamalarında sorunlar da yaratabiliyordu. Nitekim yeni imparatorların iktidara gelmesiyle, bir zaman sonra, Buddhacılık devletin şiddetle kovuşturduğu bir suç haline getirildi. Bütün bunlar zamanla, geniş halk tabakalarının tepkisini çeken sonuçlara neden oldular. Öyle ki halkın gösterdiği sert muhalefeti, bir müddet sonra başkaldırılar izledi. Oluşan gerginlikler Tang Hanedanının sonu oldu.

Tang Hanedanını sırasıyla; Beş Hanedan ile Beş Krallık ve onu da devlet yönetiminde Konfüçyüsçülüğün etkili olduğu Song Hanedanlığı izledi. Daha sonra Cengiz Han'ın başkent Zhongdu'yu (Pekin) kuşatması ve nihayet Kubilay Han'ın ülkeyi fethetmesiyle Yuan Hanedanı kuruldu. Bu hanedan zamanında Çin halkına tanınan inanç özgürlüğü çok geniş boyutlarda oldu. Her türlü inanç olduğu gibi; bu ortamda Konfüçyüsçülük de dikkat çekici bir gelişmeye kavuşmuştu. Bu ortamda Çin adeta bir refah çağı yaşıyor gibiydi. Ne var ki; devlet memuriyetlerine Çinlilerin değil de Moğol soyundan gelenlerin alınması; Konfüçyüsçülerin olduğu kadar Çin ırkından olanların da tepkisini çekmekte gecikmedi. Bu ve daha başka olayların üst üste gelmesi ise Moğol Hanedanının da sonunu getirdi. Yuanların kovulmasından sonra Çin'e Ming Hanedanı ve daha sonra da Qing ve Mançulan Hanedanları egemen oldular. Bu son dönemlerde ve özellikle de 1513 yılında Portekizlilerin ülke kıyılarına gelmeleriyle, Çinlilerin Avrupalılarla ilişkilere girme dönemi başlamış oldu.

Bu yeni evrede yapılan yönetim yanlışları, Çin'in Avrupalılar tarafından sömürge haline getirilmelerine fırsat hazırlamıştı. Onun için 1912 yılında gerçekleştirilen bir devrimle: Çin'de binlerce yıldan beri sürmekte olan imparatorluğa son verilerek; 1949 yılına kadar sürecek olan Cumhuriyet rejimi kuruldu.

Çin Cumhuriyeti; araya giren I. ve II. Dünya Savaşları ve süre giden iç çatışmalar nedeniyle hiçbir zaman dingin ve barış içinde bir devlet yönetimi oluşturamamıştı. Üstelik 1921 yılında kurulan Komünist Partisi'nin siyasal yaşama girmesiyle, ülke büyük karışıklıkların yaşandığı yeni bir döneme ulaştı. 1925'ten itibaren Çankayşek ile Mao Çe Tung yönetimindeki güçlerin çarpışmaları büyük katliamların yaşanmasına neden oldu. Bu sırada Çin'in Japonlar tarafından işgali, ülke için ayrı bir felaket getirdi. Nihayet 1949 yılında Komünistlerin Pekin'i ele geçirmeleriyle, Mao Çe Tung önderliğinde Çin Halk Cumhuriyeti kuruldu.

Yeni rejimin kurulmasıyla; otoriter bir yönetim altına giren Çin; yapılan son derecede köktenci devrimlerle yeni bir devlet deneyimi gerçekleştirmişti. Ne var ki; 1976'da Mao'nun ölümüyle özellikle ekonomik yaşamda başlayan son derecede sınırlı liberalleşme, ülkede ikinci bir değişim evresi hazırladı. Zamanla ülkeyi, dünyanın gelişmiş devletlerinden biri haline getirecek bu değişimler; Çin'i tarihinde olmayan yepyeni bir görünüme sokmuş bulunuyordu.

c) Çin Kültürü

Çin, nasıl insanın tarih sahnesine çıktığı ilk dönemlerinden beri meskûn bir ülke olmuş ise; insanın sanat eseri yaratmaya başladığı tarihten itibaren de, onun ürünlerine vatan olmuş bir yöreydi. Eski çağlardan itibaren sanat eserleri yaratan Çin insanı, özellikle MÖ XIV. yüzyılda tunç sanatı ve süsleme etkinliklerinde büyük bir gelişme göstermişti. Daha sonra porselen seramikler, yeşim taşı oymacılığı, beyaz mermerden yapılmış heykeller ve metal işlemeciliğinde çok nitelikli eserlere de imza atmıştı.

MÖ 2000 yılında ilk perdahlı seramiği yapan Çinliler, MÖ 6. yüzyılda artık porselen yapımında olağanüstü bir aşamaya ulaşmışlardı. Yine MÖ 1800-1200 yıllarında da ipekböceği ve ipekçilikte hayli ilerlemiş bulunuyorlardı.

Shang ve Zhou Hanedanları zamanında ve daha sonra mimaride de büyük başarılar kazanan Çinli sanatkârlar; MÖ 220-206 yıllarında komşu ülkeleri etkileyecek düzeye gelmişlerdi. Tang Hanedanı döneminde ise; Japon sanatının etkisiyle resim ve heykel alanında büyük atılımlara giriştiler. Tao ve Buddhacılık anlayışlarının etkisiyle bu eserlere yeni bir gizem katınca da; yapıtlarının plastik boyutları ve görünümlerine bu içselliklerle derin anlamlar eklediler.

Çinliler; plastik sanatlar dışında, dinsel etkinliklerinde olduğu gibi, törenlerde ve danslarında da türlü düzeylerde müzik yapıyorlardı. Onun için tarihlerinin çok erken evrelerinde örneğin MÖ 5000 yıllarında müzik aletleri kullanmaya başlamışlardı. Giderek şarkı, tirat, pandomim ve tiyatro gösterilerinde de müzik kullanmaya giriştiler. Yüzyıllar içinde büyük sanatçıların icra ettikleri özgün müzikleriyle çevrelerindeki diğer ulusları etkiledikleri bir gerçekti.

Kuşkusuz ki bu büyük ulus, sanat alanında olduğu gibi; bilimsel uğraşılarda da ilk çağlardan beri etkinliklerini sürdürüyordu. Nitekim ilk çağların çok erken dönemlerinde bir nevi hiyeroglif yazısı kullandıkları ve önceleri dikey olarak yazılan harflerin daha sonra yatay şekle sokuldukları bilinmekteydi. Yine erken çağlarda Güneş Takvimi ve matematikte buldukları pergel ve karekök gibi araçlar sayesinde, hesap ve tarihçilikte büyük aşamalar kazanmış idiler.

Ancak belirtmek gerekir ki; Çin yazısının ses esasına dayanmayıp bazı simgelerden oluşan bir sistem olmasının; bilimsel ilerlemeleri geniş ölçüde zorlaştırdığı da bir gerçekti. Örneğin; 3000 adedini bilenin okur-yazar sayıldığı Çin alfabesinde yaklaşık 40.000 civarında simge bulunuyordu. Bunların hepsinin ezberlenmesi bütün bir ömür alacak kadar uzun bir zamana bağlı olduğu gibi; bu simgelerin gerçek anlamları da ancak uzun deneyim ve alışkanlıklarla çözümlenebiliyordu. Öte yandan Çin para sisteminin, ülke çapında geçerli belli bir esasa bağlanması, bu karışık sistemden yarar elde eden bürokratlarca nasıl önlenmiş ise; Çin yazısının sadeleştirilmesi de çok dar bir zümre olan bilginlerce kasten önlenmekteydi. Böylece bu harfleri öğrenme zorluğunu göze alamayan büyük yığınların cahil kalarak bilginlere muhtaç hale gelmeleri sağlanıyor ve bilginler sınıfının rakipler kazanmaları önlenmiş oluyordu. Bütün bu olguların ise; Çin'de bilimsel ilerlemeleri engellediği yadsınamazdı.

Öte yandan; Çin kültüründe doğaya egemen olmaktan çok; doğayla bütünleşmek ve onunla ilişkiler kurmak önemli görüldüğünden; bilimsel düşünce bir sistem olarak gelişememiş; birçok teknik buluş yapılmış ise de; bunlar münferit ve rasgele ulaşışlar şeklinde olmuşlardı.[10] Kaldı ki; Çin aydınlarının halktan kopuk bir sınıf olarak yaşamaları da teknik gereksinimleri sezmekten onları yoksun bırakmaktaydı. Esasen Çin'de nüfus ve dolayısıyla da kol gücünün bol miktarda bulunması, insanlara tekniğin yardımını aratmıyor ve bu durum tekniğin ilerlemesinde olumsuz bir etken oluşturuyordu. Ama bütün bunlara karşın; yüzyılların uğraş ve deneyimleri sonucunda gelişen Çin kültüründe soyut kelimelerin sayısının Batı dillerine göre çok fazla oluşu ve örneğin 1750 yılında tüm Avrupa'da bulunan kitap sayısının aynı yıl Çin'de bulunan kadar olmadığı da dikkati çekmekteydi.

MÖ 500 yıllarında yaratılan Shi Jing (Şiir Klasiği) ile edebiyat alanında ilk büyük eserlerini vermiş olan Çinliler; bu alanda pek çok büyük sanatkârlar da yetiştirmişlerdi. İyi eğitim görmüş hemen herkesin şiir denemeleri yapmasının adet olduğu Çin'de; Tang Hanedanı döneminde yetişen Du-Fu ve Li-Bo gibi yeteneklerle, şiirde altın çağlarını yaşadıkları gibi; diğer edebiyat dallarında da yetkin eserler verdikleri söylenebilirdi.

---

[10] Fairbank (kage) S. 76.

Genel eğilimi itibariyle; Tanrı ya da Doğa ile İnsan arasında bir sentez oluşturmayı amaçlayan Çin felsefesinin, bu amacını özgünlüğüyle başarmaya çalıştığı muhakkaktı. Esasen Çin'de, "Savaşan Devletler" döneminin yaşattığı büyük buhran ve karmaşa havasına bir tepki olarak ortaya çıkan felsefe; hep bu eğilimini korumuş görünmektedir. Shang Hanedanının, Zhou Hanedanlığına yenildiği ve Çin'in kabile döneminden feodal bir yapıya geçmeye zorlandığı koşulların etkisi; bu felsefede daima belirmekte olan özgün bir karakter yaratmıştır.

Başlangıçta Konfüçyüs ile Bilge Lao-tzu'nun temsil ettiği Çin Felsefesi, zamanla Buddhacı filozofların yetişmesine de tanıklık etmiştir. XI-XIX. yüzyıllarda; Buddhacılık ile Konfüçyüsçülük akımının etkisine giren Çin Felsefesi; Avrupa kültürüyle temasından sonra daha değişik bir nitelik kazanmıştır. Ancak, XX. yüzyılda; tamamen Marx Felsefesinin etkisinde bulunan Çin'in, günümüzde kendi tarihi felsefelerine de ilgi duymaya başladığı söylenebilir.

d) Çin'de Yönetim ve Hukuk

Ünlü gezgin Marco Polo'nun anlatımıyla, Çin sarayındaki törenler sırasında, bu törene katılmalarına izin verilmiş yüksek rütbelerdeki devlet büyüklerinin, yüce imparatorun huzurunda yerlerini almalarından sonra, Törenci Başı'nın ayağa kalkarak gür bir sesle: *"Eğilin ve Tapının"* [11] diye bağırması üzerine, herkes yerlere kadar eğilir ve hep birlikte: *"Tanrı Kağanımızı Kutsasın; mutluluk sevinci içinde korusun"* şeklinde dua ederlerdi. Gerçekte bu tören; halkın hükümdarlarını algılayış şeklini betimleyen örnek bir olay durumundaydı. Çünkü, Çin insanı ilk ve klasik dönemlerinde hükümdarlarını hem devletin şefi ve hem de halkın efendisi olarak gördüğü gibi; gerek doğuş ve

---

[11] Polo (kage) S. 98.

gerek konumu itibariyle de kutsal bir kimse şeklinde değerlendiriyordu. Hükümdarı *"Göğün Oğlu"* olarak nitelendiriyor ve onun insanları yönetmek görevinin tanrısal bir kaynağı olduğuna inanıyordu. O; yeryüzünde göğü ve dolayısıyla da kutsalı simgeleyen ve yeryüzünde Tanrı adına düzeni korumakta olan bir varlık olarak kabul edilmekteydi.[12]

Hükümdarın bu niteliği kuşkusuz ki; onun egemen olduğu toplumun yapısından gelmekteydi. Gerçekten de söz konusu dönemde hükümdar; mevcut bir feodal kuruluşun üzerine yükselen, ama güç ve karakterini yine de bu yapıdan alan, mutlak bir düzenleyici görünümündeydi. Onun bu konumu ise; çok eski çağlardan beri taşıdığı kutsallık ile toplumun baş rahibi olmasından güç alıyordu. Nitekim klasik çağda Çin, en güçlü ve otoriter hükümdarların saltanat yıllarında bile feodal ya da merkezi hükümetten nispeten özerk yapısını korumuştu.

Aslında Çin; kilometre karesine yaklaşık 2000 kişinin düştüğü, son derecede kalabalık bir ülkeydi. Batı uygarlığından olduğu kadar diğer büyük ülkelerin değer hükümlerinin etkisinden de uzak ve kendisine özgü davranışları olan bir halk topluluğunu barındırıyordu. Bu bakımdan kültürel konularda olduğu gibi yönetim ve hukuk açısından da çok değişik nitelikler gösteriyordu.

Bu dönemde devlet başkanı olan hükümdar, ülkeyi; *"Başvekil"* konumunda bulunan üst düzey yöneticinin emrinde çalışan, geniş bir memurlar kadrosu aracılığıyla yönetmekteydi. Kuramsal olarak; her mutlak monarşide olduğu gibi, Çin'de de egemenlik hükümdardan kaynaklanmaktaydı. Halka karşı sorumsuz ve sınırsız bulunan bu güç, sonuçta yalnızca hükümdarlık makamına bağlı olan bürokratlar tarafın-

---

12 Okandan (kage) S. 156-157.

dan kullanılıyordu. Devlet merkezinde; hükümdarın emrinde olmak üzere; Bakanlıklar, Memur Akademisi ve Yüksek Yargı görevlilerinden oluşan bu mekanizma, taşrada eyaletler şeklinde örgütlenmişti. İl, İlçe, Bucak ve Mahalle birimlerinden oluşan eyaletler, Mandarin denilen yöneticiler tarafından yönetilmekteydiler. Kendilerine *"Ata Memur"* da denilen bu bürokratlar; halkı Baba-Oğul ilişkisi içinde bulunmak gibi bir kurala bağlıydılar.[13] Ancak önemle belirtmek gerekir ki; ilkeleri nasıl açıklanmış olursa olsun uygulamada devletin bütün bu görkemli güç ve kutsallığının; toplumun feodal yapısı ile inanç şekillerinden kaynaklandığı kuşkusuzdu. Çünkü, vurgulamak gerekir ki; Çin Devleti tarıma dayalı bir kültüre sahip olduğu gibi; köylü ve bürokratların temellendirdiği bir kuruluşta yaşam bulmuştu. Bu bakımdan da, aslında, ülkeyi bürokratlar ile toprak ağalarının meydana getirdiği özgün bir ortaklık yönetmekteydi.[14] Yani gerçekte tarım ve köy kültürü kökenli olmakla birlikte; Çin Devleti, zamanla köye yabancılaşmış bir tavır almıştı. Köylülükten uzaklaşıp, giderek elitleşen ve kendilerinde seçkin bir nitelik görerek halktan ayrılan üst sınıflara dayanmaktaydı. Açıkçası; devlet, ülkenin üst sınıflarının bir kurumu haline gelmiş ve bu oluşum içinde de toplum, merkezi ve otoriter bir rejime tabi tutulmuştu. Üstelik; devletin bu şekli, Çin ailesinin özgün niteliklerine uygun düştüğü gibi; Çin köylüsünün aileden olan beklentileriyle onun otoriter ve hiyerarşik iç ilişki biçimleriyle de örtüştüğü için, oldukça sağlam bir kaynaktan beslenme durumundaydı.

İşte bu nedenlerledir ki, gerek Çin Devletinin özgün yapısını daha iyi anlayabilmek ve gerekse de Çin hukuk sisteminin niteliğini her yönüyle kavrayabilmek için; bu ülke insanının aile düzeninin çok kısa da ol-

---

[13] Fairbank (kage) S. 103.
[14] Fairbank (kage) S. 15-16.

sa, yakından incelenmesinde büyük yararlar bulunmaktadır.

Çin'in klasik döneminde, toplum yapısı içindeki en önemli kurum aile birliği idi. Bu bakımdan Çin ailesinin dayandığı ilke ve gelenekler, toplumun diğer bütün kuramlarının oluşumunda etkili olmuşlardı. Nitekim Çinliler yönünden birey değil fakat aile önemli olduğu için; bütün insan ilişkilerinde bireyler, ancak bir aile ferdi olarak önemsenmek durumundaydılar.

Çin ailesi; babanın mutlak egemenliği altında olarak belli hiyerarşi içinde yaşayan ve birbirlerine saygı göstermek zorunda bulunan yakın akrabaların oluşturduğu bir kurumdu. Amacı mensuplarını bir kale gibi korumak olan bu kurumda yaşayan kimseler; uydukları hiyerarşi ve gösterdikleri saygı karşılığında güvenli bir yaşam bekliyorlardı. İnsanlar aile birliği ya da otoritesinin kendilerine göstermek zorunda olduğu yardım, iltimas ve ayrıcalıkları istemeye şartlandırılmışlardı. Öyle ki ailenin hiç tartışılamayacak olan bu kavrayıcı ve korumacı özelliğini belirleyen ilkeler; zamanla, devletin yönetiminde de vazgeçilmez kurallar olarak kabul edildiler. Sonradan toplumu belli bir düzene bağlamak üzere siyasetten ticarete kadar tüm insan ilişkilerini kavrayacak şekilde: *"Beş İlişki Yasası"* ismi altında formüle edilen ilkeler; kökende aile öğelerinin birbirleriyle olan bağlılıklarının idealleştirilmesinden başka bir şey değillerdi.

Nitekim; *"Çocuk doğduğundan itibaren, ailesi içinde ağabeyleri, kız kardeşleri, büyük ağabeyinin karıları, çeşitli halaları, amcaları, teyzeleri, dayıları, yeğenleri, dedeleri, babaanneleri ve sıhri yakınlarından kurulu çok kalabalık bir sisteme bağlanırdı... Örneğin, ilk doğan oğlan çocuk, belli bir yaşa gelir gelmez, öğretilere uymak ve aile soyuna karşı, erkek ve kız kardeşlerine karşı; ilk doğan oğlan, olarak belirli görevle-*

ri yüklenmek zorundaydı." [15] Onun için de; bir çocuk aile içinde birtakım yükümlülükler alırken, aynı zamanda bazı yararlara sahip olmayı da doğal buluyordu. Ama bu aile düzeni içinde varolan bütün ilişkilerin hukuksal olmaktan çok; yakınlık, sevgi ya da koruma ve kollanma duygularına dayanmakta oluşu, Çin insanının tüm ilişkilerini etkileyen başka bir öğeydi. Nitekim Çinliler daha çocukluklarında; nasıl *"iyi bir oğul"* olmakla ilişkilerinin düzenli işlemesini sağlarlarsa; *"iyi ve düzene uyumlu bir teb'a"* olmakla da toplum ve devlet katında makbul bir öğe olarak bazı yararlar umut edebileceklerine inandırılmış oluyorlardı. Onun için aile içinde edinilen bu alışkanlıklar, toplumsal ilişkiler ve hukuksal olması gereken münasebetlerde de aynen geçerli kılınmaya çalışılmaktaydı. Bu nedenledir ki; klasik Çin'in kamusal yaşamında; hukuk gelişmemiş ya da genelde ihmal edilmiş ve onun yerine yakınını ya da grubunu kollama ve daha da kötüsü neredeyse kamusal ilişkilerin tamamında kayırmacılık ve hukuksuzluk büyük boyutlara ulaşmıştı.[16]

Çin kamusal alanı ya da toplumunda her ne kadar devlet başkanı mutlak bir iktidara sahip ise de onun bütün bu güç ve otoritesi; halkının mutluluğunu sağlamak koşullarıyla sınırlı kabul ediliyordu. Bunun tersine bir davranış ise; yalnızca toplumda değil fakat tüm kozmik alemde düzensizliğe neden olabilecek vahamette bir kusur olarak kabul olunuyordu. Böyle bir durum halkın hükümdara başkaldırmasını da meşru hale getiren büyük bir suç niteliğindeydi. Bir Çinlinin hükümdarından beklediği ise; çocukluğunda babasında görmeye alıştığı ve umduğu davranışlardan başka bir şey değildi. Öyle ki; Çin ailesinin sorumsuz baba egemenliğine dayanan hiyerarşik yapısı, toplumun şekillenmesini de derinden etkilemiş; ve

---

[15] Fairbank (kage) S. 39.
[16] Fairbank (kage) S. 17.

sıradan bir Çinli için, toplumun hukuk dışı ve yalnızca egemen varlığın sevgi ya da nefretine dayanan eşitsiz yapısı son derecede doğal bir olgu olarak benimsenmiştir.

Özetle söylemek gerekirse; incelenen imparatorluk döneminde Çin ülkesi; hükümdar ile onun varlığınla mevkilerini korumakta olan feodal beylerin ve bütün güç ve yetkilerini hükümdardan alan memurların; birbirlerine göre belli bir derece farkı içinde sürdürdükleri zevk ve sefa ya da israflara karşı; esas halkın sömürülüp ezilmesine dayanan çarpık bir yönetimi taşımaktaydı.

Çin klasik döneminde, daha doğrusu XX. yüzyıl başlarına kadar, yabancı etkilerden ve özellikle de Batı Avrupa uygarlığının baskın gücünden uzak yaşamıştı. MÖ 653 yılında Tang Hanedanı zamanında bir komisyon tarafından yapılan oldukça kısıtlı hukuk derlemelerinde korunan kurallar uzun zaman Çin yaşamında etkili oldular. Ama Çin Hukukunu etkileyen en önemli etmen; *"Savaşan Devletler Dönemi"*nde ülkeye yayılan karmaşa olgusuydu. Çünkü; ülkenin yaşadığı bu karışıklık ve güvensizlik ortamına duyulan genel ya da entelektüel tepkiler; Çin hukukunun doğumunun olduğu kadar karakterinin belirlenmesine de neden oluşturdu. Belirtmek gerekir ki; "Savaşan Devletler" döneminden sonra ülkeye düzen ve halka güven vermek ya da yaşanan anarşiyi önlemek iddiasıyla iki önemli düşün sistemi ortaya çıkmıştı. Üstelik bu iki büyük düşün sistemi inanç biçimlerinden yönetime ve hukuksal yapıya kadar insanların etkilendiği tüm alanları kapsamlarına almış bulunuyorlardı.

Bunlardan Konfüçyüsçülük denilen sistem; hukuku evrensel birtakım yasalara ve *'Li'* kelimesiyle isimlendirilmiş ahlaki değerlere ve tavırlara ya da erdeme dayandırıyordu. Buna karşılık Yasacılık denilen diğer sistem ise; hakların yürürlükteki yasalardan kaynaklanan ve *'Fa'* kelimesiyle isimlendirilmiş kurallardan oluştuğunu ileri sürmekteydi. *"Konfüçyüsçü ideolojinin özü; düzenli ilişkilere ve bütün sınıf ve bireyleri kapsayan bir hiyerarşiye dayalı toplumsal uyum düşüncesiydi."* Ona göre; yöneticiler ve üst sınıf insanları, alt sınıfları eğitecek, onları belirli ilişki ve toplumsal davranış kalıplarına alıştıracak ve böylece düzen sağlanacaktı. Yasacı okul ise; herkesin öğrenmesine açık birtakım yasaların yayınlanıp halktan bunlara uymalarının istenmesiyle hukuksal düzenin sağlanacağını ileri sürüyordu. Qin Hanedanının yasacıların görüşünü benimsemesi sonucu, bir süre bu akım Çin'de egemen oldu ise de; sonradan Konfüçyüsçülük onun yerini almıştı. Ama bu akımlardan hiçbiri Çin'de devamlı ve değişmez bir devlet görüşü haline gelemedi. Her ikisi de zaman zaman devlet adamlarını etkilemek şeklinde bir fonksiyona sahip oldular.

Ama Çin hukukunu her zaman yürürlükte olan ve toplumun yasal ya da geleneksel yapısını oluşturan bazı önemli ilkeleri olduğu da kuşkusuzdu.

Öncelikle; Çin hukuk sisteminin özünde; imparatorun Tanrısal bir rol taşımakta olduğu ve onun yalnızca yeryüzünde değil fakat bütün evrende kozmik dengeyi de sağladığı varsayılıyordu. Bunun kadar önemli diğer bir hukuksal olgu ise; toplumun seçkinler, soylular ve halk olmak üzere başlıca üç sınıfa ayrılmış olması ve ülkede sınıflar arasındaki eşitsizliğin çok yaygın durumda bulunmasının doğal kabul edilmesiydi. Seçkinler zümresi; büyük toprak ağaları, bilginler ve kapı kulları şeklinde nitelendirilebilecek saray mensuplarından oluşuyorlardı. Doğal olarak bunların arasında yüksek rütbeli komutanlar da vardı. Bu sınıf toplumun üst düzey yöneticileri ve din adamlarından oluşan en gözde insanları barındırıyordu. Soylular ise; kent ve köylerde yaşayan büyük ve zengin toprak sahipleri ile kamu hizmeti gören okumuş insanlardan oluşmaktaydılar. Bunlar, halk ile devlet arasında adeta *"Hareket kayışı"* [17] görevini yürüten; halka kültürel yönden olduğu kadar, yönetsel ve bayındırlık alanlarında da önderlik yapan bir sınıftı. Toplumun adeta elit katmanını oluşturan bu insanlar; Çinliler için her zaman özenilen ve Çin kültürünün baskın karakterini gösteren kimselerdi. Genelde çalışmadan yaşayabilecek kadar bir servete sahip oldukları gibi; çevrelerinde büyük bir saygınlık uyandırmalarıyla da dikkat çekerlerdi. Soylular; kibar tavırları, imrenilecek bilgileri ve devlet katındaki mevkileri ile halkı etkilemekteydiler. Bu nedenlerledir ki; soylulara öykünülmesi dolayısıyla; Çin kültüründe, çalışmaya gereksinimi olmayan ve belli refah düzeyine erişmiş bir konuma ulaşmak en büyük övünç nedeni olarak algılanıyordu. Yıpratıcı çalışmalardan uzak olduklarını tertemiz elleriyle ve zenginliklerini de görkemli giysileriyle sergilemekten zevk duyan soylular; konumlarını *"Uzun Tırnaklı"* parmaklarıyla simgeledikleri için; biraz olsun zenginleşen en kaba köylüler bile, bu başarılarını tırnaklarını uzatmakla kutlarlardı. Toplumsal sınıflandırmanın en alt katmanlarında, her zaman olduğu gibi, basit halk insanları geliyordu. Köylerdeki saz kulübelerde ya da kentlerin kenar ve fakir semtlerinde yaşayan halk: tarım işçiliği, devletin angarya çalışmaları ve bayağı uğraşılarda gereksinimlerini karşılamaya çabalayan kimselerden oluşuyordu. Ama bütün bunlara karşın; örneğin Hindistan'da olduğu gibi; sınıfların bir Kast şeklinde birbirlerinden katı ve kesin kurallarla ayrılmamış olduğu Çin'de; insanların üst sınıflara sıçramalarının olanaklı bulunması en büyük teselli kaynağı durumundaydı. Bunun aynı zamanda, büyük başkaldırıları ve gerginlikleri önleyen çok etkili bir güvenlik mekanizması olduğu da ortadaydı. Çünkü; uygulamada gerçekleştirilmesi oldukça zor koşullara bağlanmış olsa bile; ku-

---

[17] Fairbank (kage) S. 44.

ramsal olarak üst sınıflar tüm Çinlilere açık bulunduruluyordu.[18]

Klasik yani imparatorluk Çin'inde; toplumsal eşitsizlik; vergi, angarya ya da davalardan bağışıklık şeklinde gerçekleşiyor ve toplumsal rütbeler artıp üst sınıflara yükseldikçe bu bağışıklıklar daha da büyük alanlara doğru genişliyordu. Örneğin; suç işleyenlere verilen cezalar bile rütbelerine göre saptanıyordu. Şöyle ki; aynı suçtan dolayı üst rütbe ve sınıflardan olanlar daha az ceza alırlarken; alt sınıflarda bulunanlar hem daha şiddetli ve hem de daha haysiyet kırıcı cezalara muhatap olabiliyorlardı. Keza üst sınıf insanları, kendilerine verilebilecek cezalardan, bu konuda takdir edilecek bir parayı ödemek suretiyle kurtulma hakkına da sahip idiler.

İşte anlatılan bütün bu nedenlerledir ki; Çinlilerin yaşamlarında, bir üst sınıfa geçebilmenin en bilinen ve kuramsal olarak da herkese açık yolu olan memur olabilmek, olağanüstü önemde bir fırsat sayıla gelmişti. Onun için halk kesimi yönünden, herhangi bir memuriyet elde ederek devlet bürokrasisi içine girebilmek; hem üzerinde "Mandarin" yazan elbiseler giymek, parlak üniformalar kuşanmak, şapkalarına papağan tüyünden sorguçlar takmak gibi belli bir ayrıcalığı bulunmak, hem iyi bir geçim kaynağına sahip olmak ve hem de onurlu bir yaşama kavuşmak anlamına geliyordu. Nitekim sırf bu nedenlerle, Çin'de memur olabilmek ya da memuriyete alınma hakkı bulunmak halk için daima en büyük sorun olarak görüldüğü gibi; siyasetçiler içinde bu yoldaki vaatler hep iktidara yükselebilmek fırsatı olarak kullanılmıştı. Hatta bazı büyük halk karışıklıkları ya da başkaldırılarının altında yatan nedenlerden biri de, memur olabilme şansına kavuşmak umudundan kaynaklanmaktaydı.

---

18 Fairbank (kage) S. 35.

Gerçekten de; imparatorluk Çin'inin kamusal yapısında olduğu gibi, toplumun tüm kurum ve eğilimlerinde de memuriyet olağanüstü bir önem taşıyordu.

Kötü yönetimin halk için bir devrim ya da başkaldırı nedeni olarak görüldüğü Çin geleneğinin bu özgün yapısında; devlet başkanının kendisinden beklenilen; adaletli ve mutluluklar dolu bir düzeni kurabilmesi; çevresinde yetenekli ve dürüst yöneticiler bulundurmasına bağlıydı. Diğer yönden de; zamanla miras yoluyla bölünerek pek küçük parçalara ayrılmış toprak yapısının hazırladığı fakirlik de iyi bir ekmek kapısı olarak memuriyeti son derecede çekici bir hale getirmişti. Çin geleneklerine göre; ticaretin asalak bir meslek ve itibarsız bir uğraş olarak algılanması da memuriyete olan eğilimi artıran diğer bir nedendi. İşte bütün bu olgular sonucunda; Çin'de memur olmak halk insanları için, hem bereketli bir ekmek kapısı ve hem de kamu gücünü kullanmaya olanak sağlaması yönünden büyük bir otorite kaynağı şeklinde algılanıyordu. Su kanalları, nehir setleri, saraylar yapımını gözetmek; devletin tahıl ambarlarını yönetmek, vergileri toplamak, angaryaları düzenlemek gibi çok çeşitli işlerin sağladığı otorite yanında; devlet memuru olarak alınan maaşların miktarları da azımsanmayacak bir düzeyde bulunuyordu. Ama bütün bunların dışında; yüzyılların alışkanlığıyla artık doğal bir gelir kaynağı olarak görülen; rüşvet ve irtikâp gibi yolsuzluklarla edinilen servetler de memur sınıfının kazançlarına ekleniyordu. Öyle ki bu büyük geçim ve zenginlik fırsatından yararlanmak isteyenlerin hücumu; memuriyete atanma işlemlerini çağlar boyunca Çin'in başlıca sorunlarından biri haline sokmuştu. Nitekim yüksek düzeydeki memurlukların genelde, imparatorun ana tarafından olan akrabalarına verilmesi güçlü bir gelenek haline bile gelmişti. Halkı tatmin için zaman zaman açılan memuriyet sınavları ise; Çin tarihinin en önemli olaylarını arasında olurdu. Sınavların ilk iki aşaması adayın doğduğu yer ve ilçelerinde yapılır bunları kazananlar ise başkentte 3. bir elemeye tabi tutulurlardı. Başkentin büyük alanlarında kurulan, küçük onlarca hücre barakalara teker teker yerleştirilerek yazılı sınavlara alınan adaylar; genelde edebiyat ve kompozisyon içerikli çok zor sorularla elenerek, en yeteneklilerin bulunmasına çalışılırdı. Sınavın son aşaması ise sarayda kurulan komisyonlar önünde olurdu. Ne var ki; bütün bu gösterişli elemelere karşın; memuriyete yine de çoğunlukla yüksek bürokratların yakınlarının ya da iltimaslıların alınmakta oluşları Çin tarihinin hazin gerçekleri arasındaydı.

Eski Çin'deki ayrıcalıkların önemlilerinden bir diğeri de; kuşkusuz ki, kadınlara karşı takınılan tavırlarda beliriyordu. Çocukluk çağında babalarına, evlilikte kocalarına ve kocasının erkek akrabalarıyla diğer aile büyüklerine bağlı bulunan kadınların, kamusal hakları olduğu gibi medeni hakları da son derecede kısıtlı bulunuyordu. Özellikle kocasına saygılı ve itaatkâr olması en büyük meziyet olarak kabul edilen Çinli kadının; doğal yapısı itibariyle sadakatsiz olduğu düşüncesi, onu aile içinde bir köle haline getirmişti. O kadar ki; evinin dışına çıkıp fazla dolaşmaması için, yürüyüş kapasitesini azaltmak amacıyla, daha küçük yaşlarda ayakları dar kalıplar içinde sıkıştırılarak sakat bırakılmaktaydılar. Sonradan yürüyüşlerinin özgünlüğü ile dikkat çeken bu *"Kuş Ayaklı Kadınlar"* yüzyıllarca, makbul dişiler ve güzel Çin kadını simgesi olarak anılmak şanssızlığına mahkûm edilmişlerdi.

Çin hukuk uygulamasında; yargılama da doğal olarak çok büyük bir önem gösteriyordu. Ama Çin'de çok özgün ve kapsamlı ya da özel mahkemeler yaratılamamıştı. Tarihin ilk dönemlerinde her yede olduğu gibi Çin'de de, genel olarak, yargılama yöneticiler tarafından yapılıyordu. Doğal olarak zaman içinde yargılama işi bu ülkede de, bu işle özel olarak görevlendirilmiş memurlara bırakıldı. Ama onlar da hiçbir zaman modern anlamda bir hâkimlik güvencesine sahip olamadılar. Bu konudaki tek özgün usul; yerel yöneticinin yakınlarının yargılanmalarının kendisine komşu yöneticiler tarafından yapılması kuralıydı. Buna karşılık; yargılama sırasında: hüküm vermek işi gerekli olan suç ikrarını sağlama konusunda; hâkimler, izlenecek yöntemler bakımından hemen hiçbir kısıtlamaya bağlı bulunmuyorlardı. Sanıkların dövülmesi ya da işkenceye tabi tutulması olağan görülüyor; savunma kutsallığı ya da avukatlık mesleği gibi kavramlar fazla önemsenmiyordu. Gerçi zaman zaman, Konfüçyüsçülük etkisiyle; kişilerin uyuşmazlıklarını dava yerine anlaşmalarla sonuçlandırmaları özendiriliyor ise de; bu usul geniş bir uygulama alanına kavuşmuş bulunmuyordu.

Kuşkusuz ki: bütün bu anlatılanlardan çıkarılacak sonuçlar çok özet olarak, eski Çin'de, Batı uygarlığında yetişmiş insanların anladığı anlamda bir hukuk kültürünün bulunmadığı şeklinde ifade edilebilir. Çünkü batı hukukunun yasalcılığına karşılık; Çin'de, belli yasa kurallarına bağlı kalmadan, insanları uzlaştıracak çözüm şekillerini üstün gören bir hukuk anlayışının geliştiği söylenebilir. Bunun ise; Çin'de; adaletin gerçekleşmesinin yasaların mevcut hal ve koşullara göre uygulanmasıyla olanaklı olduğu inancının benimsenmiş olmasından kaynaklandığı açıktır. Nitekim bu anlayıştan hareketle; Çin hukukunda; ceza, eğitimsiz insanlara eğitimli olmanın gereğini ihtardan ibaret bir önlem olarak algılandığı gibi; toplumsal düzenin ceza hukukunda olduğu kadar özel hukukta da gelenek ve ahlaksal yönelişlere uygun davranmakla gerçekleşebileceğine inanılıyordu. Ne var ki; her şeye karşın, Çin insanının siyasal davranışlarını olduğu gibi hukuksal tavırlarını da belirleyen esas öğenin aile olması, bu konuda da hükmünü yürütmekten geri kalmamaktaydı. Çünkü; kendi aile çevresinin ve koşullarının içinde yakaladığı mutluluğu en büyük nimet olarak gören Çinliler; devletin kamusal girişim ve siyasetine ilgisiz kaldıkları gibi; aile çevresi dışındaki insanlara karşı da belli bir yabancılığı sürdürmekte ısrarlı bulunaktaydılar. Nitekim, aile içindeki bireylerin birbirlerine karşı olan tutumlarında ve akraba şefkat ya da sevgisinin hazırladığı bu anlayışlı davranışlarını, yabancılara karşı aynen uygulamakta hevesli görünmüyorlardı. Bu bakımdan; onların büyük bir hoşgörü örneği gibi görünen bu tavırlarının ilkel bir kabile dayanışmasından kaynaklandığı yadsınamazdı. Bunun ise onları; batı uygarlığının temel taşı olan bireysellikten uzaklaştırırken; toplumun ağır baskısı altında yaşamaya iten bir çaresizliğe mahkûm ettiği ortadaydı. Onun içindir ki; klasik Çin'de; batı dünyasının anladığı anlamda objektif bir hukuk anlayışı gelişemediği gibi; bireyselcilik de önem kazanamamıştı.

Ancak; Çin'in Cumhuriyet ve Devrim dönemlerinden sonra, siyasal ve ideolojik açıdan tartışılabilir olsa bile, giderek gelişen uygar bir hukuk ve yasal düzene kavuştuğu da yadsınması olanaksız bir gerçektir.

II. BÖLÜM
ÇİN'DE İNANÇ ŞEKİLLERİ

Koskoca bir ağaç görüyorum
ufacık bir tohumda
o ne ağaç ne tohum
om mani padme hum
om mani padme hum
om mani padme hum

Asaf Halet Çelebi[19]

Çin, gerek yeryüzünde kapladığı alan ve gerekse de nüfusunun kalabalıklığıyla; her yönden olağanüstü bir ülkedir. Onun içindir ki, uzun tarihi içinde sayısız inanç şekillerini olduğu kadar pek çok dinsel oluşumları da sinesinde barındırmıştır. Son yarım yüzyılda tanıştığı Marksist anlayış ise, dine yabancı bir düşün sistemi olmakla özgün bulunmaktadır. Bu bakımdan, doğaldır ki; belli konuları amacına uygun gelecek boyutlarda incelemek durumunda olan bir araştırmada; böyle bir ülkedeki tüm inanç biçimlerinin incelenmesi olanaksızdır. Nitekim, Konfüçyüsçülüğü tanıyabilmek hedefi açısından, Çin'de tarih boyunca varolmuş dinsel sistemlerden ancak başlıcalarının tanıtılması yeterli görülmelidir.

a) Çin Mitolojisi:

Kuşkusuz ki her ulusun olduğu gibi, Çinlilerin mitolojileri de, onların ilkel anlayış ve inanç şekillerini ortaya koyan söylemlerden toplanmıştı. Ama buna

[19] Çelebi (kage) S. 52.

karşılık, Çin insanının yüzyıllar sonraki eğilim ve karakter yapısının oluşmasında, bu ilginç masalların çok önemli bir etkisinin olduğu da yadsınamazdı. Özellikle Çinlilerin, çok karışık bir ırksal yapıda oldukları kadar; kendilerinden pek uzak ırk ve ulusların etkisinde kalmış bulunduklarının öyküleri de mitolojilerinde açıkça ortaya konmuştu.

Efsaneye göre: Çok eski devirlerde, henüz varlıkların oluşmamış olduğu o uzak geçmişte; Evrenin sonsuz boşluğunda büyük bir yumurtadan başka hiçbir şey bulunmuyordu. İçinde her şeyin ışıksız ve fakat tam bir denge halinde olduğu bu yumurta, Göğün ve Yerin ilk cevherlerini de yine tam bir eşitlik içinde taşımaktaydı. Ne var ki; sonsuzluğa akıp giden yüzyılların ısıtışıyla, bir süre sonra bu kozmik yumurtada canlanış belirtileri başlamıştı. Ve nihayet; zaman içinde varoluşun ilk örneği olan Pangu, işte bu yumurta içinde yaşam bularak canlandı. Rahminin kabuklarını kırarak, böylece evrene doğdu. Bu sırada, yumurtanın içindeki diğer cevherler de, kaderin belirlediği şekillerine girmeye başlamışlardı. Nitekim az sonra, Yang ve Yin oluştular. Bu oluşumdan sonra: Erkekliği, canlılığı, aydınlık ve sıcaklığı içeren Yang yükselerek Gökyüzü haline geldi. Dişiliği, karanlığı, boyun eğişi ve edilgenliği içeren Yin ise çökerek yeri var etti. Oluşum kurallarına göre: Yan; güneşte, Yin ise; Ay'da simgeliyorlardı.

Görünüşte; evrende yeni bir denge kurulmuş gibiydi. Ama yine de, bütün bu oluşumların birbirlerinin üzerine düşerek kozmik düzeni bozmamaları için; Ying ile Yin'i kendi sınırları içinde tutacak bir gücün bulunması gerekiyordu. Yoksa Yang yukarısında bulunduğu Yin'in üzerine kapanır ve her şeyin yok olmasına neden olabilirdi. Onun için Pangu, bir süre bütün yetenek ve gücünü kullanarak Yang'ı bulunduğu yükseklikte tutmaya çalışmıştı. Ne var ki; bu korkunç ağırlığı kaldırmak kolay değildi. Çünkü, nihayet onun da güç ve dayanıklılığının bir sınırı bulunuyordu. Nitekim, fedakar Pangu; bir süre dayandıktan sonra yorulmuş ve giderek de gücü kesildiği için Yang'ı kaldıramaz olmuştu. En sonunda da; Yang'ın ağırlığı altında ezilerek öldü.

Ama yaşamı sürdürmeye kararlı olan kader; her şeye karşın, yokluğu önlemeye yine de Pangu'nun cansız vücudunu kullanarak muvaffak olacaktı. Öyle ki, *"Pangu'nun başı doğudaki dağları oluştururken, ayakları batıdaki dağları meydana getirdi. Bedeni ise Orta dağlar şekline girerken; sol kolu güney ve sağ kolu da kuzey dağlarını oluşturdu. Böylece Beş Kutsal Dağ; kare şeklinde yaratılan dünyanın dört köşesinde yükselirken; Orta dağlar da yeryüzünün merkezini belirlemiş oluyordu. Ve bu dağlar; dünyanın üzerinde taştan yapılmış birer dev sütun gibi durarak; gökleri yukarılarda tutmayı başardılar."* [20] Onun, yer üzerinde düşmesine engel oldukları gibi, yaşamın da tehlikesizce devam etmesini sağladılar. Bu arada; Pangu'nun vücudunun türlü yerleri de; varlığın çeşitli öğelerini oluşturmaya devam etmişti. Saçları yıldızlara, gözleri Güneş ve Aya, etleri topraklara, kanı okyanuslara, nefesi rüzgârlara, terleri yağmurlara diğer kısımları da bitki ve hayvanlara hayat vermişti.

Ama daha da ilginci; Pangu'nun ölümüne çok üzülen Ana tanrıça Nugua, onun yerini alması için; Sarı Nehrin çamurlarından ilk insanları yaratmıştı. Hatta insanları ilk kez çamurlarını ayrı ayrı ve özenle seçip, kendi elleriyle yoğurarak şekillendirerek var etmişti. Ama daha sonra bu şekilde yaradılışın uzun zaman alması üzerine; kıyıdan topladığı toprakları avuç avuç nehre serperek, insanları yığınlar halinde yaratmaya başladı. O kadar ki; artık yeryüzü bu insan ırkıyla doluyor ve dünyanın dört tarafında yüz binlercesi sevinç ve coşkuyla yaşamının güzelliklerini solu-

[20] Rosenberg (kage) S. 563.

yordu. Pangu'nun vücudundan yayılan tatlı bir umut bütün evrende canlılıkla göveriyordu. Ama yaşanan bu mutluluklar içinde garip olan bazı oluşumlar da yok değildi. Örneğin; Ana tanrıçanın tek tek yarattığı insanların akıl ve servet sahibi olarak olağanüstü güçlenmelerine karşın; hızla ve özensizce yarattığı yığınlar, sıradan ve fakirlikleriyle sıkıntı içinde yaşıyorlardı. Diğer dikkat çeken bir gariplik de; Pangu'nun vücudundan yaratılan varlıklar arasında Ejderhaların bulunmasıydı. Her biri; başı aslan, ayakları kartal, kuyruğu yılan ya da tam tersi bir biçimde türlü hayvan karışımlarıyla şekillendirilmiş bulunan bu yaratıkların insanları tedirgin eden pek çok yanları bulunuyordu. Üstelik; iyilikten kötülüğe, sevgiden nefrete, korkudan cesarete kadar türlü nitelikleri de birlikte taşıyorlardı. Ama onların esas garip yanları; insanlarla ilişkilerindeki davranışlarındaydı. Öyle ki Ejderhalar, insanların her türlü iş ve ilişkilerine müdahale edebiliyorlardı. Zaman zaman doğal felaketlere neden olabildikleri gibi; ay tutulmalarını, savaşları hazırlayanlar da onlardı. Ne var ki; bütün bu kötülüklerine karşılık; kötüler tarafından kaçırılan kızları koruyan, Tanrıların ya da destan kahramanlarının üstlerine binip ulaşmak istedikleri yerlere çabucak gitmelerini sağlayanlar da yine Ejderhalar oluyordu.[21]

Kuşkusuz ki Ejderhalar; Çin insanının doğal güçler karşısında yaşadıkları kuşku ve umutlarını simgeleyen düşsel varlıklardı. Onların türlü hayvanların karışımı şeklinde düşünülmüş vücut yapıları ise; yine Çin halkının çok karışık bir ırksal yapıya sahip olmalarının[22] hayallerine yansımasından kaynaklanıyordu. Aslında Çinlilerin; bu büyük insan denizinin içindeki ırksal yalnızlıkları; aileye olan aşırı bağlılıklarını hazırlayan en önemli etmenler arasındaydı. *"Bütün ai-*

---

[21] Mackenzie (kage) S. 49.
[22] Mackenzie (kage) S. 244.

lenin tek bir insanmış gibi" [23] algılanma alışkanlığı; kökenleri aynı olmayan bu büyük kalabalığın uyandırdığı korkunun eseriydi. Hatta aynı olgu; Çinlilerin en az aile kadar büyük bir tutkuyla bağlandıkları Altın Çağ inançlarının oluşumunda da etkili olmuştu. Öyle ki; halk dinini etkileyen en önemli mitolojik söylemler hep bu inançtan kaynaklanıyordu.

Çin'in mitolojik söylemlerinde; açık denizlerin gizemli uzaklıklarında saklı bazı Mutluluk Adaları olduğu öykülenirdi. Bu adalarda yaşayan insanların; altın ve gümüşten yapılmış saraylarda oturdukları ve yaşam bitkisinin meyvelerini yedikleri için sonsuz bir ömür sürerek, sağlıklı bir zindelikle yaşadıkları anlatılırdı. Bu cennet içinde insana hayat veren suların, sihirli mücevherlerin bulunduğuna ve bunlara ulaşanların büyücüler ve hatta peygamberler gibi hayatın çok gizli sırlarına erişebileceklerine inanılırdı. Orası insanların hastalıklar ve acılardan uzak mutluluklar içinde yaşadıkları bir ülkeydi. Ebedi gençliğin sürdüğü ve yoksulluğun olmadığı tanrısal bir hayal alemiydi.[24] Ama ne var ki; şimdi katılmış bulundukları grupların kurallarına uyularak ya da içinde yaşadıkları topluluğun emirlerine itaat etmek suretiyle sürdürülecek bir yaşam sonunda ulaşılabileceğine inanılan bu cennetin; bir zamanlar yeryüzündeki insanların yaşadıkları doğal bir hal olduğu da söyleniyordu. Hatta Çinli yazar Tao Çien, ünlü 'Şeftali Baharı Bahçesi' isimli denemesinde; her türlü kötülükten uzak, doğal davranışlarla süslenmiş, mutluluk içinde bir yaşamı simgeleyen bu tarihsel evreyi: *"Kâseyi ağza götürmek, şiirler söylemek, kendisini eğilimlerine bırakmak... İşte halk, ilk zamanlarda böyle cennet misali yaşardı"* betimlemeleriyle anlatıyordu.[25]

---

[23] Eberhard - Han Yü - Denemeler - S. 21.
[24] Mackenzie (kage) S. 115.
[25] Eberhard (kage) - Denemeler- Tao Çien - S. 17.

İnsanların artık tatlı bir hayal ya da uzak bir geçmiş olarak anımsadıkları bu güzelim çağın sona ermesi ise büyük bir çöküş olarak karşılanmıştı. Ne var ki; Altın Çağ'ın bitiş nedenine ilişkin efsaneler bu sona erişten çok daha ilginçti.

Çin mitolojisinde; Altın Çağ'ın yitirilme sürecinin, imparator Fu-Hi'nin tahta çıkmasıyla başladığı kabul edilmekteydi. Bu imparatorun insanları doğadan ayırıp, onları hayvanlar ve bitkilerle iç içe yaşadığı o birliktelikten koparıp almasının; tüm dinginliklerini yok ettiği anlatılıyordu. Efsanelere göre; Fu-Hi, insanları uygarlaştırmış, onlara dinsel ve bazı teknik bilgiler vermekle ilkel saflıklarını yok etmişti.[26] Onun bu öğretilerinden sonra insan, yeryüzünde desteksiz, yalnız ve çaresiz kalmıştı.

Kuşkusuz ki Altın Çağ yalnızca Çin uygarlığına ait bir kavram değildi. Tam tersine o bütün insanların duyumsayıp, büyük bir özlem içinde yeniden yaşamak istedikleri bir teselli kaynağı idi. Nitekim; *"Türlü jeolojik dönemlerin getirdiği engellemelerle, ilkel pastoral mutluluğunu yitiren insanın bütün evriminde; yaşadığı olayları nitelemek için söylenen: Cennetten düşüş deyimi, en uygun mecaz niteliği de taşır görünmekteydi."*[27] Çünkü insan, yaşadığı ilkel hayatın bütün bu olumsuzluklarına karşın, varlığını sürdürebilmek için düşünce gücünü kullanmak zorunluluğunda kalmakla; bir taraftan beynini geliştirirken, öte yandan da diğer varlıklar ve bitkilerle iç içe yaşadığı 3-4 milyon yıl önceki o doğal halini terk etmek durumundaydı. Bu ise; onun ilkel dinginliğini yok eden o günahı işlemesi yani bilgi ağacının yasak meyvesini yemesi anlamına geliyordu. Zira insan böylece, kabilesinin içinde yavaş yavaş varlığının bilincine varıyor, topluluğun kişiliksiz bir parçası olmaktan çıkarak özgür ve

---

26 Mackenzie (kage) (kage) S. 230.
27 Sagan (kage) S. 113-114.

bilinçli bir katılan olmanın kaderini yükleniyordu. Bu ise, olayların bilincine varmış, kabilenin koruyuculuğundan uzak, güvensiz, yalnız ve tedirgin bir yaşam demekti. Düşünmek özgürlüğe ve özgürlükler ise kaçınılmaz olarak bireyselliğe doğru yönelişi getiriyordu. Artık pastoral mutluluk gibi pastoral eşitlik de kalmamıştı. Henüz yöresine ve giderek de bütün dünyaya hükmetmeye doğru gelişen görkemli uygarlığına da ulaşamamış olan insan; ürkek, tedirgin ve korku dolu bir yaşama başlayacaktı. Özgürlüğün bedelini Altın Çağı kaybetmekle öderken; onu yakalayabilmek için yavaş yavaş da olsa ayaklarının üzerinde doğrulması gerekiyordu. İnsan, Altın Çağı yeniden yakalayabileceğini düşünmekle mutluluk yoluna girişini sağlayan ilk silkinişini yapmış oldu. Çünkü ütopya, halkların kendilerini yenilesi için bir ilkeydi. Altın Çağ umudu insanı içinde bulunduğu korkunç ataletten kurtaran bir tılsım etkisi yarattı. Gerçi Altın Çağ'ın gizemleri birtakım yanılsamaları da birlikte getirdi ama; insanın düşlerin gerçekdışılığını fark etmesi uzun sürmedi. Bu ise onu önce dindarlığa ve daha sonra da mutluluğunu sağlayacağını umduğu siyasal düzeni bulmaya yöneltti.[28]

Ama vurgulamak gerekir ki; pastoral yaşamdan Altın Çağ'a ve oradan sofluk ve siyasal düzene geçişin öyküsü hiçbir ülkede Çin'de olduğu kadar açık ve çarpıcı ya da ilginç olmamıştı.

b) Genel İnançlar:

Çin'in ilk dini, bir nevi animizm olan ve bu ülke insanına özgü bulunan Sinizm idi. Temelde; toprağa, mevsimlere ve göğe tapınmaya dayanan bir doğa dini niteliğinde bulunuyordu. İlk evrelerinde fizik ötesi inançlar da içermesiyle özgündü. MÖ VI. yüzyılda ya-

---

[28] Anıl (kage) - Antik Çağ - S. 44-45.

zılmış birçok kitaba sahip olan Sinizm; Konfüçyüsçülük, Taoculuk ve Maoculuk gibi inanç biçimlerinden önce bütün Çin'i etkisi altında tutmaktaydı.

Sinizmin esasını, insanları çok sayıda ruhsal varlıkların yönettiğine ilişkin inanç oluşturuyordu. Ama yine Sinizme göre; bu çok sayıdaki ruhların en önemlileri "Ataların Ruhları" idi. Onun için bu inanç biçiminde uygulanan tapımların başlıcalarını ataların ruhlarına yapılanlar oluşturmaktaydı.

Her ne kadar dinin ilk evrelerinde; insanlar, yürüttüğü dokumacılık sanatıyla ailenin giyim gereksinimlerini karşılayan "Ananın" yani ev kadınının üstünlüğüne bağlı olarak Ana Atalarını kutsal saymış iseler de; sonradan insan yaşamında önemi olağanüstü artan demirin işlemeciliğini yürüten baba, ailenin reisliğine ele geçirdi. Ve bu evreden sonra ailedeki kutsallığı onun ataları kazandılar. Bu bakımdan o tarihten itibaren; aile içinde Babanın Atalarının ruhlarına tapılmaya başlandı.

Çin düşünce ve inançlarında çok önemli olan Yang ve Yin dengesi aynı konumunu, Sinizmde de korumaktaydı. Bu inanca göre de; eril, sıcak, aydınlık ve etken olan Yang ile soğuk, edilgen ve gölgeli olan Yin'in belli bir uyum içinde olmaları gerekiyordu. Evrenin düzeni demek olan Tao'nun devam edebilmesi için; beraberlik, sorumluluk ve etkinlik gibi öğelerin her iki temel nitelikte de bulunması ya da her işlemde hazır olması en önemli gereklilikti. *"Yang çağırdı mı; Yin cevap verir"* [29] özdeyişi bu düzenin en önemli ilkesini oluşturmaktaydı.

Ne var ki; zamanla, demiri işleyen erkek egemenliğinin dokumacı kadına baskın çıkıp Yang'ın tartışmasız bir güç olarak "Gökselliğinin" kabul edilmesi ve hatta kralların bile bu nedenle "Göğün Oğlu" un-

---

[29] Challaye (kage) S. 80.

vanını kullanmaya başlamaları; Gök Tapısını başlatmakta gecikmedi. Bu gelişmeler ise zamanla Yin'in ezikliği ve kadının toplumda etkisizleşmesine neden oldu. Doğal olarak bu son oluşum; Yang ile Yin dengesinin değişmesi ve sonuçta evrensel dengenin bozulmasıyla sonuçlanacaktı. Bu ise toplumsal birtakım çalkantıların ortaya çıkması ve toplumun "Kadim" düzeninin yara alması anlamına geliyordu. Onun içindir ki; MÖ 600'lü yıllara gelindiğinde; bu büyük değişim sürecinde; Sinizm kendinden umulan, denge ve düzeni sağlamakta zorlanmaya başlamıştı. İşte bütün bu yeni oluşumlara köklü çareler aranması zorunluluğu yeni düzen önerilerini ve bu öneriler de özgün inanç şekillerini hazırladılar.

c) Taoculuk:

Çin'in inanç dünyasında başta gelen dinlerden biri de Taoculuktur. Yaşamı hakkında pek az şey bilinen Lao-tzu'nun MÖ. VII. yüzyılda kurduğu bu dinin en özgün yanı; mistik bir düşünce sisteminden giderek sihir, büyü ve hurafelere doğru gelişme göstermiş olmasıdır.

Taoculuğun kurucusu Lao-tzu'nun, Çin'de MÖ. 1111-221 yılları arasında saltanat süren Chu'lar (Zhou) Hanedanı zamanında; imparatorluk tarihçi ve kütüphanecisi olarak görevli olan Erh isimli bir memur olduğu söylenmektedir. Ne var ki zamanla yaşamı tam bir efsane haline geldiği için; hakkında söylenenlerin ne kadarının doğru ya da yanlış olduğunun kestirilmesi zorlaşmaktadır. Ancak Taocu geleneğe göre; doğumundan itibaren tüm yaşamının bir mucizeler ve şaşılası olgular içinde geçtiği kabul edilmektedir.

Taocular; annesinin gebe kalıp tam 80 yıl karnında taşıdıktan sonra çocuğunu doğurduğuna ve onun için de henüz doğduğu sırada bile, Erh'in bembeyaz saçlı bir bebek olarak dünyaya geldiğine inanırlar. Nitekim bu inançları nedeniyledir ki ona; Lao-tzu ve "İhtiyar Çocuk" adını vermişlerdir. Mamafih, MÖ 604-532 yıllarında yaşadığı sanılan bu büyük bilgenin; 1500 ya da 2000 yıl ömür sürdüğüne inanan Taocular da vardır. Ama onun "İhtiyar Çocuk" isminin; mutluluk için tıpkı bir çocuk gibi yaşamak gerektiği öğretisinden kaynaklandığı da düşünülebilir.[30] Nitekim; onun ömrünün uzunluğuna ilişkin efsanelerin de; çok yaşamak adına uygulanmasını salık verdiği yöntemlerinin bulunmasıyla ilgili olduğu kuşkusuzdur.

Aslında, Çin'in en karışık zamanı olan "Savaşan Devletler" döneminin; acılı ve güvensizlik ortamında insanlara bir umut ve teselli vermek amacıyla ortaya atılmış olan Taocu düşüncenin; metafiziksel kavramları da kullanması, doğal olarak, kaçınılmazdı. Çünkü karmaşayı önleyebilmek için elinde düşün gücünden başka araçları olmayan filozofun, insanın kendi içsel yaşamına yönelmesi zorunlu bulunuyordu.[31] Onun içindir ki Lao-tzu da, bütün sistemini ister istemez çevreden çok insanın kişisel güçlerine ve egemen olabileceği tek alan olan içsel yeteneklerine dayandırmıştı. Savaşçı olarak katılmayı göze alamadığı kargaşa içine girmeyerek; çocuk saflığı ve çaresizliğiyle olayların dışında beklemeyi bir kurtuluş çaresi olarak düşünüyordu. Onun içindir ki; dünyanın zevk ve mevkilerine Stoik bir ilgisizlik ve geçmişteki basit ve hayali bir yaşama dönme idealini ortaya koydu.[32] Böylece, bir yerde; zorba devletlerin saldırılarından ve Konfüçyüsçülük ilkelerinden bunalanlara manevi bir sığınak oluşturmaya çalışıyordu. Ne var ki; bütün bu çekingen ve boyun eğişi yeğleyen düşüncelerini desteklemek için; Çin mitolojisi ya da ilkel inançlarının motif ve öğelerinden yararlanmaya kalkışması;

---

[30] Mackenzie (kage) S. 250.
[31] Störig (kage) S. 142.
[32] Mackenzie (kage) S. 255.

düşünce sistemini önce anlaşılmazlığa ve daha sonra da hurafe ve büyücülük ya da sihirbazlık gibi olumsuzluklara sürükledi.

Lao-tzu'nun kurduğu düşün sistemi ya da oluşturduğu dinsel kuramların temelini Tao kavramı oluşturuyordu. Aslında Lao-tzu, bu Tao kelimesinin anlamını hiçbir zaman açıklamamıştı. Zaten onun yazın ve ifade biçimi de son derecede kapalı, anlaşılması zor ya da türlü şekillerde yorumlanabilecek bir nitelik gösteriyordu. Ama Tao için; *"Belirsiz ve mükemmel; cennet ve yeryüzünün yaratılmasından önce de varolan, barış dolu, anlaşılmaz, değiştirilemez, her şeyi dolduran ve tükenmeyen"* [33] bir töz; tanımlaması yapılabilirdi. Ya da Tao'nun; Evrenin yolu, ifadesi zor bir olgu, evrenin adsız kaynağı, ölçülerin ölçüsü ve varlığın gizemli yasası olduğu söylenebilirdi.[34] Ne var ki; onun kesin ve herhangi bir yeni yoruma fırsat vermeyecek bir tanımının yapılması olanaksız görünüyordu. Kısaca Tao; akıl kalıplarının ya da mantık kurallarının sınırlarına sığmayan ya da onların belirlemelerini aşan ve ancak sezgiyle ulaşılabilen bir olgu sayılabilirdi. Onun içindir ki; tanımlanamıyor ve ancak betimlemelerle sezinlenebiliyordu.

Tao'yu anlatmaya çalışan diğer bir söyleme göre; Evren varolanlar yani Yang ile varolmayanlar yani Yi'nin birleşmesiyle oluşmuştu. Onun içindir ki; gerçekte her şey görece bir niteliğe sahip bulunuyordu. Aslın ne olduğu bilinemiyordu. Gerçek meçhul idi.[35] Öyle ki her şey göründüğünün tam tersi bir nitelikte de olabilirdi. İşte Tao, böyle özgün bir evrenin düzeniydi. O, hiçlikten herşeyi var eden yaratıcı güçtü. Ama Tao, Tanrı da değildi. O halde Tao, anlamaya çalışılmadan uyulması gereken bir süreçti. Öyle ki Tao'ya

---

[33] Mackenzie (kage) S. 255.
[34] Störig (kage) S. 142.
[35] Challaye (kage) S. 87.

uyulmakla, evrenin düzenine katılınmış olunduğundan, en mükemmel ve kusursuz olana da ulaşılmış olunuyordu. Tao öyle bir yol, öyle bir yöntem ve öyle bir gerçeklikti ki; evrenden önce varolduğu için evrene de bağımlı bulunmuyor ve fakat varlığınla evrenin oluşumunu da düzenliyordu. Çünkü o ilksiz ve sonsuz olduğu gibi, her şey de ondan türemişti. Dolayısıyla; Tao'ya uymak bütün mutluluk ve bütün güzelliklere ulaşabilmek anlamına geliyordu. Çünkü; Tao'ya uymak doğaya ya da insanın bizzat kendisine uyması; kendi kendisiyle ya da kendi doğasıyla çelişmemesi demekti. Tao'ya uyan; *"Sükûnet, kayıtsızlık, sakinlik, mutlak boşluk ve hareketsizlik niteliklerini geliştirerek, her şeyi unutur ancak yine de her şeye sahip olurdu."* [36] Bu ulaşışa erişen insanlarda fazilet ve olgunluğun ışıması olan TE gerçekleşirdi. Te ise; Tao'nun insandaki görünümü; insanın Tao salınımına karışması demekti. Zaten varolan her şeyin kendi içinde gizli olarak mevcut bulunan bu öz; kendisine "gerçek" de denilen şeyindi. Ulaşılan o töz; insanın kendisiydi.[37]

Belirtmek gerekir ki Taocu Dünya Görüşü, aslında bir kaçışı ve özellikle de "Savaşan Devletler" döneminin karmaşa yıllarında duyulan güvensizliğe karşı bir tepkiyi simgeliyordu. Ne var ki; Taoculuğun ortaya koyduğu tepkinin daha çok manevi ve duygusal bir başkaldırı olabilmesi; Taoculuğu, pasif, sığınan ve hayalci yaklaşımlara sürüklemişti. Onun içindir Taoculuk da, tepkilerini duygusal ve boyun eğici davranışlarla ortaya koyan bütün topluluklarda olduğu gibi; söylemlerini kaybolan bir Altın Çağ aldatmacasına dayandırmış bulunuyordu.[38]

---

[36] Mackenzie (kage) S. 267.
[37] Mackenzie (kage) S. 257.
[38] Anıl (kage) - Antik Çağ- S. 25.

Lao-tzu'ya göre: *"Gök ve toprak meydana gelmeden önce, karışık ve tamam olan bir şey vardı. Sessiz ve şekilsiz olarak duruyordu. Değişmeden gidiyordu. Her yere erişiyordu ve hiç tehlikeli değildi. Her şeyin anası olduğunu zannediyorlardı."* [39] Bu birlik ve düzen, nihayet, evren ve yeryüzünü de ortaya çıkardıktan sonra aynı şekilde yine devam etmişti. Ne var ki; Taocular, MÖ 2953-2838 yılları arasında saltanat süren ilk Çin İmparatoru Fu-Hi'nin; insanları bilgilerle aydınlatmak ve onları cehaletten kurtarmak için yaptığı girişimlerle bu dingin yaşamı sona erdirdiğini ileri sürüyorlardı. Taoculara göre, Fu-Hi; daha önce bitki ve hayvanlarla birlikte yaşayan insanları eğitmiş, aile bağlarını kurmuş, onlara yazıyı öğretmiş ve onları ilk dinsel bilgilerle donatmıştı. Ne var ki, onun bu öğretileriyle insanların ilk mutlu yaşamları yok olmuştu.[40] Çünkü Fu-Hi'nin yaptığı devrimsel uygulamalar; insanın diğer varlıklar ve bitkilerle iç içe yaşadığı, doğa ile kaynaşmış olduğu ilk birlikteliği yıktığı için, yaşadıkları Altın Çağı sonra erdirmişti. Çünkü Lao-tzu'ya göre: *"Bir arabayı kısımlarına ayırdığımız zaman o artık gerçekte bir araba değildir."* [41] Onun için eskiden olduğu gibi; insanların evrenle yeniden bütünleşerek mutluluğa erişebilmeleri ancak; varlıkların bireysel yaşamdan vazgeçmesi ve insanın kendisini diğer varlıklardan ayıran zekâsından kurtulmasıyla olanaklıydı. Bunun yolu ise, doğaladır ki, Taoculuktan geçiyordu.

Ünlü Çin deneme yazarı Cuang Cou'nun; *"Günün birinde Cuang Cou, bir kelebek olduğunu, neşeli, hayattan memnun bir kelebek olduğunu rüyasında görmüş. Bu kelebeğin Cuang Cou'dan haberi bile yokmuş. Birden bire uyanmış, bir de görmüş ki, ger-*

---

[39] Lao-Tzu (kage) S. 15.
[40] Mackenzie (kage) S. 230, 251.
[41] Lao-tzu (kage) S. 23.

çekten Cuang Cou imiş. Şimdi artık, Cuang Cou rüyasında bir kelebek mi olmuştu, yoksa bir kelebek rüyasında kendini Cuang Cou olarak mı görüyor, bunu bilemiyormuş" [42] şeklinde anlattığı öykü; Taocularca, kendi inançlarını çok güzel açıklayan bir anekdot olarak kabul edilmiştir. Çünkü Taoculuğun en temelli vurgusu; zıtlar içinde varolan esas birlikteliği işaret etmekte toplanmaktadır. Zıt olanların birlik olduğu ve bu nedenledir ki; ata-dincilerin aslında din karşıtı bulundukları ve keza ahlakın da aslında ahlaksızlığın bir yansımasından başka bir şey olmadığı Taocuların ünlü söylemleri arasına girmiştir.[43] İşte bu nedenledir ki tüm çelişkiler içinde mutluluğun ancak; bütün evreni tek bir bütün olarak algılayan Taocu düşünceyle elde edilebileceğini savunmuşlardır.

Taoculara göre; Tao şeylerden düşüncelere, düşlerden gerçeğe kadar tam ve kesintisiz bir kapsayış içindedir. O öylesine bir doğal haldir ki; yalnızca insanların değil fakat bütün yaratılmışların, kendisinin belirlediği bir düzen içinde varlıklarını sürdürmelerini sağlar. Bu düzen; pürüzsüz, sorunsuz ve mutluluklar sağlayan bir süreçtir. Bütün her şeyin tam bir uyum içinde olmasından kaynaklandığı gibi; bütün her şeyin tam bir uyum içinde olmasını da hazırlar. Sorunlar, mutsuzluklar, acılar ve felaketler; Tao'nun akışına karşı çıkmak, onun işleyişine ters tavırlar almaya kalkışmaktan doğarlar. Onun içindir ki; her türlü dinginlik, huzur ve mutluluk ancak Tao'ya uyum göstermek, onun hazırladığı oluşumların kendiliğinden gerçekleşmesini beklemekle kazanılabilir. Akıllı insanlar kendi içlerindeki bu ışığı kullanarak aydınlanırlar. Çünkü insan ne kadar eylemsiz kalırsa, Tao'da onu o kadar çok kusursuzluğa ulaştırır. İnsanın kurtuluşu Tao'nun özgürce akmasını engellememekle olanaklıdır.[44]

---

[42] Eberhard (kage) - Denemeler - S. 4.
[43] Fairbank (kage) S. 115.
[44] Mackenzie (kage) S. 262.

Şu halde; bir Taocunun dinsel amacına erişebilmesi için, öncelikle, Tao'nun yolunu kesen, onu engellemeye çalışan ya da onun gerçekleşmesini geciktiren bütün öğeleri terk etmesi gerekir. Bu ise; ancak Tao inançlarının önerdiği bir yaşam şeklini sürdürmekle sağlanabilir.

Taoculuğun en önemli koşulu; *"Eylemsizlik"* ilkesini yerine getirmektir. "Wu-Wei" sözcüğüyle ifade edilen bu ilke: "Hiçbir Şey Yapmamak" demektir.[45] Çünkü Taoculara göre; eylemde bulunmak; Tao'nun akışı dışında bir davranışa kalkışmak anlamına gelir. Böyle bir kalkışım ise; bütün şeylerin uyduğu düzenin dışına çıkmak olur ki; sonuçta mutsuzluğa yol açar.

Bu düşünce sisteminin ikinci önemli ilkesini; "Bilgisizlik" hali oluşturur. *"Bilgimizden ve zekâmızdan vazgeçseydik, insanlar yüz kat daha iyi olurdu. İyilik ve doğruluktan vazgeçseydik insanlar tekrar çocuklar gibi ve nazik bir hale gelirdi. Kurnazlık ve kazanma gayemiz olmasaydı; hırsızlık ve haydutluk olmazdı."*[46] Taoculara göre; insanı Tao'dan uzaklaştıran en güçlü öğe bilgiydi. Zira: *"Büyük adamlar halkı böyle idare ederler. Kafalarını boşaltırlar, midelerini doldururlar. İradelerini zayıflatırlar, kemiklerini kuvvetlendirirler. Daima bilgisiz bırakırlar. Bilgili insanlar her şey yapmak cesaretini gösteremezler. Wu-Wei yaptıkları zaman her şeyi iyi idare ederler."*[47] Kaldı ki insan zaten gerçek bilgiye de erişemez. Onun içindir ki yanlış bilgilerle yaşamını yönlendirmeye kalkışırsa Tao'dan uzaklaşır. Oysa hiçbir şey bilmeyen, kendini tümüyle Tao'ya teslim ettiği için, olması gereken en kusursuz bir duruma ulaşabilir. Onun için cahillik kutsaldır. Tao'ya sorgusuz ve sualsiz uymak gerekir.[48]

---

[45] Lao- tzu (kage) S. V – Fairbank (kage) S. 115.
[46] Mackenzie (kage) S. 263.
[47] Lao-tzu (kage) S. 4.
[48] Mackenzie (kage) S. 263.

Üçüncü önemli ilke ise; Tao'ya teslim olmaktır. Yani insanın, kendi içinde varolan ve fakat, akılla açıklanamamış doğasını izlemesi gerekir.[49] Taocu, tıpkı bir çocuk gibi; sormadan, itaatkârlıkla, olaylara mantıksal çözümler aramadan yaşamalıdır. İnsanlar sadeleşmeli, hiçbir şeye aldırmamalı, tıpkı çocuklar gibi olayları gülümseyerek ve amaçları olmayan bir varlık gibi karşılamalıdır.

Bu ilkelerin doğal sonucu olan diğer bir ilke de; Tao'ya ulaşmak için, her türlü bağdan kurtulmayı kapsar. Taocu gizli kalmak ve adsız olmayı doğal bir hal olarak görür. Ancak belirtmek gerekir ki; hiçbir zaman çilecilik şeklinde benimsenmemesi gereken bu koşul; dünyadan el-etek çekmek değil fakat, dünyaya bağlanmadan yaşamayı öneren bir ilkedir. Bir Taocu için; şöhret, mevki, rütbe önem taşımamalıdır. Taocu hiçbir şey istememeli ve her şeyi tümüyle kadere bırakmalıdır. Çünkü mutsuzluk; ihtiras ve isteklerden kaynaklanır. İnsan yalnızca kendi içsel varlığını dinlemeli ve böylece sonsuz erginliğe erişmelidir. İşte sistemin bu yanıdır ki; onu insanın manevi varlığını yüceltmeye önem veren bir öğreti katına çıkarmıştır.[50]

Bu arada; sayılan bu ilkelere uygun bir karakter yapısına sahip olabilmek için; insanların belli davranış biçimlerini benimsemiş olmalarının şart bulunduğunun da belirtilmesi gerekmektedir. Aslında her biri Taoculuk ilkelerinin uygulanmasına yönelik bulunan bu davranışların aynı zamanda Taoculukta yol alabilmenin bir nevi ritüelleri olduğu da söylenebilir.

Bir Taocu için yapılması gerekeli olan ilk davranış; iç yaşamı keşfe çalışmaktır. Çünkü Yer ve Gök lütufkâr değillerdir. Doğaya bir hasır köpek kadar değer vermezler. Onun için insan kendi içine dönmeli ve egemen olabileceği kendi iç düzenini öğrenmeye

---

[49] Fairbank (kage) S. 115.
[50] Störig (kage) S. 145.

çaba göstermelidir.[51] Tao, daima bir şey yapmamaktır. Tao'da hiçbir arzu yoktur. Arzusuzlukla sükûnete erişilir. Böylece hareket eden bir kimse ise dünyaya egemen olur.[52] Çünkü; *"Sulh ve sükunet olduğu zaman her şey kolay elde edilir. Bir şey bulanık göründüğü zaman daha kolay düşünülür. Bir şey gevrek olursa kolayca kırılır. İnce olursa hemen dağılır... Bin (Li) mesafelik gezi tek adım atmakla başlar."* [53] Ama Tao'ya ulaşmanın diğer yolu da alçakgönüllülüktür. Düşünülmek gerekir ki: *"Nehirlerin ve denizlerin, bütün vadilerin kralı olabilmeleri onların, iyi bir şekilde aşağıda bulunmalarından gelmiştir... Mücadele etmeyenle kimse de mücadele etmez."* [54] Üstelik alçakgönüllülük; uyumlu olmayı da birlikte getirir. Su gibi her kalıba uyan insan kusursuzluğa kolayca yaklaşır. Çünkü insanın üç büyük hazinesi olan "Sevgi ve nezaket" ile "Tokgözlülük" ancak, "Alçakgönüllülük"le bir anlam kazanır. "İyi olana da, iyi olmayana da iyi davranmak" alçakgönüllülük ve sevginin yaratabileceği bir yetkinliktir. Üstelik: *"Kendine kıymet verdiği kadar, dünyaya da kıymet veren kimseye herkes güvenir. Kendini sevdiği kadar memleketini de severse, herkes ona saygı gösterir."* [55] Her şeye sahip olmak isteyen; başkalarını sevmek yeteneği olmayan bir bencildir. Oysa açgözlülük insan kusurlarının başta gelenlerindendir. *"5 renk insanın gözünü kör eder. 5 ses kulağı sağırlaştırır. 5 çeşit tat ağzı bozar. Bir arabayı hızla koşturacak olursak dimağımız altüst olur. Güçlükle elde edilen şeyler insanları felakete sürüklerler."* [56] Onun içindir ki; Taocuların; "Bambu Ormanının Yedi Bilgesi" gibi; zamanlarını, hoş geçi-

---

[51] Lao-tzu (kage) S. 5.
[52] Lao-tzu (kage) S. 21.
[53] Lao-tzu (kage) S. 35.
[54] Lao-tzu (kage) S. 37.
[55] Lao-tzu (kage) S. 9.
[56] Lao-tzu (kage) S. 8.

rerek, yaşam iksirini aramak dışındaki hiçbir iş yapmamaları gerekir.[57] Hiç çabalamadan, çalışmadan, yalnızca huzur ve Tao içinde olmak bir insanın erişebileceği en son ve en yüksek aşamaya ulaşmanın tek yoludur. Böyle bir insan, yüceliğin bütün aşamalarını elde etmiş demektir. Çünkü o yaşamın olduğu kadar, ölümün de bütün gizemlerini çözmüş ve hepsinin üstüne yükselmiştir. O artık ölse bile; bu değişiklik Taocu için hiçbir değişiklik ifade edemez.[58] Tao'ya erişenlerin elde ettikleri kusursuzluk nedeniyle ne ahlaksal fikirleri bilmesine ve ne de belli inanç ya da dinlere bağlanmalarına gerek bulunmaz. Çünkü; şeytan yoksa, onu düşünmek de gereksiz olur.[59]

Kuşkusuz ki; diğer dinler gibi Taoculuk da; ilk kurucusunun koyduğu ilkelerini ya da ilk dönemdeki yapısını zaman içinde kaybetmiş ve etkisi altında kaldığı olay ve diğer inançlar nedeniyle yeni nitelikler kazanmıştı. Üstelik Lao-tzu'nun son derecede muğlâk ve açıklanmaya muhtaç bir ifade tarzını benimsemiş olması da; onun farklı yorumlara muhatap olmasına neden olmuştu. Bu bakımdan; Taoculuk, anarşistlerden, militaristlere ve mutasavvıflardan dinsizlere kadar her türlü düşünce ve inanç sahibinin türlü anlayışlarıyla birçok şekle sokularak; kuruluş esaslarından uzaklaştırıldı. Yine buna benzer nedenlerle; sihirbazlar, kâhinler ve büyücülerin gizli meslekleri halinde algılanmaya bile başlandı. Tao'ya erişme kavramının yanlış anlayışlarla bozulması yüzünden bu öğretinin; raks, sarhoşluk ve uyuşturucu aracılığıyla vecde ulaşılma denemelerinin yapıldığı kötü bir mezhep düzeyine indirildiği yerler bile oldu. Özellikle Taoculuğun; Çin mitolojisinde yer eden "Eski Altın Çağ" ya da "Kutsal Adalar" söylemlerini benimsemiş

---

[57] Fairbank (kage) S. 116.
[58] Störig (kage) S. 147, 148.
[59] Mackenzie (kage) S. 249.

olması; sihir ve simya çalışmalarının da zamanla Taoculuk anlayışlarına bulaşmasına neden oluşturdu. Dahası; eylemsizlik ve bilgisizliği kutsayan tavrı da, bu öğretinin bilgin ve aydın kesimden çok cahil ve kaba halk kütlelerinin ilgisini çekerek, kuramsal ya da mistik yönlerinin bazı dönem ve yerlerde iyice yozlaştırılmalarına olanak hazırladı.

Ama her şeye karşın; bu öğretinin insanı yetkinleştirme idealinin, bazı çevrelerde insanı yücelten bir anlayış şeklinde algılanmış olduğu da yadsınamazdı. Öte yandan; Taoculuğun; akılcı bir açıklanmasında; onun herhangi bir konuda *"Derin bilgi ve güçlü davranış elde etme"* ilkesiyle; olayların doğaları gereği ulaşacağı gelişmeleri önceden tahmin edip ona göre davranmak ve gerektiğinde aleyhteki olasılıkları boşa çıkarabilme yeteneğini sağladığı da belirtilmekteydi.[60] Bunun ise; falcılık ve kehanetlerden uzak, mantıklı bir öngörü sağlama yolu olduğu açıktı. Böyle bir yeteneğin ise; Taoculuğun itibarını yükselten bir fırsat hazırladığı tartışılamazdı. Nitekim bu ilkenin benimsenmesiyle; savaş, ticaret ve kişisel mücadelelerde olduğu kadar; devlet yönetiminde de başarılı formüller elde etme olanağına erişilebiliyordu. Örneğin savaş sanatının büyük ustası; Sun-tzu, "Savaş Sanatı" isimli ünlü kitabını bu Taocu fikirlere dayandırdığı gibi; sağlık konusunda da bu ilkelere göre birçok kitaplar yazılmıştı. Diğer taraftan; Tao'nun bir ölümsüzlük öğesi olarak ortaya konulması ve Lao-tzu'nun da binlerce yıl yaşadığı söyleminin yaygınlaşması; bu dine inananları hayat iksirini aramaya yöneltmiş ve bu yönde yapılan çalışmalarla; bazen elde edilen bitkiler ve bazen de yapılan birtakım nefes temrinleri sayesinde sağlıklı yaşama konusunda birtakım buluşlara da ulaşılmıştı.

Ama bütün bunlara karşın: Taoculuğun tanımında ki; *"Gerçek sofular; nehirlere ve denizlere baş-*

---

[60] Sun-tzu (kage) S. 10-11.

vurmadan huzur bulurlar, nefes idaresi olmaksızın uzun ömürlülüğü elde ederler; sükûnet, kayıtsızlık, sessizlik, sakinlik, mutlak boşluk ve hareketsizlik niteliklerini geliştirerek her şey unutulur, ama yine de her şeye sahip olurlar. Bu özellikler, Tao'nun malzemesi ve onun belirgin özellikleridir" [61] şeklindeki betimlemeler temelde hiç değişmemiştir.

d) Buddhacılık:

Çin'de önemli ve tarafları çok olan dinlerden bir diğeri de Buddhacılıktır. MÖ 560'lı yıllarda Kuzey Hindistan'da, Napal'in Kapilavus kentinde dünyaya gelen Siddhartha Guatama isimli bir prens tarafından kurulmuştur. Daha sonra da; kurucusuna *"aydınlanmış ya da gerçeğe ulaşmış"* anlamına gelen *"Buddha"* adı verildiğinden; kurduğu bu din de sonradan Buddhacılık olarak isimlendirilmiş ve bu isimle tanınmıştır.

Buddhacılık; Çin'e, MÖ.206-MS.220 yılları arasında saltanat süren Han Hanedanı döneminde girmiş; Tsang, Sung ve Moğol Hanedanlarının koruyuculuğuyla bu dönemler sonunda oldukça kalabalık bir taraftar topluluğuna kavuşmuştur. Hatta XX. yüzyıl başlarında kurulmuş bulunan Çin Cumhuriyeti döneminde de Buddhacılık, komünizm tehlikesine karşı hükümetçe desteklenmiştir.[62] Ancak bütün bunlara karşın; Çin insanının öbür dünyadan çok, yaşama bağlı yapısı dolayısıyla, bu din hiçbir zaman bu ülkede kesin bir egemenlik kuramamıştır. Bu bakımdan Çin'de onun özgün şeklinden çok, halkın eğilimlerine göre yapılan yorumlarıyla oluşan mezhepleri etkili olmuştur.[63]

---

[61] Mackenzie (kage) S. 267.
[62] Störig (kage) S. 169.
[63] Arvon (kage) S. 119-120.

Efsaneye göre; yirmi dokuz yaşındaki Prens Siddhartha, gördüğü yaşlı ve hasta insanların bu hallerinden etkilenmiş; ölümler de onda korku yaratmıştı. Onun için henüz bu genç yaşında, sarayını terk ederek dine sığındı. O zamanlar adet olduğu üzere, inzivaya çekilerek, sürdürdüğü çileli yaşam sayesinde, kendisini bu korkunç sonlardan kurtarmaya çalıştı. Ne var ki yıllarca süren bu dervişliğine karşın, istediği ermişliğe ulaşamayınca da kendisine yeni bir inanç ve yeni bir yaşam felsefesi geliştirerek, Hinduizm inançlarını terk etti. Kurduğu yeni din ile Hindistan'da sessiz bir devrim yarattı. Koyduğu ilkeler, yaşam deneyimlerinden çıkarılan kurallar olduğu için, kısa zamanda birçok insan tarafından benimsendi. Çünkü Hindistan'da aynı çile ve kuşkuları yaşayan yüz binlerce insan bulunuyordu.

Aslında, Hinduizm ayrıcalıklar yaratan bir din idi. Brahmanlar sınıfının egemenlik ve ekonomik refahına hizmet ediyor, ama buna karşılık, diğer sınıflardan insanların sömürülmelerine bir çare bulamıyordu. Onun için tüm Hindistan'da esasen, Hinduizme karşı içten içe bir muhalefet zaten vardı. Özellikle cangıllarda yaşayan münzeviler arasından çıkan önderler, bu dinin yeni bir yorumuyla insanlara umut vermeye çalışıyorlardı. İşte Buddha da bu yenilikçi dervişlerden biri olarak ortaya çıkmıştı. Buddha soylu bir aileden gelmiş olmasına karşın, *"Ariler tarafından ezilenleri savunmaktaydı. Gerçi şeklen gerici Brahman kast sistemini kaldırmamış ve insanları devrime özendirmemiş ise de, bütün bu kurumları düşünsel olarak başka şekillerde yorumlamaktaydı."*

Nitekim; *"Buddha, birinin doğuştan değil ancak ve ancak asil ve kibar hareketleriyle bir Brahman olabileceğini vaaz ediyordu. En aşağı sınıflara bile kuramsal olarak kurtuluş yolunu açmakta idi." "İsa'da nasıl zenginler cehenneme, fakirler cennete gidecek ise, onun dünyasında da kastlar arasındaki farklar kalkacaktı. Budizm'in bu anlayışı eski dinlerin, örneğin Mısırlıların öteki dünyada ancak büyüklerin yaşamının zevk ve sefa içinde geçeceğini öğreten ve aşağı tabakalardaki insanları kesinlikle düşünmeyen din anlayışlarının tam karşıtı idi"* [64] *"Ama bütün bunlara karşın, Buddha, dinini kurarken; insanları bir devrim yapmaya ya da eski kurumlara karşı acımasız bir başkaldırıya hiçbir zaman özendirmedi. Kendi inanç ve fikirlerini büyük bir sabır ve dinginlikle savundu. Ne var ki; Buddha'nın ortaya koyduğu bu inanç, Brahmanlar için katlanamayacakları kadar tehlikeyi ve çarpıcı bulunuyordu. Onun için Buddha'nın gösterdiği olgunluk ve sabra karşı, onlar, kendi ayrıcalıklarını yok etmeye kalkışan bu dinin yok edilmesi için büyük ve şiddetli çabalara giriştiler. Nihayet Buddhacılık MS VII. yüzyıla doğru Hindistan'da çökmeye başladı. XII. yüzyılda da bu ülkeden kısmen kovuldu."* [65] Ama kendi doğum yerinde çöküşüne karşılık, Asya'nın diğer ülkelerinde büyük toplulukların dini haline geldi. İşte bu süreç içinde Buddhacılık, Çin'de de kendisine büyük taraftarlar edindi. Ve zaman zaman Çin devlet adamlarınca, diğer dinlerin ülkede egemenlik kurmalarına engel olabilmek için bir öğe olarak kullanılmak durumunda bile kaldı. Ama Buddhacılığın bu ülkede kendisine taraftarlar bulabilmesinin esas nedeni; Çin'de egemen din olarak kabul edilmiş bulunan Konfüçyüsçülüğün; fizik ötesi ve gizemciliğe çok yabancı kurallar koymuş olmasından kaynaklanıyordu. İnançlarında duygusallık ve mistisizm arayanlar için Buddhacılık büyük bir kabule kavuşmuştu.

Buddha, yaydığı inançlarını, Neranjara nehri kıyılarında günlerce oturduğu bir incir ağacının altında oluşturmuştu. Bunları insanlara ilk kez Benares Vaazıyla açıkladı. Daha sonraki söylemleri ise "Üç Sepet"

---

[64] Ruben (kage) S. 91-92.
[65] Buddha (kage) S. 250, 283, 284.

anlamına gelen "Tripitaka" isimli üç kitap ve "Dhammapata" adı verilen antolojide toplandı...

O kendisini Brahmanlar gibi, Tanrı olarak nitelendirmediği gibi, peygamberlik ya da başka bir kutsal kişi olarak da tanıtmamıştı. Kendisine yalnızca "Yol Gösteren" sanını veriyordu. Üstelik, evrenin yaradılışı ya da yaradılışın nedenleri ve amaçları üzerinde de hiçbir şey söylememişti. Buddha'nın konusu yalnızca insanların ıstıraptan kurtarılması ve mutlu bir yaşama kavuşturulmaları endişesini kapsıyordu. Öğrencilerine; Ey öğrenciler siz de herkes gibi; bu dünya ilksiz midir, değil midir? Ya da dünya sınırlı mıdır yoksa sınırsız mıdır? sorularıyla uğraşmayınız. Düşünecekseniz; Istırap nedir? Istırabın kaynağı nerdedir? Istıraba nasıl son verilebilir? Istırabı hangi yoldan giderebiliriz? diye düşünün; diyerek ders veriyordu. Onun için Buddha'nın söylemlerinin bir dinden çok bir felsefe olduğunu ileri sürenler bile çıkmıştır. Bu bakımdan, onun düşünce ve koyduğu inançları incelerken; efsane ve mitlerden uzak durarak doktrinin temel ilkelerinin belirlenmesine çalışmak gerekmektedir.

Buddha'ya göre; bütün dinlerin kabul ettiği ve gerçekten de evrende yürürlükte olan en temel yasa; "Karma Yasası" olarak isimlendirilen kuraldı. Bu yasanın özü ise; İyilikten iyilik, kötülükten de kötülük doğar ilkesiydi. Kısaca bu yasa: *"Biz yaptığımız işlerin sonucuyuz"* kuramını savunuyordu. Onun için Buddha da: *"İşlerim benim malım benim mirasım olup beni meydana getiren sinedir. İşlerim ait bulunduğum ırktır. İşlerim benim sığındığım yerdir."* Ya da *"İyilik yapan kimse bu dünyadan ötekine geçtiğinde yaptığı iyilikler onu, tıpkı bir yolcuyu dönüşünde karşılayan hısımları ve dostları gibi karşılar"* diyordu. Ve *"Sen de yalnız kendi kendine başvur. Herkes kendi kendisinin ışığı olsun, öyle ki dış yardıma ihtiyaçları olmasın"* öğüdünü veriyordu. İşte bu temel ilke nedeniyledir ki Buddhacılıkta insanın eylemleriyle kendisine takdir edilen gelecek arasında hiçbir gücün etkileyemeyeceği bir illiyet ilişkisi bulunduğu kabul edilmekteydi. Onun içindir ki; Buddha da ünlü Benares Vaazında: *"Eğer bu doğruysa, tanrıları temsil eden bir sürü hayaller, putlar da faydasızdır. Bu Tanrıların dünyadaki hiçbir şeyi değiştirmeye güçleri yoksa onlara ne dua etmeli, ne de tapmalı. İnsan iyilik yaparsa, sonuçları da iyi olur. Kötülük yaparsa, sonuçları da kötü olur. Hindistan'daki bütün tanrılar bunu değiştiremez. Öyleyse ben size, bunun tam tersini söyleyen Veda'ların kutsal kitaplar olmadığını söylüyorum"* diyordu. Bundan dolayı da; Buddhacılıkta dinsel amaca varabilmek için, öncelikle insanın bizzat kendisini işlemesi ve kusursuz bir varlık olmaya çalışmasından başka çare yoktu.[66]

Buddha'ya göre: *"Hakikati bilen ve gören mutlu kimsenin yalnızlığı ne hoştur. Tuttuğu yoldan ayrılmayan, hiçbir varlığa kötülük yapmayan kimsenin hali ne hoştur. Hiçbir ihtiras, hiçbir arzu duymayan kimsenin hali ne hoştur. Ben'in inatçılığını yenmek, gerçekten, mutlulukların en yücesidir."* Onun için: *"Her iki ayrı uçtan, yani iğrenç ve boş olan zevk ve safa hayatından da, kasvetli ve boş olan bir perhiz ve oruç hayatından da sakınmak gerekir; bilgiye, gönül rahatlığına, mutluluk dolu bir hiçliğe erişmek için ikisinin ortasından geçen yoldan gitmek gerektir."* Böyle bir insanın oluşması için de, onun belli bir Kasttan olmasının ya da toplumun reddettiği, düşmüş zavallılar içinden gelmesinin hiçbir önemi ve sakıncası yoktur Buddhacılığın, ıstırabın yok edilmesine ilişkin kurallarını uygulayabilen herkes kurtuluş şansına sahip bulunmaktadır. Çünkü selamete erişebilmek için herkes kendi içinde bir kutsallığa sahiptir. Bu yolda sadece kendisini duyumsaması yeter. Bu görkemli deneyimi

---

[66] Buddha (kage) S. 272,283 – Challaye (kage) S. 74.

yapabilmek için de tartışılamayacak bir kural konulmamıştır. Herkes kendi usul ve yeteneklerine göre çaba göstermekte özgündür. Nitekim Buddha bir vaazında: *"Bir şeye sırf kulaktan duydunuz diye inanmayın, birkaç kuşaktan beri itibar görüyor diye, geleneklerin de doğru olduğuna inanmayın. Sırf hocalarınızın ya da rahiplerin otoritesine dayanıyor diye hiçbir şeye inanmayın. Ancak bizzat hissettiğiniz, denediğiniz ve doğru olarak kabul ettiğiniz, kendinizin ve başkalarının hayrına olan şeylere inanın ve tutumunuzu onlara uydurun"*[67] demektedir.

Buddha, daha önce de belirtildiği gibi, metafizik ya da teoloji ve teogoniyle fazla ilgili değildir. Onun esas çabası, insanın ıstırabına çare bulmaktı. Onun içindir ki ünlü Benares vaazının ilk cümleleri insanlara bu konuda verdiği görkemli müjdelerle başlıyordu. Buddha'ya göre; evrendeki bütün ıstırapların, mutsuzlukların ve acıların nedeni durmadan yinelenen ve sonsuzdan beri devam edip yine sonsuza kadar sürecek olan doğum ve ölüm çarkı ile bu çarkın, kova kova dökülen suyu gibi durmadan yinelenen "Tenasüh" yani "Ruh Göçü" idi. Efsaneye göre; bu tenasüh nedeniyle bizzat Buddha'nın kendisi bile 43 kez tanrı, 85 kez kral, 24 kez prens, 22 kez bilge, 1 kez esir, 2 kez hırsız, 1 kez kumarbaz ve birçok kez de aslan, geyik, at, kartal olmak üzere tam 530 kez yeryüzüne gelip gitmişti. Her bir gelişin ve her bir gidişin ıstıraplarla yoğrulduğu acı bir döngüyü yaşamıştı. Onun için Büyük Usta, etkili vaazlarından birinde: *"Ey öğrenciler, varlıkların tenasühünün kaynağı ilksizliğe dayanır. Bunun içindir ki, bilgisizliğe dalmış, yaşamak hırsıyla zincirlenmiş varlıkların hiçbir kurala uymadan tenasühten tenasühe dolaşmaya başladıkları başlangıcı keşfetmek mümkün değildir. Ey talebeler, bu uzun tenasühten tenasühe geçişlerle kuralsız dolaşır-*

---

[67] Challaye (kage) S. 68, 71.

ken; sevdiklerinizden mahrum, nefret ettiklerinizle birleştiğiniz için ağlar ve inlerken, sizin ve bütün insanların döktükleri gözyaşları mı, yoksa dört büyük okyanusta bulunan suyun mu daha fazla olduğunu zannediyorsunuz? Bir annenin, bir babanın, bir kardeşin, bir kız kardeşin, bir oğlun, bir kızın ölümünü; anne babanızın ya da mallarınızın kaybını; bütün bunları, uzun yüzyıllar içinde duyup yaşadınız. Bu uzun yüzyıllar sırasında, bu felaketlere düşenlerin hep gözlerinden yaşlar aktı. Sizler de böyle felaketlerle dolu dolu gözyaşları akıttınız. Çünkü çıktığınız bu ilksiz seyahatte tenasühten tenasühe dolaşıyor, sevdiklerinizden mahrum, nefret ettiklerinizle birleştiğiniz için ağlıyor ve inliyordunuz. Dört büyük okyanusta sizlerin döktüğünüz gözyaşları kadar su yoktur" [68] diye seslenir. Şu halde; Buddhacı görüşe göre, insanın kurtuluşu için, bu Ruh Göçü çemberinin kırılmasından başka bir yol olamaz. Bu ise ancak, ıstırapların kaynağının yok edilmesiyle olanaklıdır.

Yaşam ıstıraplar ve acılarla doludur. *"Doğum ıstıraptır, yaşlılık ıstıraptır, hastalık ıstıraptır, sevilmeyenle birleşmek ıstıraptır, sevilenden ayrılmak ıstıraptır, arzunun gerçekleşememesi ıstıraptır."* Bu olguların acı vermelerinin nedeni ise, dünyadaki her şeyin geçici olmasından kaynaklanmaktadır. *"Ne madde ve ne de ruh dünyasında devamlı hiçbir şey yoktur. Kâinat yoktur, öz yoktur, öz-ruh yoktur. Ancak haller vardır ki bunların şartları kendilerinden öncekiler tarafından meydana getirilir. Bu haller geçici olanlardan bir araya gelmiştir. Yalan ve boş kâinat, yalan ve boş bir ben yaratırlar."* İşte böylesine geçici ve boş olan bir evrende, isteklerde bulunmak ıstırabı meydana getirir. Şu halde, ıstırabın ortadan kaldırılması için öncelikle isteklerin yok edilmesi gerekir. Çünkü arzular bizi dış nesnelere bağlar. Oysa *"Yürekleri-*

---

[68] Budda (kage) S. 258.

mizden yaşamaya olan susamışlığı yok ederek varolmaktan ve dolayısıyla da ıstıraptan kurtulmuş oluruz. Hiçbir menfaat gütmeyen insan kendini doğum ve ölüm dünyasından da sıyırır; bencilliğiyle beraber bireyliği de kaybolur. Artık o Nirvana'ya girer." "Nirvana, arzunun yok olması, hıncın yok olması, doğru yoldan çıkışın yok olmasıdır." [69] İnsanın böylesine bir yüceliğe erişebilmesi için ise öncelikle Buddhacılığın 5 esas ilkesini yerine getirmesi gerekir. Hiçbir canlıyı öldürmemek, başkasına ait bir malı almamak, başkasının karısına göz koymamak, yalan söylememek ve içki içmemek şeklinde sıralanabilen bu ilkeler Buddhacılığın yasaklarını oluştururlar. Ama bunun dışında ayrıca bir de Buddhacılığın yapılmasını gerekli gördüğü davranışlar vardır ki, bunlar da bu inancın olumlu ahlak ve kurallarını oluştururlar. Bu ahlak: *"Kişinin ıstıraba tevekkülle katlanmasını, yaşayanların ıstıraplarını düşünmesini, zihnen de olsa onların sevinçleriyle kederlerine ortak olmaya çabalamasını, iyicil olmasını, merhametli davranmasını, kendisine yapılan hakaretleri bile bağışlamasını ve başkaları için fedakârlıkta bulunmasını"* emreder.

Buddhacılık *"Kötülüğe kötülükle cevap vermeyi kabul etmez. Buddhacılıkta başkalarına ıstırap çektirmemek yetmez. Onlara iyilik yapmak, varını yoğunu onlara vermek de önemli bir koşuldur. Daha önceki yaşamlarının birinde tavşan olan Buddha, verecek hiçbir şeyi olmadığı için, kendisini yenmek üzere dilencilere sadaka olarak vermiştir. Bu, Buddhacılık ahlakını betimleyen çarpıcı bir örnek olarak, tapınaklarda sık sık anlatılan bir öykü olmuştur."* Buddha da coşkulu bir vaazında kusursuz bir insanı: *"Yoksul olan, her şeyden sıyrılmış olan, korku nedir bilmeyen kimseye Brahman derim ben. Ne acizlere ne kuvvetlilere karşı şiddet kullanmayan, adam öldürmeyen ve*

---

[69] Challaye (kage) S. 71, 72, 73.

öldürtmeyen kimseye Brahman derim ben. Müsamahasızlıklara müsamaha gösteren, sertlere yumuşak davranan, tamahkârlar arasında tamahsız davranan kimseye Brahman derim ben. Tıpkı bir iğnenin ucuna yerleştirilen hardal taneciklerinin silkelenip dökülüşü gibi benliğinden gıptayı, hıncı, gururu, ikiyüzlülüğü silkeleyip atan kimseye Brahman derim ben. Doğru sözü sertliğe sapmadan dinleten, başkasını incitmeyen kimseye Brahman derim ben" sözleriyle betimlemiştir.[70]

İşte böyle bir insan, hangi sınıftan gelirse gelsin, yaptığı iş ne olursa olsun, artık insanüstü bir varlık olmuş sayılır. Çünkü o, yaşamaya susamışlığı iyice alt etmiş ve kurtuluşa ermiştir. Bu hal Buddhacılıkta, Nirvana'ya ermek olarak nitelendirilir. *"Nirvana denilen şey, kurtuluşa erişmek, bu dünya varlığından çıkıp öbür dünya da beklediği bir ödül değil, bu hayatta da erişip bu olgunluğundan istifade ettiği saadettir."* Nirvana; "sönmek" anlamına gelir. Ama bu yok olmak değil, hiçbir şeyin bozamadığı ve ulaşamadığı bir huzur demektir. *"Çünkü Buddha'nın istediği, bu dünyadan tamamıyla gitmek, ıstıraptan kurtulmaktı. Hatta Buddha'nın bu pesimizmi o kadar ileri gitmişti ki; ona göre bizzat sevinçler dahi birer ıstıraptan ibarettiler."* [71] Özet olarak; Nirvana, Buddhacılıkta nihai hedef ve insanın ruh göçünden de kurtulduğu tam ve kesin bir varoluş anlamına geliyordu.

Buddha'nın ölümünden sonra, Buddhacılık, Mahayana ve Hinayana akımları olmak üzere iki büyük mezhebe ayrıldı. Daha sonra bu mezhepler de kendi aralarında birçok tarikata bölündüler. Ama aralarında uyuşmazlıklar ne olursa olsun; Buddhacılar insanlık tarihinde büyük bir devrim gerçekleştirmişlerdi. Bu dinin, biri üst diğeri altta olmak üzere iki parça ve bir de yelekten ibaret bulunan sarı elbiseleri dışında, pek

---

[70] Challaye (kage) S. 76.
[71] Ruben (kage) S. 106.

ıazla eşyaları bulunmayan rahipleri, sakin ve iyilikçi davranışlarıyla insanlığa örnek oluşturdular. *"Buddhacılığın etkisi yayıldıkça, savaşın, ölüm cezasının, baskı ve işkencelerin; ölümlü büyük av partilerinin kayboldukları; insanlar, hatta hayvanlar için hastanelerin yapıldığı görüldü."* [72] Buddhacılığın özgün gelişmelerinden biri de; Çin'de yaygınlaşan Zen Budizm şeklinde olmuştur. Bu öğreti; Buddhacılığın, Çin kökenli Taoculukla etkileşmesinin hazırladığı yeni bir tarikat şeklinde gelişmişti. İçe kapanış ve kendi üzerinde yoğunlaşma yöntemiyle huzura ermeyi amaçlayan bu akımın; modern çağlarda, Buddhacılığın Batı'da ilgi görmesine yardımcı olmak gibi bir özelliği de bulunuyordu.

---

[72] Challaye (kage) S. 77.

III. BÖLÜM
KONFÜÇYÜS

Ben ki, toz kanatlı bir kelebeğim,
Minicik gövdeme yüklü Kafdağı,
Bir zerreciğim ki, Arş'a gebeyim,
Dev sancılarımın budur kaynağı.

Necip Fazıl Kısakürek[73]

Konfüçyüs hakkındaki bilgiler, çok yerde efsaneyle karışmış olduğu gibi; gerçek yaşamıyla ilgili olanların bazıları da abartılar ve yakıştırmalarla bulandırılmıştır. Bu bakımdan büyük filozofun yaşam öyküsünü anlatırken yanılgılara düşmemek olanaksızdır. Ama yine de, çağımıza ulaşan bilgilerin ayıklanmasında gereğinden fazla titizlik göstermek, konuyu içinden çıkılmaz hale getirebilir. En iyisi; bilinen gerçekleri öykülerken, onun kişiliğine ve yaşam koşullarına ters düşmeyen söylentileri de değerlendirmeye çalışmak olacaktır.

MÖ VI. yüzyıl, büyük umutlar ve yeni yapılanmalarıyla olduğu kadar, korkunç yıkımlar ve toplumsal çalkantılarıyla da insanlığa yeni şekiller veren bir süreci başlatmıştı. Bu yüzyıl, bazı tarihçilerin dediği gibi; insanlığın rüştünü kazandığı bir dönemdi. Nitekim zamanın bu aralığında; Filistin'de peygamberler çağı başlıyor, Hindistan'da Buddha, İran'da Zerdüşt, Anadolu'da Tales ve Yunanistan'da Solon gibi olağanüstü insanlar ya tarih sahnesine giriyor ya da oyna-

[73] Kısakürek (kage) S. 24.

makta oldukları rollerini sona erdiriyorlardı. Nitekim; sonradan dünyada en fazla ve en uzun süre insanları etkilemiş filozof unvanını kazanacak olan Konfüçyüs de bu ilginç yüzyılda dünyaya gelmiştir.

Kuşkusuz ki; herkesin yaşamında ilginç ve öykülenmeye değer birçok olay gerçekleşir. Kuşkusuz ki; kimisi renkli maceralar ve kimi de umulmadık rastlantılar şeklinde anımsanan bu olayların çoğu, toplumun belleğinde hiçbir yankı uyandırmadan silinip giderler. Ama bazıları da; yalnızca gerçekleştikleri dönemde değil, fakat bütün bir insanlık tarihi üzerinde, daha henüz gerçekleşmiş gibi canlı ve çarpıcı olurlar. Üstelik bu anılar; yalnızca bir öykü olmak ötesinde, insanlığın bir deneyim birikimi gibi değerli ve öğreticidirler. İşte Çin'in ünlü filozofu Konfüçyüs'ün yeryüzünden geçişi de böylesine ilginç bir kazanım niteliğindedir.

A) YAŞAMI

Bugünkü Shandong yarımadasının, Huang-Ho (Sarı Nehir) yakınındaki Tsow bölgesinde; MÖ. VI. yüzyılda, küçük bir prenslik bulunuyordu. Egemen olduğu kentin adıyla Lu Prensliği ismiyle anılan bu küçücük devletçik, aslında, sıradan bir derebeyliğinden başka bir şey değildi. Kentte yaşayan; Şuh Liang Hein Kung ise iki metre boyunda, geniş omuzları ve iriyarı vücuduyla tam bir devi andırıyordu. Çok eski bir kralın soyundan gelen Kung; bu küçük Prensliğinin Tsow bölgesini yönettiği gibi, olağanüstü gücü ve korkusuzluğuyla da ünlüydü. Ama katıldığı bir savaşta düşmanlar tarafından sıkıştırılınca; mahsur kaldığı kalenin cümle kapısını yerinden söküp kalkan gibi kullanarak, rakiplerini perişan etmesiyle daha da ünlenmişti. Ne var ki; bölgenin bu yiğit askeri, 9 kızı olmasına karşın yıllarca bir erkek çocuk hasretini çekmişti. Karısı Ching Tsai ona ancak iyice yaşlandığında bir oğlan doğurabildi. Öyle ki Kung, bu mutluluğu tattığı MÖ 551 yılında artık 70 yaşlarına gelmiş bulunuyordu. Ama, ne kadar geç olursa olsun, tattığı sevinç yine de pey büyüktü.

Doğumuyla yalnızca Kung'ları değil, ama bütün Lu kentinin insanlarına mutluluk getiren bu bebeğe: Chiu adı verilmişti.

1. Çocukluğu:

Küçük Chiu'nun getirdiği bu yeni soluk; kuşkusuz ki aileye bir süre en tatlı günlerini yaşatmıştı. Ama bu değişimler evreninde hangi şey devamlı olabilirdi ki? Nitekim Kung'ların bu mutlu yaşamları da fazla usun süremedi. Dev Şuh Liang, doğumundan üç yıl sonra, küçük oğlunu öksüz bırakarak yaşama veda etti. Onun için Chiu'yu büyütmek şimdi çaresiz bir yalnızlık içindeki annesi Ching Tsai'ya kalmıştı.

Kung'lar aslında, Sung kentinden soylu bir aile idiler. Ne çare ki; "Savaşan Devletler" döneminin karmaşa ve toplumsal felaketleri nedeniyle servetlerini kaybederek yoksul düşmüşler ve sonra da, bu her şeylerini yitirdikleri kentlerinden kaçarak, Lu Prensliğine sığınmışlardı. Onun için küçük Chiu'nun yetiştirilmesinin bütün yükü dul annenin gayretini bekliyordu. Ama Tsai, bütün zorluklara karşı, olanakların verdiği bütün fırsatları kullanarak oğlunu en iyi şekilde büyütüp eğitmekten geri kalmadı.

Gerçekte Chiu da olağanüstü zeki bir çocuktu. Öğrenme konusunda büyük yeteneği vardı. Onun için kendisine verilen eğitimi gereği gibi alarak; daha çok küçük yaşlarında bile dikkati çekecek bir olgunluğa erişmekte gecikmemişti.

Chiu; çalışmaktan yorulmayan, kendisine verilen hiçbir işi küçümsemeyen bir yapıdaydı. Bir taraftan öğrenimine devam ederken, bir taraftan da ailesinin geçimine katkıda bulunabilmek için kentin parklarında bekçilik yaptığı gibi: zaman zaman çobanlık yapmaktan da yüksünmüyordu.[74] Ama kısa bir süre sonra bu azminin ödülünü de aldı. Yetenek ve çalışkanlığını takdir eden kent valisi onu; Bölge Tarlaları Baş Gözetleyiciliği'ne atadı.

2. Gençliği:

Oldukça düzenli bir gelir ve yine oldukça güvenceli bir işe sahip olmakla Chiu, artık yaşamını belli bir düzene sokabileceğini düşünüyordu. Bu ise, o çağlarda ancak iyi bir evlilikle sağlanabilirdi. Çünkü özellikle Çinli erkekler için evlenmek; bir nevi olgunluk simgesi olduğu gibi, aynı zamanda egemenliğini yürütebileceği bir çevre edinebilmiş olmak anlamına da geliyordu. Bu ise; toplum içinde artık söz sahibi bir mevkie yükselmek demekti. Nitekim artık yetişkin bir delikanlı çağına gelmiş olan Chiu, komşu Sung kentinden 14 yaşlarında bir kızla evlenerek Aile Babası konumunu kazandı. Kendisi ise o tarihlerde henüz 19 yaşlarında bulunuyordu. Ama artık bizzat yöneticisi olduğu müstakil bir evi ve aile reisi olmak dolayısıyla da son derecede saygın bir kişiliği vardı.

Chiu'nun çalıştığı iş ağır ve sorumluluğu fazla olan bir görevdi. Ama o bu zorluklara karşın, büyük bir gayretle işini aksatmadan sürdürürken, bir yandan, her konudaki bilgisini artırmaya da çalışıyordu. İçinde duyumsadığı bir önsezi, sanki ona, gelecekte yükleneceği pek daha önemli işler için kendisini hazırlaması gerektiğini söylüyor gibiydi. Üstelik bu konuda ona yardımcı olan bazı rastlantılar da eksik değildi. Çünkü Lu kenti; Çin'e ait eski ve değerli birçok kitap ve belgelerin saklandığı büyük kütüphanesiyle ünlüydü. Bu ise genç Chiu'ya bilgisini artırmak yolunda çok kıymetli bir fırsat sunarken aynı zamanda onu

[74] Konfüçyüs (kage) - Konuşmalar- S. 14.

okuma ve bilgisini artırma konusunda teşvik de ediyordu.[75] Nitekim bir ara; kendisini müzik, şiir ve edebiyata daha çok verebilmek için, yönetim kademelerindeki işlerinden ayrılmayı bile düşünmüştü. Ne var ki bu düşüncesinin iyice yoğunlaştığı sıralarda, bir çocuğunun dünyaya gelmesi, onu bu hayalinden şimdilik vazgeçmek zorunda bırakmıştı. Çünkü Chiu, istikrarlı bir gelir kaynağını birtakım varsayımlara güvenerek terk edecek kadar sorumsuz insan değildi. İyi bir aile reisi olarak, yüklendiği sorumluluklarını idrak eden gerçek bir Çin Beyefendisiydi.

Ama bütün bunlara karşın; Chiu, bilim ve edebiyat alanındaki çalışmalarını yine de yoğunlaştırmaktan vazgeçmemişti. Hatta giderek sahip olduğu bilgisi ve yetenekleriyle çevrede dikkat çekmeye başlayınca; tanıyanlarının ısrarları üzerine, öğretmenliğe başlamakta da duraksamamıştı. Öyle ki kısa zaman sonra, kalabalık bir genç öğrenci grubuna sahip olmuş ve giderek bu uğraşılarını yeni bir okul açmak suretiyle kurumlaştırmak yoluna gitmişti. Nitekim geçen kısa bir sürenin ardından Chiu'ya gösterilen ilgi artık bir hayranlığa dönüşmüş bulunuyordu. Geniş bir çevreye ünü yayılmış, öğrenci sayısı dikkati çekecek kadar artmıştı. Dahası, kilometrelerce uzaklıktaki kentlerden gelen yüzlerce ziyaretçisi, çözümleyemedikleri sorunları konusunda ondan öğüt almak için sıra bekliyordu. Hatta zamanla bu bilgelik ünü daha da artıp adeta bir efsane haline gelince, hayranları artık onu; *"Kung Fu Tse"* yani; *"Kung Usta"* ismi vererek onurlandırmışlardı.

3. Olgunluk Dönemi:

Kung Fu Tse; Latince söylemiyle; *"Konfüçyüs"* şeklinde telaffuz ediliyordu. Aslında; *"Kung Soyundan Gelen Filozof"* anlamına geliyordu. Ama o Çin'de bu

---

[75] Büker (kage) S. 12.

isimle anılırken, sonradan tüm dünyada Latince söylemi olan *"Konfüçyüs"* ismiyle tanınmıştı.

Konfüçyüs; 23 yaşlarına geldiğinde artık eni konu ünlü bir bilgin olmuştu. Evi Çin'in birçok değerli bilgininin ziyaret ettiği bir akademi durumundaydı. Öğrenci sayılı neredeyle binleri bulmuştu. Açtığı okulda öğrenim yapabilmek, artık büyük bir fırsat olarak kabul ediliyordu.

Büyük Usta; erkek kardeşi, kızı, oğlu, yeğenleri ve sevgili annesiyle birlikte küçük bir aile oluşturmuştu. Ne var ki bu aile, reislerinin şöhrete erdiği o ilk yıllarda, yaşanabilecek acıların en unutulmazlardan biriyle sarsılmıştı. Çocuklarını, onlara babalarının yokluğunun fazla hissettirmeden büyüten becerikli anneleri Ching Tsai'yi kaybettiler. Bu, doğal olarak, bütün evlatları üzmüştü ama, Konfüçyüs için katlanılması gerçekten zor bir acı olmuştu. Onun için, ününün iyice yayılmış olmasına hiç aldırış etmeden; bütün işlerini terk ederek, adet olduğu gibi, tam 27 ay sürecek bir yas dönemine girdi. Kamusal görevlerinden ayrıldığı gibi, okulunu da kapattı. Artık yalnızca okuyor; bilgisini artırmak için özellikle Çin tarihini inceliyordu. Bu uzun yas dönemi Konfüçyüs için; annesine karşı olan görevlerini yerine getirmesini sağladığı gibi, onun kendisiyle baş başa kalarak, gelecek için birtakım planlar oluşturmasına ve gerçek bir bilgin düzeyine yükselmesine yardımcı olan bir erginleşme dönemi de oluşturdu.

Konfüçyüs, geleneksel yasını bitirdikten sonra da, memuriyetine dönmedi. Artık iyice sevdiği ve amacını gerçekleştirmekte kendisine en büyük fırsatları sağlayacağına inandığı öğretmenlik mesleğini sürdürmeye karar vermişti. Onun için bütün yetenek ve zekâsıyla evvelce verdiği bu kararını gerçekleştirmeye koyuldu. Adeta insanüstü bir gayretle çalışıyor, başarmak için elinden geleni yapıyordu. Öyle ki; 35

yaşlarına geldiğinde yaklaşık 3000 kadar bir öğrencisi olmuştu.

Vurgulamak gerekir ki; Konfüçyüs'e gelinceye kadar, Çin'de ancak soylu ve zengin insanlar yeterli öğrenime kavuşabilirlerdi. Hâlbuki Konfüçyüs, uyguladığı yeni ve devrimci bir yöntemle, öğrenimi halka indirmiş olduğu gibi, onun niteliğini de değiştirerek, sistemini faydacı ve işlevi olan bir yapıya oturtmuştu. Dahası Çin'de öğretmenliği bir serbest meslek haline getiren ve özelleştiren de Konfüçyüs'tü.[76]

Büyük Usta'nın uyguladığı öğretim ve eğitim sistemi eskiye göre son derecede değişik ve özellikle de demokratik bir nitelik gösteriyordu. Öyle ki; bir kere, alışılmışın dışında, öğrencilerle tek tek ilgilenilen ve onlarla sohbet edercesine yürütülen bir yöntemle yapılıyordu. Üstelik hiçbir imtihana yer de vermiyordu.[77] Örneğin herkese ayrı ayrı konular verilir; öğrencilerden o konuları hazırlaması istenirdi. Daha sonra da aynı konuda öğrencilerle tartışılarak bu konuların işlenmesi yapılırdı. Yapılan çalışmalarda hiçbir zaman dogmatik davranılmaz; öğrencilerle olan tartışmalar sırasında öğretmenin yanlış düşündüğü anlaşılırsa bunun kabul edilmesinden de çekinilmezdi.

Konfüçyüs için en önemli ders konuları ahlakla ilgili olanlardı... Ama öğrencinin zihni gelişmesini sağlayabilmek için; tarih, şiir, müzik ve dans dersleri de veriyordu. Derslerinde uyguladığı en büyük yenilik; Çin'in çok eski tarihinin geleneklerine dayanan bilgilerin, uygulamalı örneklerle anlatıldığı bir ders programı oluşuydu. Yani derslerini yalnızca teorik olarak anlatmakla yetinmezdi. Tam tersine bütün anlattıklarını uygulamalarla öğretir ve böylece öğrencinin belleğine yerleşmesini sağlamaya çalışırdı. Ancak bütün bu söylenenlerle birlikte; Konfüçyüs'ün diğer bir özel-

---

[76] Konfüçyüs (kage) - Konuşmalar- S. 8.
[77] Konfüçyüs (kage) - Konuşmalar- S. 8.

liği de; öğrencilerine bazı devrimci düşüncelerini aktarmaktan çekinmemesiydi. Örneğin; her insanın kendisiyle ilgili temel kararları verme hakkı olduğunu savunması, onun o döneme kadarki genel anlayışlara karşı olan düşüncelerinden biriydi. Keza; zeki ve kararlı olmaları koşuluyla en düşük toplumsal kesimlerden olanları dahi okuluna kabul etmesi de böylesine devrimci bir davranış niteliğinde bulunuyordu Bunların; eğitim ve öğrenim üzerindeki en büyük ve güçlü soylu kalelerini yıkmak anlamına geldiği ise tartışılamazdı.

Konfüçyüs'ün yaradılış itibariyle çok şefkatli bir insan olması, onun önerdiği ve uygulamakta olduğu eğitim ve öğrenim sisteminin belli birtakım hedef ve özellikler taşımasına da neden olmuştur. Öyle ki Büyük Usta'nın yaşadığı dönemin, Çin'in en karışık çağına rast gelmesi, onda halkın çektiği ıstıraplar dolayısıyla büyük acıma duyguları oluşturmuştu. Bunların onun düşün sistemini etkilememesi ise olanaksızdı. Bu bakımdan öğreti ve çalışmalarının büyük bir bölümünü; tüm kargaşalara son verecek ve insanların daha mutlu olmalarını sağlayacak siyasal sistem arayışları oluşturuyordu. Hatta bu amacını gerçekleştirebilmek için, geniş yetkilerle donatılmış bir memurluğa atanması yolunda girişimlerde de bulunuyordu. Ne var ki bu konuda, birtakım geçici fırsatlar elde etti ise de; yeterli ve tatmin edici bir başarıya ulaşamamıştı. Nitekim bütün çabalamaları sonunda, ancak 50 yaşı dolaylarında, bir süre mühendislik, valilik, bakanlık ve prens danışmanlığı gibi görevlere atanmasını sağlayabilmiş ise de;[78] bunların hiçbiri uzun süreli bir uygulama fırsatı hazırlayacak düzeyde olmamıştır. Kısaca, kamusal görevlerin hepsinde başarılı olmasına karşın; hiçbirinde uzun süre tutulmamış ve kamu yönetimi konusunda tarihin en ünlü kuramlarını ger-

---

[78] Challaye (kage) S. 83–Konfüçyüs (kage)-Konuşmalar-S. 14

çekleştiren bu büyük filozof; sıradan bir memur kadar dahi uygulama olanağı elde edememiştir.

Nitekim; 50 yaşlarındayken; komşu ülke Çung-Tu kentine Başyargıç ve Belediye Başkanlığı yapmak üzere davet edilmiş ve ancak bu görevini kısa bir süre yürütme fırsatı bulabilmiştir. Her ne kadar orada; iyi olanları ödüllendirip kötü olanları cezalandırmak yöntemini uygulamak suretiyle yaptığı çalışmalar; akıllı insanlardan danışmanlar edinerek yürüttüğü yenileştirme çabalarıyla halkın sevgi ve saygısını kazanmış ise de; üst yönetim kadrolarının duyduğu kıskançlıklar nedeniyle çalışma süresi bir yıldan fazla uzatılmamıştır.

Keza; Konfüçyüs, atandığı bu ilk üst düzey kamu görevinde gösterdiği başarılar nedeniyle daha sonra; Lu kenti Prensi ve eski öğrencisi Yang Hom tarafından, doğduğu kentin Adalet Bakanlığı makamına da getirilmişti. Ne var ki; Büyük filozofun bu görevindeki çalışmaları da yine aynı hayal kırıklığı ile sonuçlanmaktan kurtulamamıştır.

Aslında; Lu Adalet Bakanlığı, Konfüçyüs'ün yaşamında üstlendiği en yüksek kamu görevi olmuştu. Onun için bu görevinde başarılı olabilmek onun için çok büyük bir önem taşıyordu. Nitekim, filozof da bu olayın, kendisi ve sistemi için taşıdığı yaşamsal duruma uygun bir tutum takınmaktan çekinmemişti. Bu nedenledir ki; devletin yönetiminde, kendi salık verdiği yöntemleri uygulamakta son derecede ciddi ve ödünsüz davranmıştı. Nitekim görevinde de o ünlü; iyiliklere iyilik ve kötülüklere de yasaların verdiği bütün yetkileri kullanarak karşılık verme ilkelerini hiçbir şekilde savsatmadan uyguladı. Bu arada dikkati çekecek kadar şiddetli cezalar ortaya koymaktan da çekinmedi. Örneğin; ülkenin ünlü düşünürlerinden sofist Teng-Şi'nin halkı türlü demagojik söylemlerle yanıltmasını hoş görmedi. Hatta onun, bir balıkçı ile nehirde cesedi bulunan zengin bir kişinin akrabaları arasındaki uyuşmazlıkta; her iki tarafa da ayrı ayrı ve çelişik öğütlerde bulunmasını affedilmez bir suç sayarak; sofistin idamını gerçekleştirdi.[79] Keza yine; alışılmış model ve ölçülerin dışında, yeni tarza elbiseler diken terzilere, geleneklere aykırı davranmaları nedeniyle aynı cezayı uygulattırdı. Dahası; geleneksel bir düzen kurulabilmesi için, kentte kadınların yolun solunda ve erkeklerin ise yolun sağında yürümelerini emretmek gibi, halkı tedirgin edecek bazı uygulamalara bile başvurdu.[80] Bütün bu önlemlerin; kent ve ülkede belli bir disiplini sağladığı tartışma götürmeyecek bir olgu ise de; sonuçta açık bir devlet terörü olduğu da ortadaydı.

Bakanlığı sırasında Konfüçyüs'ün yaptığı daha başka ilginç uygulamalar da olmuştu. Örneğin; kentin cezaevlerinde yaptığı incelemeler sırasında; burada yalnızca fakir ve cahil insanların bulunduğunu saptamıştı. Onun için; fakirlık ve cahilliğin ortadan kaldırılması halinde suçların azaltılabileceğini düşünmüştü. Nitekim bu konuda aldığı bazı önlemler sonunda ülkede suç işleyenler azalmış ve cezaevlerinin boşaldığı bir döneme gelinmişti. Ne var ki bütün bu çalışmalarına karşın; Konfüçyüs'ün bu yükselişi son kamusal görevi oldu. Çünkü; Lu Prensliği'nin daha da güçlenmesinden korkuya düşen komşu devletler, kurguladıkları bir siyasal oyunla Büyük Filozofun görevinden ayrılmasına neden oldular.

Kurulan komplo gereğince; Chi Devleti, Lu Prensliği'ne birçok güzel müzisyen ve oyuncu kadın hediye etti. Bu kadınlar zaten bu türlü işlerde kullanılmak için yetiştirilmişlerdi. Onun için kısa sürede Prensin aklını çelecek oyunlarını sahneye koydular.[81] Bu süreç do-

---

[79] Störig (kage) S. 137.
[80] Strathern (kage) S. 41.
[81] Eberhard (kage) -Denemeler- S. 20.

ğal olarak, Prensi zevk ve sefaya alıştırmakla başlamıştı. Daha sonra da onu, içki ve şehvet batağına çektiler. Artık Prens, hiçbir şekilde ülkesini düşünmüyor ve günlerini eğlence ve zevk alemleri içinde geçiriyordu. Gerçi Konfüçyüs, Prensin; *"Sefahate daldığını ve yavaş yavaş doğru yoldan ayrıldığını görünce, hiç çekinmeden ve hiçbir tehlikeden korkmayarak doğrudan doğruya Prensle mücadeleye girişmişti. Çünkü ona göre muhitten kaçınmak, yalnız bir hayata atılmak, yalnız kendini düşünmek iyi bir hareket değildi. Doğru bildiği prensipleri herkese tatbik etmek, fenalıklarla mücadele etmek en doğru bir hareketti. Hâlbuki kral onun nasihatlerinden bıkmış usanmıştı."* [82] Onun için Büyük Usta'nın öğüt ve uyarılarına aldırmayarak, bu utanç verici yaşamını sürdürmekten vazgeçmedi. Bu durum karşısında Konfüçyüs de, artık kendisi için hiçbir anlamı kalmamış bulunan görevinden istifa ederek ayrıldı. Yeniden öğretmenliğe başladı.

Bütün bunlar olurken zaman çok hızlı bir şekilde akıp gidiyordu. Artık MÖ. 501 yılına gelinmişti. Şimdi Konfüçyüs de elli yaşını geçmiş bulunuyordu. Mücadele için gecikmemesi gerektiğini, sistemini işletmek için fazla bir zamanın kalmadığını düşünüyordu. Onun için elinde kalan tek olanağı sonuna kadar kullanmaya karar vererek; bütün gücünü halkın eğitimi yolunda kullanmaya girişti. Lu'da yeni bir okul daha kurarak, kendini, ortaya koyduğu yeni eğitim ilkelerine göre öğrenciler yetiştirmeye adadı.

Bu arada; tarihin çok eski zamanlarında yazılmış ve iyi bir toplumun nasıl kurulacağını anlatan ve ancak şimdi unutulmuş bazı değerli eserleri toplama çalışmalarına da başlamıştı. Bulabildiklerini, herkesin yararlanabileceği bir şekle sokuyor ve çoğalttırarak yayınlıyordu. Bu çalışmaları sırasında, Lu ülkesinin

---

[82] Konfüçyüs (kage) - Büyük Bilgi- S. XVIII-XIX.

tarihini anlatan bir Vakayiname de hazırlamıştı. Yine ünlü; *"İlkbahar ve Sonbahar"* isimli kitabını da bu dönemde kaleme alarak tamamladı.

Bütün bunlar olurken; kendisini iyice eğlence ve sefahat alemlerine kaptırmış bulunan Lu Prensi, yaşadığı bu sefil hayat sonunda, ülkesinin gittikçe kötüleştiğini; eski güç ve düzenini yitirdiğini, nihayet fark etmeye başlamıştı. Ne var ki, aynı sorumsuz yaşayışı nedeniyle, şimdi kendisi de hastalanmış bulunuyordu. Bu doğal olarak onda büyük pişmanlık duygularının doğmasına neden oldu. Ama onu en çok üzen, Konfüçyüs'e karşı yaptığı haksızlık ve onu dinlememekle işlediği büyük günahın acılarını duyumsamasıydı. Nitekim artık son günlerini yaşadığı sırada, oğullarını yanına çağırarak; bu duygularını onlara anlatmış ve hatta oğullarından birinin Büyük Hoca'nın öğrencileri arasına katılmasını bile istemişti. Gerçekten de, babasının vasiyetini dinleyerek, Konfüçyüs'ün hocalığını kabul eden çocuklarından birisi sonradan onun en sadık ve vefalı öğrencisi olacaktı.

MÖ 500 yılları; Çin için korkunç yıllardı. "Savaşan Devletler" döneminin en acılı günleri yaşanıyordu. Ortada öylesine bitmez savaşlar ve öylesine tehlikeli bir ortam vardı ki; *"Prensler ve vezirlerden en aşağı halka kadar hiç kimse kendini emniyette hissedemiyordu. Herkes sıkışık durumda idi ve kimse bulunduğu yerden emin değildi."* [83] Ülke büyük bir sefalet içinde bulunuyor; eski değerler gittikçe kayboluyordu. İnsanlar çaresizlik içinde; korkunç bir bunalımı yaşıyorlardı.

Konfüçyüs bu karmaşa ortamında, insanların iyilikleri için ileri sürdüğü düşüncelerinin uygulanmasını ya da Çin'deki krallardan birinin kendisini düzeni sağlaması için tam ve kesin yetkiyle görevlendirilmesini

---

[83] Eberhard (kage) - Denemeler- S. 8.

yıllarca ve umutla beklemişti. Yarım yüzyılı geçmiş bulunan yaşamında; Lu kentinde ele geçirdiği küçük bir fırsat, kentin esenliğini kıskanan düşman devletlerce boşa çıkarılmıştı. Büyük Hoca'nın fikirlerinden yararlanmak hiçbir yöneticinin aklına bile gelmiyordu. Oysa; artık Konfüçyüs de beklemekten usanmış; bu büyük toplumsal ıstırap karşısında eli kolu bağlı olmaktan sıkılmaya başlamıştı.

İçi içini yiyor; yöneticilerin vurdumduymazlığı karşısında isyan ediyordu. Nihayet; uzun uzun düşündükten sonra; kurtuluş için kendisini çağırmak akıllılığını göstermeyen yöneticilerin ayağına kendiliğinden giderek, onları kendi yönetim ilkelerini uygulamaya kandırmayı denemeye karar verdi.

Lu kentindeki işlerini ve okulunu tasfiye ettikten sonra; uzun sürecek bir Çin gezisine çıktı.

Esasen, Çin geleneklerine göre; filozof ya da bilim adamlarının, düşüncelerini yaymak için ülke içinde geziye çıkmaları sık sık uygulanan bir durumdu. Onlar bu gezileri sırasında kent kent dolaşırlar ve gittikleri her kentte, uzun bir süre kalıp orada bir nevi okul kurarak; kendi kuram ve düşüncelerini insanlara tanıtmaya ve onların buna ikna etmeye çalışırlardı.[84] Ancak Konfüçyüs, bu alışılmış yöntem dışında; konukladığı kentlerin bağlı olduğu prens ya da krallarıyla da konuşarak onlardan, devlet yönetimini kendi kuramlarına göre düzenlemelerini de istiyordu. Hatta onlara; felsefesine uygun bir düzen kurabilmek için, hiç olmazsa bir süre, devletlerinin yönetimini kendisine vermelerini de önermekteydi.

Geziye başladığında 54 yaşındaydı. Sadık öğrencileri kendisini yalnız bırakmamış; hep birlikte yola çıkmışlardı. Özellikle asker yaradılışlı öğrencisi Tzu Lu hiç yanından ayrılmıyordu. Sarp ve geçit vermez

---

[84] Strathern (kage) S. 68.

dağlardan, göz alabildiğince uzanan ovalardan, azgın nehirlerden ve sel yataklarından geçerek gidiyorlardı. Her adımda eşkıyaların kaynadığı; haydutların yol kestiği; devlet otoritesinin kalmamış bulunduğu ülkelerden geçerek, türlü manastırlarda dinlenip, ormanlarda gizlenerek ve rastladığı topluluklara zaman zaman vaazlar vererek; bütün Çin'i dolaşıyorlardı. Konfüçyüs yolundaki her krallığa uğruyor; ülkenin kendi ilkelerine göre yönetilmesi için kendisine fırsat tanıyacak akıllı ve uzak görüşlü bir yönetici arıyordu. Ne var ki; bu yıllar süren gezisi sırasında, devletinin yönetiminde danışmanlık yapmasını kabul edecek hiçbir kral ya da prens bulamamıştı.

Gerçi; bu gezileri sırasında bir ara, ideallerini gerçekleştirebilmesi için ülkesinin yönetiminde Konfüçyüs'e görev verecek bir Prens buldu ise de; o da, Büyük Usta'nın gelişinden bir süre sonra, bir saray darbesiyle tahtından indirildiğinden, bu girişim de başarısızlıkla sonuçlandı.[85] Onun için; 13 yıl devam eden bu gezi ve arayıştan sonra; Konfüçyüs, umutları kırılmış ve 67 yaşına basmış yaşlı bir insan olarak Lu'ya geri dönmek durumunda kalmıştı.

Ne var ki; bu uzun gezi sırasında, Lu'da bıraktığı karısı hastalanarak ölmüş ve oğlu Le de; babasının uğraşılarından uzak yeni bir yaşamı seçmişti. Onun için en az gezinin başarısızlığı kadar, ailesinin uğradığı bu şanssızlıklar da filozofun üzüntülerini artıran önemli olumsuzluklar olarak, yaşamını etkilemiş bulunuyordu. Bütün bu olaylar içinde, belki de tek sevindirici şey; gezi boyunca insanlarla kurulan ilişkilerin Konfüçyüs kuramlarını geniş bir halk kesimlerine ulaştırılarak tanıtılmış olmasıydı. Gerçi hiçbir yönetici Konfüçyüs'e istediği reform yapma fırsatını vermemişti ama, Çin halkı bu büyük hocayı, verdiği vaazlar ve söylemleriyle tanıma olanağına kavuşmuştu. Üs-

[85] Wells (kage) S. 104.

telik söyleyebildiklerinin de; yabana atılacak şeyler olmadığını görmüştü. Hatta onun devrimci ve halk yararına olan düşüncelerini benimsemiş, ona yürekten bir saygıyla hayran olmuştu. Öyle ki Konfüçyüs, yıllar sonra Lu'ya döndüğünde, artık bütün Çin'in tanıdığı, eylemsel ve kamusal bir siyasal yetkiye sahip olmasa bile; halkın gözünde tinsel iktidarını kurmuş, büyük bir *"Taçsız Kral"* durumunda bulunuyordu.

Nitekim; yurduna dönüşünden kısa bir süre sonra; yeni Lu Prensi ona, yıllardır umutla beklediği; Prens Danışmanlığı'nı bile önerdi. Ama artık onun için bu öneri geç kalmış bir fırsattı. Bu bakımdan Prensin bu lütfünü kibarca reddetti. Şimdi tek hedefi; kendi yapamadıklarını gerçekleştirecek, tüm ülkede tasarladığı gibi büyük bir devrimi gerçekleştirecek; yetenekli ve bilgili öğrenciler yani uyum ve erdemle dolu *"Üstün İnsanlar"* yetiştirmekti. Yaşamını artık tümüyle buna adamıştı. Bütün amacı; hükümet etmesini bilen; doğruluktan şaşmayan insanların hocası olmaktı.

Konfüçyüs, her ne kadar istediği reformları gerçekleştirmek için bir yönetici olarak saraylara çağrılmayı başaramamışsa da; eğitim konusundaki amaçlarına erişmekte tümüyle muvaffak olmuştu. Çünkü onun ölümünden sonra, yetiştirdiği öğrencileri; Çin yönetiminde en etkin konumlara ulaştılar. Öyle ki Konfüçyüsçülük; Çin'e damgasını vurup onu şekillendiren bir felsefe ve giderek de yaygın din haline geldi.

Konfüçyüs'ün bu yıllarda yaptığı önemli bir girişim de; Çin'in ünlü filozoflarından Lao-tzu ile görüşme fırsatı aramasıydı. O kadar ki; bu arzusunu gerçekleştirmek için, o çağda birçok tehlikeler dolu olmasına karşın ikinci bir uzun yolculuğu göze almakta duraksamamıştı.

O yıllarda tıpkı Konfüçyüs gibi hayli yaşlı bir bilge olan Taoculuğun ünlü ustası Lao-tzu; Chu Krallığı Sarayı'nda kütüphane memuru olarak çalışmaktaydı.

Onun için büyük filozof, birkaç öğrencisiyle birlikte Lu'dan Chu'nun başkenti Lo-Yang'a gitmeyi göze aldı.

Yorucu bir yolculuktan sonra ulaştığı Lo-Yang'da, hiç vakit geçirmeden İmparatorluk Kütüphanesine giderek Lao-tzu'yu beklemeye başladı. O arada kütüphanede bulduğu bir kitabı incelerken yanına Lao-tzu yaklaşmış ve okuduğu kitabın ne olduğunu sormuştu. Konfüçyüs'ün, *"Adalet ve İnsanlık"* konusunu okuduğunu öğrenince de: *"—Güvercin her gün tüylerini beyazlatsın diye mi yıkanır? Hayır. Yaradılışta beyazdır çünkü. İnsanlar da öyledir. Eğer yaradılıştan iyi ve adalet sever iseler, onlara adaleti öğretmenin lüzumu yoktur"* demiş ve aralarında geçen kısa tartışmadan sonra da; Konfüçyüs'e daha fazla önem vermeden yanından ayrılıp gitmişti. Bunun üzerine kütüphaneden çıkarak öğrencilerinin yanına dönen Konfüçyüs ise: onlara Lao-tzu'yu: *"Kuşların nasıl uçtuğunu, balığın nasıl yüzdüğünü, hayvanların nasıl koştuğunu bilirim. Koşan hayvan tuzağa düşürülebilir, yüzen balık oltayla yakalanabilir, uçan kuş okla vurulabilir. Fakat bir de canavar var. Onun rüzgârın sırtında nasıl bulutlara bindiğini ve oradan gökyüzüne çıktığını bilemem. Bugün Lao-tzu'yu gördüm. Onu işte bu canavara benzetebiliriz"* [86] diyerek anlatmaya çalışmıştı. Konfüçyüs'ün söyleminde geçen; *"Canavar"* kelimesi kuşkusuz ki; Çin mitolojisinin en önemli simgelerinden biri olan *"Ejderhaları"* betimliyordu. Çünkü o, kötülüğün olduğu kadar iyiliğin de kendisinden geldiğine inanılan, gizemli bir yaratıktı.

Konfüçyüs'ün kendi ülkesi olan Lu'da açtığı yeni okuldaki uğraşları bütün zamanını dolduruyordu. Üstelik artık şöhreti de bütün sınırları aşmış olduğu için; her gün kendisini görmek isteyen yüzlerce insan çevresinden eksik olmuyordu. Öyle ki artık; tüm emeklerinin boşa gitmediği inancındaydı. Bu son yıllarındaki

---

[86] Büyük Dinler Ansiklopedisi (kage) S. 139.

en büyük üzüntüsü; kuşkusuz ki, 70 yaşına geldiği sıralarda oğlu Le ile en çok sevdiği öğrencisi Yen Hui'yi kaybetmesi oldu. Ama buna karşılık; torunu Keigh'in felsefeye olan ilgisi ve özellikle de Konfüçyüsçülüğe olan katkıları onu olağanüstü memnun ediyordu.

4. Ölümü:

Konfüçyüs; MÖ 479 yılında öldüğü zaman 72 yaşındaydı. Daha önce öğrencilerine:

"Tayişan çökecek;
Büyük ağaç devrilecek;
Ve bilgi geçip gidecek
Solmuş bir çiçek gibi" [87]

sözleriyle veda etmişti. Torunu Keigh'e fakirliğinden başka maddi bir kalıt bırakmamıştı. Ama buna karşılık; artık ona: *"On Bin Kuşağın Üstadı ve Örneği"* deniliyordu.[88] Chu-Fou'daki mezarını her yıl binlerce müridi büyük bir saygı içinde ziyaret ediyordu.[89]

Ne var ki, ölümünden hemen 2 sene sonra yani yaklaşık MÖ 477 yılında; Konfüçyüs'ün ün ve saygınlığı artık hiç kimsenin yadsıyamayacağı bir düzeye ulaşmıştı. Onun için Lu Prensi de bu değerli insanın anısına bigane kalamadı. Büyük filozofun yıllarca mütevazı koşullar içinde yaşamış olduğu konutunu onartarak 3 odalı bir tapınak haline dönüştürdü. Ancak, salonlarında Konfüçyüs'ün eşya ve kitaplarının da sergilendiği bu küçük tapınak, Büyük Usta'nın saygınlığının ülke çapında yaygınlaşmasıyla, zamanla onun yüceliğini taşıyamaz hale gelmekte gecikmedi. Onun için Qing Hanedanı imparatorlarından Yongzheng zamanına rastlayan XVIII. yüzyıl başlarında bu konut; görkemli bir saray haline getirildi. Öyle ki

---

87 Strathern (kage) S. 58.
88 Challaye (kage) S. 85.
89 Konfüçyüs (kage) - Büyük Bilgi- S. XIX.

İmparatorluk Sarayından sonra Çin'deki en büyük ve değerli eser durumundaydı. Hemen yanına da 100.000 m²'lik bir alanı kaplayan 500 odalı yeni bir tapınak kuruldu. Devasa sütunları, altın renkli kiremitlerle kaplı çatısı ve içindeki olağanüstü değerli antik eşyalarıyla dünyanın en dikkate değer eserleri arasına giren bu mimarlık harikası yüzyıllarca Konfüçyüs ailesi ve anılarına ev sahipliği yaptı. Nihayet aradan geçen uzun zaman ve türlü siyasal rejimlerin saygını korumasından sonra da: 1994 yılında UNESCO tarafından "Dünya Kültür Mirasları" arasına alınarak tüm insanlığın malı haline getirildi.

B) AİLESİ

Konfüçyüs, sonradan yoksul düşmüş soylu bir aileye mensuptu. Hatta bazı kaynaklar filozofun, eski Çin imparatorlarına uzanan bir soy çizgisine sahip olduğunu da ileri sürmektedirler. Bu bakımdan; Konfüçyüs'ün de, tıpkı diğer Çinliler gibi ataerkil bir aile yapısına sahip bulunduğu kabul edilmelidir.

MÖ 532 yılında henüz 19 yaşında iken evlendiği biliniyorsa da, Konfüçyüs'ün eşinin kimliği hakkındaki bilgiler hayli eksik bulunmaktadır. Onun da her Çinli gibi, aile içinde fazla bir etkinliği olamazdı ve uzun zaman filozofun annesinin denetim ve gözetimi altında bir yaşam sürdüğü söylenebilirdi. Kaldı ki; kendisini tümüyle okumak ve bilimsel çalışmalara vermiş bulunan filozofun; daha sonra da 13 yıl sürecek bir geziye çıkmış olması; eşiyle ilgisinin Çin geleneklerine göre; pek sıradışı olduğunu da göstermektedir.

Konfüçyüs'ün yaklaşık 45 yıl kadar süren evliliğinde, karısıyla herhangi bir sorunu çıkmamıştı. O bu birlikteliğinden biri kız diğeri de erkek olmak üzere iki çocuğa sahip olmuştu. Kızını öğrencilerinden Kung-Ye Chang ile evlendirdi. Çünkü onun; *"Ayağı bağlı mahkûm da olsa, masum olduğu ve iyi bir koca ola-*

cağı görüşündeydi." Oğlunun ise, kendi yolunda yürüyecek, yetenekli ve çalışkan bir bilge olacağını umut ediyordu. Onun için; büyük gezisine çıkmadan önce onu evlendirmiş ve ailenin sorumluluğunu da kendisine bırakmıştı.

Oysa ki; büyük filozofun oğlu Le, hiçbir zaman babasının gurur duyacağı bir bilgin olamadı. Dahası zaman zaman Konfüçyüs'ün umutlarını kıran tembelliklere bile kapıldı. Öyle ki babasının bütün isteklerine karşın, şiirle ilgilenmemesi üzerine Konfüçyüs, ona sert bir şekilde ve: *"Şiir üzerinde çalışma ve inceleme yapmayan bir insan, yüzünü duvara dönmüş bir kimseye benzer. Yüzünü hep duvara dönük bir kimsenin güzel bir şey görebilmesine imkân var mıdır?"* [90] diyerek, kızgınlığını bildirişti. Ama Le, bütün bunlara karşın yine de, babasının istediği konuma gelemedi. Ne var ki; Konfüçyüs 70 yaşına geldiğinde oğlunu kaybettiği zaman; ona ne kadar kırgın olsa da, yine de büyük bir minnet duygusuyla dolu bulunuyordu. Çünkü Le; babasına onu çok mutlu edecek bir torun vermişti.

Keigh; yalnızca bilime eğilimli olmasıyla değil fakat, sima olarak da dedesine benziyordu. Konfüçyüs'-ün yanından hiç ayrılmayan ve devamlı olarak onunla birlikte olan bu çocuk; zamanla, ailenin şöhretine uygun bir evlat olduğunu da ortaya koymuştu. Nitekim; Konfüçyüs'ün ölümünden sonra; Keigh, onun bütün sözlerini, kendisinden öğrendikleri diğer bilgilerle birlikte toplayarak değerli bir kitap haline getirdi. Dedesinin çalışmalarını devam ettirdi. Bütün bunları yaparken; dedesinden aldığı manevi değerleri korumaktan da asla vazgeçmedi. Tokgözlü, dürüst ve maddi çıkarlara değer vermeyen bir insan olarak yaşadı. Öğrencileri kendisine: *"—Hocam, elbisen eskimiş, neredeyse parçalanacak, yiyeceklerin de azalmış"* dedikleri zaman: *"—Üstadımız, eski elbiseden ve fakir*

[90] Büyük Dinler Ansiklopedisi (kage) S. 122.

yiyeceklerinden utanan bir bilginle konuşmaya bile değmez derdi" diye cevap veriyordu.

C) KARAKTERİ

Konfüçyüs: *"Allah'ım, bana hayatımda kitap dolu bir evle, çiçek dolu bir bahçe ver, yetişir"* diye dua edermiş.[91] Kuşkusuz ki bu rivayetin ne kadar doğru olduğunu ortaya koyacak kesin kaynaklar bulunmamaktadır. Ancak hemen söylemek gerekir ki; Konfüçyüs'ün karakter yapısını anlatacak bu öyküden daha güzel bir anekdotun bulunması zordur. Bilgi ve güzelliğe vurgunluğunla ünlü bir düşün adamını böylesine isabetli bir şekilde ancak bu kısa fıkra betimleyebilir. Nitekim Konfüçyüs bile, kendisini anlatırken; *"Benim kadar akıllı insan çok, ama öğrenmekten benim kadar hoşlanan insan azdır"* derken; *"Bir iyiliği, bu dünyada mükâfatını göreceğimiz için değil, ama sadece iyilik için yapmaktan haz ve sevinç duyduğumuz için yapmak, iyiliği sevmektir. Sevginin mükâfatı yine sevgidir. Sevgi her şeyi güzelleştirir"* [92] diyebilen bir insandır. Bu bakımdan Konfüçyüs'ün karakteri hakkında bir şeyler söylemeye çalışırken, onun bu yapısının vurgulanmasını da ihmal etmemek gerekir. Bütün bu olguların, Çin dünyasının olağanüstü bir karmaşa ve acımasızlık, anarşi ve sefalet içinde bulunduğu bir dönemde gerçekleşmiş olduğunu da unutmamamızda yarar bulunmaktadır. Üstelik, Konfüçyüs'ün anılan sözlerinin, yalnızca düşünsel bir fantezi olmayıp; gerçek bir öğrenme arzusu ve iyiliklere yönelmiş bir gönül zenginliğinin ürünü olduğunu ortaya koyan yadsınamaz bulgular da az değildir.

İlkçağlardan bu yana aktarılan bilgilerden; Konfüçyüs'ün: hoşsohbet, neşeli, onurlu, saygılı ve ken-

---

[91] Ener (kage) S. 74.
[92] Büyük Dinler Ansiklopedisi (kage) S. 128.

disine de değer verilmesini isteyen bir insan olduğu anlaşılmaktadır. Onun yine; çok konuşanlardan hoşlanmayan, eleştirilerinde sakin, bilmediğini kabul etmekten utanmayan, mütevazı ve fakat özgüveni tam; çevresindekilerle asla alay etmeyen, gençlere değer veren, ciddi ve buna karşılık müzik ve eğlenceyi seven bir tinsel yapıda olduğu da tartışılmaz bulunmaktadır.[93] Ünlü filozofun; bu karakter yapısının ise; onun ailesi ve çocukluğundan gelen eğilimlerinin, yaşadığı çağın toplumsal koşullarından kuvvetle etkilenmesiyle oluştuğu muhakkaktır.

Gerçekten de Konfüçyüs; Çin tarihinin en karmaşık ve buna karşılık bu büyük ulusun yapılanma sürecini oluşturan "Savaşan Devletler" döneminde dünyaya gelmişti. Onun henüz 3 yaşında iken, çok güçlü ve ünlü olan babasının ölümüyle öksüz kalmış olması ise; bu karışık dönem içinde ikinci büyük şanssızlığını oluşturuyordu. Ama bütün bu olayların oynandığı sahnenin en karanlık yanı; ailenin yoksul düşmüş ve hanedan kökenli bir geçmişe sahip olmasıydı. Bu nedenledir ki; küçük Chiu, hep yitirilmiş bir Altın Çağın özlem dolu anıları içinde ve fakat, şimdinin korkunç cehenneminin yalnızlığında kavrularak büyümek kaderini yaşadı. Onun için; bir tas pirinç ya da bir lokma ekmeğe muhtaç geçen çocukluk günlerinde, kendisini hep cennetten kovulmuş mitolojik bir kahraman gibi duyumsadığı kuşkusuzdu. Bu onda; onulmaz bir geçmişi billurlaştırma alışkanlığı yaratırken; diğer taraftan da, içinde; yitirdiklerini yeniden elde edebilme şeklindeki önlenemez tutkuları tetikliyordu. Mahallenin koyun sürülerini otlatırken ya da ambarlarda gece bekçiliği yaparken düşündükleri hep bunlardı. Öyle ki; aklının bir köşesine takılmış bulunan bu fikirler nedeniyle; gece nöbetlerinin yalnızlığında seyrettiği gökyüzü bile ona, metafizik bir ürperti

---

[93] Konfüçyüs (kage) - Konuşmalar- S. 17-18.

veremiyor; kutsallıklar önünde o umutlu heyecanları duyamıyordu. Yalnızca uygulamaya yönelik; açıkçası yalnızca kayıplarını telafi edici pratikler peşinde koşmasını hiçbir duygu önleyemiyordu. İstediği tek şey; kilitlendiği tek hedef; haksızlıkları yok edecek bir yeryüzü düzeniydi. Mutluluğu; insanlığı açlığa, çaresizliğe, ezilmeye mecbur etmeyecek sürekli bir adaletin gerçekleşmesi olarak görünüyordu.

Konfüçyüs, yaşı büyüdükçe bütün bu duygularını daha da açıklıkla fark etmeye başlamıştı. Bizzat kendisi de katlandığı için sefalet çekenlere acıyor, onların dertlerine çareler aramayı daha zorunlu bir görev olarak görüyordu. Acıma duygusu onda derin bir sevgi hali yaratmıştı. Onun içindir ki, çektiği bunca acıya karşın, hiçbir zaman içine kapalı, karamsar, mistik ve hayalci olmadı. Tam tersine; yobazlığı, dervişliği, ermişliği şiddetle kınıyordu. *"İyi insan derviş olamaz. Çünkü onun birçok komşuları vardır"* diyordu. Çaresizliklerini kaçınılmaz görerek, ezilmeyi ve katlanmayı asla kabul etmemişti. *"Kötülüklerden kaçmakla, insan onu iyi hale getirmeye hizmet etmiş olamaz. Eğer bütün insanlar iyi ve mutlu olsaydı, onları doğru yola getirmek için benim gayret sarf etmeme ihtiyaç olmayacaktı. Bir tehlike ortaya çıkınca bırakıp kaçmak değildir insanın görevi. Doğruyu görmek, sonra da onu yapmamak korkaklıktır"* [94] diye ekliyor ve en gerçekçi öğüdünü de; *"Aksi halde iyilerin iyiliğine nasıl karşılık verirsin? İyiliğe iyilik ve kötülüğe de adaletle karşılık vermek gerekir"* diyerek ortaya koyuyordu.[95] Ama fikirleri daha da olgunlaştıkça; bu pratik adalet anlayışını yükseltmişti. Hedefini; kaybettiği cennetini yeniden kazanmak amacından; iyilikçi ve sonsuz adaleti sağlayacak yeni bir dünya düzenini yaratarak uygulamaya geçirmek şeklinde

---

[94] Büyük Dinler Ansiklopedisi (kage) S. 127.
[95] Büyük Dinler Ansiklopedisi (kage) S. 128.

saptadı. Maddesel kazanç ya da kayıp endişelerinden yücelerek; gerektiğinde yoksulluğu bile önemsemeyen bir karakter oluşturdu. Artık onun amaçladığı hedef, yalnızca birkaç kişinin değil fakat bütün insanların sonsuz mutluluğu arzusu olmuştu. Ama Konfüçyüs, buna rağmen yine de hayalci ve mistik eğilimlere kapılmış bir konuma girmedi. Hedefi ve uğraşılarını her zaman; uygulamaya ve yeryüzünde gerçekleştirmeye yönelik kaldı. O, yaşamı hiçbir zaman, olası ya da vecd halleriyle vaat edilen ya da inançlar karşılığında garantilenen muhayyel bir gelecek için veya uzak ve kuşkulu bir cennet imgesi uğruna ertelemeyi düşünmedi.

İdealini bu şekilde formüle eden Konfüçyüs, ikinci aşamada, kuşkusuz ki, onu gerçekleştirecek bir yol bulmak durumundaydı. İşte bu yolu da; bilgisini artırmak ve okumak suretiyle kat edebileceğine inanıyordu. Onun için, Konfüçyüs bütün yaşamını bu yolu aşmak ve bu yolda hiçbir duraksamaya yer vermeden yürümek ilkesine oturttu. Zihninde yer eden ve idealleştirdiği bütün parlak günlerin mazide kalmış olması ise okuyacağı eserlerin kaybedilmiş Altın Çağ betimlemeleriyle örülü olmasını doğallaştırıyordu. İşte onun bu çocukluk ve gençlik günlerinde yaşadığı sıkıntılar ile uzak atlarının yaşadığı çok eski geçmişe olan özleminin birleşimi; gelenekçi Konfüçyüs kişiliğini hazırladı.

Ancak vurgulamak gerekir ki; onun uygulamacı ve gerçekçi yaklaşımlarıyla; geçmişe olan öykünmelerinin belli bir düşünsel karmaşayı davet etmemesi olanaksızdı. Çünkü; şimdi büyük bir özenle onarıp yenilemek istediği geçmişin, aynı zamanda, onun toplumsal ve ekonomik kayıplarını hazırlayan koşulları yarattığı da yadsınamazdı. Kaldı ki; ortaya attığı sevgi ve saygı ilkeleriyle olduğu kadar, öğretisinde uyguladığı devrimci birtakım girişimleriyle de; mazinin katı kurallarını sarsmaktan çekinmiyordu. Örneğin;

özel öğretmenlik yapmak kadar; soylu olmayan kimseleri devlet memuriyetine taşıyacak yeni eğitim usullerini benimsemiş olması da eski sistemin temellerini sarsacak nitelikte büyük değişimler durumundaydı. İşte bütün bunlar; Konfüçyüs'ün, ortaya attığı yeni fikirleriyle, idealize ettiği geçmişin inançları konusunda belli bir çelişkiyi yaşadığını gösteriyordu. Buysa onun; küçük Chiu'ya reva görülen zor yaşam için toplumu sorgulamak hevesi ile toplumda yükselmek için yine o toplumun geleneksel kurallarına uymak durumunda olmasından çıkan ruhsal çatışmalarının doğal sonucuydu.

Onun içindir ki; toplumda iyilik, adalet, sevgi ve gerçeklik ilkelerini egemen kılmaya çalışırken; Lu Adalet Bakanlığı görevini üstlendiği dönemlerde uyguladığı şiddet yöntemleriyle dikkati çekmişti. Nitekim; *"Doğruyu iste, iyiye tutun, sevgiyle dol, sanatla ilerle; iyi yaşamanın yolları bunlardır"* [96] diyerek ve bunları büyük bir azim ve yorulmazlıkla tüm ülkeyi dolaşarak yaymaya çalışırken; kadınları yolların sol tarafından yürümeye zorladığı gibi, sırf düşüncelerini açıkladığı için sofistleri ve geleneksel usulde elbise dikmedikleri için de terzileri idam ettirtebiliyordu.

Konfüçyüs'ün; sempatik ve büyüleyici bir kişiliğe sahip olduğu söyleniyordu.[97] Ama yaşamı boyunca istediği gibi bir devlet memuriyeti makamına gelememiş ve yoksulluktan hiçbir zaman tümüyle kurtulamamıştı. Çünkü; ne kadar geleneklere bağlı ve onları savunan bir sistem olduğu söylenirse söylensin; Konfüçyüs öğretisinin yapısı ve ilkeleri itibariyle çok önemli bazı devrimci yanları da vardı. Onun için hiçbir mutlak yönetim, bu sistemi olduğu gibi uygulamayı göze alamazdı. Hâlbuki Konfüçyüs de, kuramlarında ödün verecek bir yaradılışta değildi. Ne var ki üs-

---

[96] Büyük Dinler Ansiklopedisi (kage) S. 130.
[97] Strathern (kage) S. 29.

tadın öğrencileri yüzyıllar içinde, elde ettikleri memuriyetler karşılığında, yöneticilerin isteklerine uygun yorumlar geliştirerek, Konfüçyüsçülüğü zorba imparatorların bir aleti haline getirmekte duraksamadılar. Böylece kuramları artık devlet hizmetine girerken; Konfüçyüs de; tarihte etkisi en uzunu ve devamlı olan bir düşünü adamı sıfatını kazandı.

Ama bütün bu yeni oluşumlar; Konfüçyüs ile bu yeni öğrencileri arasındaki düzey başkalığını ve daha doğrusu; yücelik ile sıradanlıklardaki farklılığı gösteren, pek çarpıcı örnekleri oluşturuyorlardı.

IV. BÖLÜM
KONFÜÇYÜS'ÜN DÜŞÜNCELERİ

Bensiz olamazlar, dönerler
Çok denedim.
Ben büyüğüm, afederim
Ben evim.

Behçet Necatigil[98]

Dünyanın en kalıcı ve en etkili düşün sistemini kurmuş olduğu tartışmasız olan Konfüçyüs'ün, oluşturduğu bu düşünce yapısının, hangi isimle anılması gerekeceği de o derecede tartışmalıdır. Onu yalnızca bir felsefe olarak betimleyenler olduğu gibi; sistemi bütünüyle bir din şeklinde tanımlayanlar da bulunmaktadır. Gerçi; bu düşüncelerin özellikle Yeni-Konfüçyüsçülük akımının doğuşuyla dinsel yönünün ağır bastığı yadsınamazsa da; büyük Usta'nın amacının bir din kurmak olmadığı muhakkak görülmektedir. Mamafih zaman içinde; türlü ritüeller, dualar ve tapınışlarla gelişip nitelik değiştiren Konfüçyüsçülüğün; bu gün için dinsel yönlerinin savsanamayacağı söylenebilir. Ama yine de; Konfüçyüs'ün zamanında, sistemin bir yaşam biçimi ve dünya görüşünü de kapsayan, felsefe ya da siyasal kuramlar dizisi olduğu muhakkaktı.

Konfüçyüs bu sistemini, Çin tarihinin çok uzun ve çok acılı bir dönemi olan "Savaşan Devletler" bunalımında tanık olduğu sefalet ve toplumsal karma-

---

[98] Necatigil (kage) S. 33.

şaya bir çare umuduyla oluşturmuştu. Aslında bütün yapmak istediği de: Çou ve Şang Hanedanları dönemlerinde yaşamış; Yao, Sun, Çou, Wen ve Wu gibi imparatorlar ya da kahramanların uyguladıkları yönetim kurallarını saptayıp, onları yeniden uygulanmaları için ortaya koymaktan başka bir şey değildi. Çünkü; halkın gerçek bir mutluluğu yaşadığına inandığı bu döneme ilişkin geleneklerin yeniden benimsenmesi halinde; kendi döneminin de gerçek bir Altın Çağ olabileceğin düşünüyordu. Gerçi bazı yazarlarca; Kon-füçyüs'ün, kadim dönemin gelenek ve uygulamalarını alırken onları aklın ve dürüstlüğün süzgecinden geçirip yeniden yorumlamak suretiyle, kendi çağına uyarlayarak adaleti sağladığı da ileri sürülmektedir. Ne var ki, onun böyle bir çaba içinde bulunduğu fikrine ancak, bu yöndeki aşırı zorlama yorumlarla ulaşılabileceğinin söylenmesi gerekir. Çünkü Konfüçyüs'ün kadim gelenekleri değiştirmek gibi bir çabası asla olmamıştır. Nitekim bunu kendisi de: *"Bana öğretileni kendimden hiçbir şey katmadan aktardım. Eskilere sadık kaldım ve onları sevdim"* [99] diyerek açıkça kabul ediyordu.

Ortaya koyduğu görüşler; akla hitap eden, mistisizm ya da doğaüstü öğelere dayanmayan ve deneylerle doğruluğu saptanmış yaşam kurallarıydı. Önerdiği tüm çarelerde metafiziği reddediyor; tümüyle uygulama ve pratik verilerden destek almak istiyordu. Öyle ki ortaya koyduğu sistem içinde dinsel kurallara hiç yer vermemiş ve dünya görüşünü de hep belli bir gerçekçilik mantığına tutturmaktan asla vazgeçmemişti.

Zaten Konfüçyüs'ün felsefe sistemi içinde de gizemcilik ya da doğaüstü güçlere yer bulunmuyordu. Bu konuda kabul ettiği en temelli ilkeyi: *"İnsan bildiği şeyi bilmeli; ama bilmediğini de bilmelidir. Gerçek bil-*

---

[99] Eliade (kage) C. II, S. 31 – Bakır (kage) S. 246-247.

gi budur"[100] sözleriyle özetliyordu. Tıpkı Sokrates gibi; bilmediğini bilmenin gerçekte bilgi ve erdem olduğu görüşündeydi. Nitekim aynı nedenlerle; tanrısallık ve ruhlar gibi kavram ya da inançlarla ilgili olarak insanın bilgisinin yeterli olmadığını ve bu nedenle de; bu konularda fikir yürütmek, düşünmek ve hele kurallar koymanın yanıltıcı sonuçlar yaratarak gereksiz tartışmalara neden olacağını söylüyordu.[101] Doğaötesi ve metafizik ya da mistik konulara öylesine yabancı durmaktaydı ki; kendisine dua etmesini önerenlere; *"Benim duam hayatımdır"* şeklinde cevap vermekten çekinmiyordu. Çünkü gerçekten de; hakiki olgular içinde dengeli ve iyi olabilmenin herhangi bir yakarış ya da dinsel ibadet kadar yararlı ve Göksel alemde takdir edilecek bir davranış olduğuna inanmaktaydı. Bu da doğal olarak Konfüçyüs sisteminin; ethik ve politik bir kavrayış olmasının ve özellikle de uygulamaya yönelik bulunmasının bir sonucuydu. Ona göre; gerçek yaşam ve olgular yanında metafizik konular ve hayatın anlamının ne olduğu konusundaki sorunlar; ikinci derecede kalmaktaydılar. Önemli olan tensel yaşamın kendisiydi. Üstelik; bu tensel yaşamın ideal bir biçimde sürdürülmesi; o insanın tinsel varlığının da kurtulmasına ya da mutlak bir mutluluğa ulaşmasına açılan en güvenceli bir yol hazırlıyordu.[102] Nitekim öğrencilerinden birinin: *"—Hocam, ölüm nedir?"* şeklindeki sorusunu bütün bu nedenlerle; *"—Ha-yatın ne olduğunu bilmedikten sonra, ölümün ne olduğunu sana nasıl anlatabilirim"* şeklindeki ünlü özdeyişiyle cevaplandırmıştı.[103] Onun içindir ki; insanlardan beklediği ya da onlara önerdiği de hiçbir zaman ermişlik ya da esriklik hali olamamış; onlardan yalnızca iyi davranışlar istemişti. *"Kutsal birisiyle bu-*

---

[100] Challaye (kage) S. 83.
[101] Mackhenzie (kage) S. 250.
[102] Strathern (kage) S. 70.
[103] Ener (kage) S. 75.

luşmayı beklemiyorum. Sadece bilgili ve iyi bir insanla karşılaşsam yeter" [104] sözleri onun bu konudaki düşüncelerini belirten güzel bir örnekti.

Özet olarak yinelemek ve vurgulamak gerekirse: Konfüçyüs'ün sistemi; mistik bir temele dayanmıyordu. Tam tersine, o insanın sağlıklı düşünceleri ya da muhakeme yani yargılaması sonunda ulaşılacak ve doğaya uyumlu olmakla özgün yaşam kurallarından ibaret bulunuyordu. Nitekim onun için; hukuk ile ahlak bile aynı şeyler olarak mütalaa ediliyordu. Konfüçyüs'e göre; hukuktan üstün ya da ayrı ve manevi alemden güç ve kaynak alan bir ahlak anlayışından söz etmek olanaklı değildi. *"Musa, üzerinde On Emrin yazılı olduğu altın levhayı bir dağın tepesindeyken almıştı. Fakat Konfüçyüs hiçbir ilahi varlığın yardımı olmaksızın ve günlük hayatın olguları üzerinde muhakemeler yürüterek sistemini kurmuştu. Bu yüzden de, tesis ettiği Uygunluk Yasası için, herhangi bir metafizik gerekçe sunmamıştı."* [105] Öyle ki; insanların bolluk içinde iyi bir yaşam sürmelerini sağlamak istemiş; bunun için koyduğu kuralları da; fizik ötesi, kutsal ve gizemli kaynaklardan derlemeye kalkışmamıştır. Tam tersine; Konfüçyüs kuramlarını günlük yaşanan deneylerinden çıkarırken; öğrencilerine doğruluk ya da iyilik gibi kavramları anlatmak için de yine uygulamadan aldığı örnekleri, insan yararı açısından yorumlamalar yaparak formüle etmeye çalışmıştır. Kısacası; Konfüçyüs'ün kurmaya çalıştığı sistem: *"İnsan kalbini haklı ve adil olanların iktidarına vurgun kılan; insanı akıllı ve yararlı otoritelerin rehberliğine sokmak isteyen bir düşünceden kaynaklanmakta ve ona dayanmaktaydı."* [106]

---

[104] Strathern (kage) S. 24.
[105] Fairbank (kage) S. 111.
[106] Fairbank (kage) S. 71.

Ancak söylenenlerden de anlaşılmış olacağı üzere, bu sistem doğası ve kaynağı gereği; demokratik ya da halkın istencine bağlı ve onu yücelten bir dünya görüşünü paylaşmıyordu. Tam tersine; soyluluğun tanımı hususunda bazı devrimci görüşleri olmakla birlikte, kurduğu sistem Saray Soylularının ahlak anlayışlarını temsil ediyor ve soyluluğu açıkça savunuyordu.[107] Gerçekten de bu sistem; soyluluğu olabildiğince yüceltirken; namuslu yoldan zengin olunamaz anlayışını kabullenmiş ve bu nedenle de; ticaret ve tüccarları bir asalak şeklinde gören;[108] halk kesiminin ancak ceza ve açlıkla yola getirilebileceği olan inancı destekleyen bir dünya görüşünü benimsemişti. Ama kabul edilmesi gerekiyordu ki; kaynağı, eski çağlarda yaşamış birtakım saray soylularının adetlerinden oluşan; kurallarını monarşiyle yönetilmekte olan toplumların günlük pratiklerinde arayan ve insanın tinsel varlığını ikinci plana itmiş bir sistem için bu doğal bir sonuç oluşturuyordu. Nitekim; Kurucu Bilgenin ölümünden sonra gelişen olaylar ve mürit ya da öğrencilerin devlet katında görev elde edebilme hevesleri sonucu; sistemin bu niteliği ve koymuş olduğu kurallar; zorba sistemlere destek hazırlayacak şekilde yorumlandılar. Dahası; sistem mistik eğilimlere kapalı yapısı nedeniyle diğer inançlarla rekabet edebilmek için, kendi kuramlarına ters birtakım dinsel akımlarla ortaklıklar kurmaya mecbur da kalmıştı.

Ancak bu konuların daha da açıklıkla anlaşılabilmesi için; Konfüçyüs sisteminin, toplumun çeşitli kurumları bağlamında oluşturduğu görüş ve kuramlarının ayrı ayrı incelenmesi gerekmektedir.

---

[107] Diakon-Kovalev (kage) S.107–Karşı: Bakır (kage) s.253.
[108] Neill (kage) S. 253 – Strathern (kage) S. 63.

A) FELSEFESİ

Konfüçyüs kurduğu düşünce sistemi içinde; *"Sözcüğün tam anlamında bir dinsel önder olmadığı"* [109] kuşkusuzdur. Ama bunlar onun dinsel olanı ya da dini inançları yadsıdığı anlamında yorumlanamazlar. Çünkü Konfüçyüs'ün dine olan uzaklığı, dinsel inançlarının olmadığından değil fakat; gök ve ölüm sonrası yaşam hakkında birtakım kabullerde ya da söylemlerde bulunmanın gereksizliğini düşünmesinden kaynaklanmaktadır. Çünkü Konfüçyüs, geleneksel inanç ve mitleri yadsımadığı gibi; kurban sunmak ve diğer tapım ritüellerine uyulmasını engeller hiçbir tavır takınmış da değildir. Konfüçyüs'ün din yönündeki tutumu; geleneksel inançlara bağlılık ve onları yinelemekten ibaret bulunmuştur. Belki daha da doğru bir anlatımla Konfüçyüs; geleneksel din dışında yeni bir din kurmamış, fakat geleneksel dinsel inançların katılanlarından olmakla yetinmek istemiştir. Onun bu konuda yüklendiği görev; geleneksel inançları toplamak, onlara inanmak ve bu inançların yeniden uygulanmalarına çalışmak şeklinde özetlenebilir.

Konfüçyüs'ün de katılanı olduğu geleneksel din, daha çok animizm nitelikli inançları içeren bir yapıda bulunmaktaydı. Bu inanca göre; her insanla tek tek ilgilenen ve onların iyi ve mutlu olmalarını isteyen mutlak güç sahibi Gök Tanrısı Tien; tüm evrenin ve bütün varlıkların belli bir uyum ve dinginlik içinde yaşayabilmelerini sağlamak için Tao'yu kurdurmuştu. Tao; her şeyi kapsıyor ve bütün hareket ve oluşumlarda etkisini sürdürüyordu. İnsanın içinde ise; Gök ya da Gök tanrısı Tien'in üflediği ve erdem eğiliminden ibaret, ismine Te denilen bir töz vardı. Bu Te, bütün evreni kapsayan Tao ile ilişki içinde bulunuyordu. Kendiliğinden varolmakta devam eden Tao'ya uyulduğunda; mutluluk, gelişme, dinginlik yaşanıyor; Tao'-

---

[109] Eliade (kage) C. II, S. 29.

ya ters veya ona uymayan bir tavır ise doğal düzenin bozulmasına neden oluşturduğu için mutluluğu sona erdiriyordu. Ancak vurgulamak gerekir ki; Tao'ya aykırılık ya da uyumsuzluk yalnızca uygunsuz konumda olan varlığın mutsuzluğundan ibaret bir durum değildi. Tao'ya uyumsuzluk, bütün evrenin, doğal düzenin, bütün varlıkların uyumunu da bozan çok vahim bir sarsıntı demekti. Onun için; sonuçları ve cezası ağır bir saldırı olarak kabul edilmek gerekiyordu. Bu nedenledir ki; bireylerin Tao'ya uyum içinde yaşamaları ve onların bu uyumu bozmayacak varlıklar olarak yetiştirilmeleri olağanüstü önem taşıyan bir koşuldu. Toplumun, devletin, dinin ve bütün kamusal kurumların görevi ve hedefi; insanları böylesi bir uyum için hazırlamak ve uyumu bozmayacak dinsel ya da tensel bir yapıya kavuşturmak olmalıydı.

İşte bu anlatılan evre yönünden Konfüçyüsçülüğün gelenekleşmiş dinsel inançlarla herhangi bir ayrılık ya da çatışması söz konusu bulunmuyordu. En büyük iyiliğin ve erginliğin Tao içinde bulunmak olduğu konusunda; tıpkı Lao-tzu gibi, Konfüçyüs de geleneksel din ve inançlarla tam bir ittifak halindeydi. Bu ortak anlayıştan sonraki evrede belirlenecek olan farklılıklar ya da kabullerin meydana getirdiği olgular ise bu, dinsel inançların özgünlüklerini oluşturuyordu.

***

Konfüçyüs sisteminin gelenek halindeki dinsel inançlardan farklılığı; dinin esasına ilişkin ilkelerde belirlenen bir anlayıştan kaynaklanıyor değildi. Tam tersine; Büyük Usta, bir Tanrı'nın varlığına, ruh ve manevi güçlere saygı gösterilmesi gerektiğinde, klasik inançlarla tam bir birlik halindeydi.[110] Hatta, insanların mutluluğu için kendisine "Gök tarafından bir görev verildiğine" inancı da vardı.[111] Ancak ortaya koy-

---

[110] Büker (kage) S. 39.
[111] Eliade (kage) C. II, S. 29

duğu ilkelerin ve salık verdiği kurtuluş ya da mutluluk formüllerinin vahiy ürünü olduğu şeklinde bir iddiası ya da zannı bulunmuyordu.[112] Tao'nun bozulmaması ya da gerçekleşmesi için ileri sürdüğü olgu ya da çabaların; tamamı bir muhakeme ürünü ve günlük veya tarihsel gözlemlerden çıkarılan kurallar olması gerektiği ve böyle olduğu savındaydı. Bu bakımdan da felsefe sistemi, rakiplerinin ileri sürdüğü dinsel emirlerle karşılaştırılabilecek, dinsel nitelikli manevi bir boyuttan yoksun bulunuyordu.[113] Nitekim, sistemin bu eksikliği nedeniyle; zaman zaman Konfüçyüsçülüğün bir din olmaktan çok toplumsal bir dünya görüşü olduğu yönünde görüşler ileri sürülmüş olduğu gibi; Konfüçyüsçülüğü benimseyen kimselerin, sırf dinsel gereksinimlerini doyurabilmek için ayrıca ve fakat Konfüçyüsçülüğü de terk etmeden başka bir dine girebilmeleri doğal görülmüştür.[114] Ancak burada önemle vurgulanması gerekir ki; Konfüçyüsçülüğün, *"İnsanın duygu dünyasının derinlikleri ve doğal gizemlere eğilmesine yer verilmemesi nedeniyle, bu eksikliğin diğer dinsel akımlarla doldurulmaya çalışılması"*[115] yadsınması olanaksız bir olgu ise de; bu durumun ancak kaba ve bilgisiz halk çoğunluğu yönünden bir gerçek olduğudur. Çünkü; insanın yüceltilmesi, iyilikçi duygular, şefkat ve erdemin peşinde koşan elit bir düşün grubuna mensup insanların, manevi değerlere yabancı olduklarının söylenmesinin doğru olmayacağı ortadadır. Aslında Konfüçyüs; dinsel inançları hiçbir zaman yadsımamış ve ancak toplumun yönetimi ve mutlak iyiliğin gerçekleştirilmesi konusunda aklın ve deneyimlerin sağladığı mantıksal kurallardan başka bir yönteme iltifat etmemeye gayret göstermiştir. Bu arada dinsel doygunluğu arayan insanların, gele-

---

[112] Xun (kage) S. 5.
[113] Xun (kage) S. 7.
[114] Büyük Dinler Ansiklopedisi (kage) S. 116.
[115] Neill (kage) S. 115.

neksel inançlara bağlanmalarına da karışmamış ve fakat insanların Tao'ya erişmek için gösterecekleri çabalar sonunda ulaşacakları tinsel hazzın; manevi yönden bir açlığa yer bırakmayacağını düşünmüştür. İşte Konfüçyüsçülüğün; geleneksel din ile olan farklılığı ve özgünlüğü bundan ibaret olmuştur.

Konfüçyüs sisteminin; Taoculuk ya da Buddhacılık gibi akımlarla olan farklılığı ise onların anladığı yaşam biçimiyle; Konfüçyüs'ün salık verdiği yaşam şekli arasındaki farktan kaynaklanmaktaydı.

Nitekim Konfüçyüs; *"Kötülükten kaçmakla, insan onu iyi hale getirmeye hizmet etmiş olmaz. Eğer bütün insanlar iyi ve mutlu olsaydı, onları doğru yola getirmek için benim gayret göstermeme ihtiyaç olmayacaktı. Bir tehlike ortaya çıkınca bırakıp kaçmak değildir insanın görevi. Doğruyu görmek, sonra da onu yapmamak korkaklıktır. İyi vatandaş derviş olmaz. Onun birçok komşuları vardır"* [116] diyordu. Ona göre; *"Bütün gün, ruhu hiçbir şeyle meşgul etmemek, yemek, içmek ve başka hiçbir şey yapmamak kötü bir durumdur."* [117] Bu nedenledir ki; Konfüçyüs, insanların inzivaya çekilerek ve yaşamdan uzaklaşarak pasifleşmiş bir dilenci yaşamı sürmelerini doğru bulmamış; onların yaşamın içinde ve aktif, yararlı bir çaba göstermelerini istemiştir. Nitekim; insanların devlet görevlerinde iken Konfüçyüsçü ve görevden ayrılınca da Taocu olduğu hususundaki anekdot bu konuda güzel bir özetleme olmuştur.[118] Konfüçyüs; vahiy veya ilhamla ya da dogmatik ve tartışılmaz kutsallıklara dayanılarak sağlam bir sonuç elde edilemeyeceğini kabul ederek; bilginin ancak bu konuda gösterilecek çabalarla sağlanabileceğini ısrarla savunmuştur. Örneğin; *"Madde incelendikten sonra bilgi tamamlanır.*

---

[116] Büyük Dinler Ansiklopedisi (kage) S. 126-127.
[117] Strathern (kage) S. 50.
[118] Fairbank (kage) S. 115.

Bilgi tamamlandıktan sonra düşünceler samimi olur. Düşüncelerde samimiyet olunca kalpler düzelir. Kalpler düzeldikten sonra vücut yetiştirilir. Vücut yetiştirildikten sonra ailelere iyi olmanın yolu gösterilir. Aileler iyi olmayı öğrendikten sonra memleketler düzelir. Memleket düzeldikten sonra dünyada barış ve sükûnet olur" ve *"İmparatordan en aşağı halk kütlelerine kadar herkes vücudu yetiştirmenin temel olduğu hususunda birleşmelidir"* [119] sözleriyle bu görüşlerini vurgulamıştır. Keza; bilginin araştırılma yapmadan, çaba göstermeden ve yalnızca kutsal bir lütufla elde edilemeyeceğine ilişkin söylemleriyle; Gnosizm ya da Batıni teoriyi kesinlikle reddetmiştir.

***

Konfüçyüs, inandığı ve akla uygun muhakemeler sonunda doğru olduğunu saptadığı sisteminde; insanların Tao'yu gerçekleştirecek bir yaşama kavuşabilmeleri için; (Te)lerini yani Tao ile bütünleşebilecek içtenliklerini güçlendirmeleri gerektiği ilkesine varmıştı. Yaptığı tarihsel araştırmalardan; Çin'in çok eski çağlarında büyük ataların kurdukları devletlerde yaşamış soylu insanların bu ideali gerçekleştirmiş olduklarını saptadığını söylüyordu. Konfüçyüs'e göre; eski çağlarda yaşayan soylular, uyguladıkları tören ve davranış kurallarıyla; kutsal ataları ve göksel varlıklarla ilişki kurabilmişler ve böylece en iyi ve en doğru yaşam biçimlerini öğrenmişlerdi.[120] İnsanların en küçük hareketlerini dahi belli birtakım kurallara bağlayarak onları bayağılıktan kurtaran ve onları erginleştiren bu kurallar; insanları "Soyluluk" katına çıkaran ilkelerdi. Toplum işleriyle ilgili, kendi doğal eğilimlerini denetleyebilen, terbiyeli ve nazik insanlar yetiştirebilmek gücüne sahiptiler.[121] Onun için bu insanla-

---

[119] Konfüçyüs (kage) - Büyük Bilgi- S. 4.
[120] Neill (kage) S. 127.
[121] Wells (kage) S. 104.

rın yaşantılarının ve uyguladıkları toplumsal ya da bireysel davranış kurallarının yinelenmesi halinde; tıpkı onlar gibi yetkin ve dingin bir düzenin kurulabileceğini söylüyordu. İnsanları iyi yönetmekse en büyük iyilikti.

Konfüçyüs'e göre: özellikle "Savaşan Devletler" döneminin karışıklıkları içinde yıkılmaya yüz tutmuş toplumun sorunlarının çözümü; aydınlanmış önderler tarafından gerçekleştirilecek ve sorumluluk sahibi memurlar tarafından uygulanacak kökten bir yönetim reformuyla olanaklıydı.[122] Bu ise; ancak yetişmiş ve böyle bir reformu gerçekleştirebilecek düzeyde bulunan "soylu" kişilerle başarılabilirdi. Soyluluk ise; iyilik, bilgelik ve cesaretle elde edilen bir yetkinlik olup; somut yaşam ile uğraşan ve hayalciliğe düşmeyen bir kişiliği ifade ediyordu. Soyluluk; doğuştan elde edilen bir nimet olamayıp ancak sonradan gösterilen çabalarla kazanılan bir nitelik durumundaydı. Düzenli bir eğitim ve Tao ile uyumlu törenlere katılmakla erişilebilirdi. Çünkü sıradan bir kişiyi üstün kişiliğe ulaştırabilen başlıca iki yol vardı. Bu yollar ise; eğitim ve törenlerdi. Gerçek yetkinlikler ancak bu iyi yöntemlerle ortaya çıkarılabilirdi.

Kozmos ve toplum; içlerinde etkin olan aynı gizemsel ve dinsel güçler tarafından yönetiliyorlardı. Yönetici olacak "soylu kişi" bu iki olguyla uyum içinde bulunan bir varlıktı. Bu bakımdan; onun ayrıca mutlu olmak ya da iyi olmak gibi bir çaba içinde bulunmasına gerek yoktu. Çünkü; *"Doğru tavrınız varsa buyruk vermeye gerek kalmazdı. Erdemle yönetmek sanki kutup yıldızı gibi olmaktı. O yerinde dururken, diğer yıldızlar onun çevresinde saygıyla dönerlerdi."*[123] Onun içindir ki; eğitim ve törenlerle; Soyluluk düzeyine yükselmiş insanların kamusal davranışlarına tıpkı dinlerde olduğu gibi bir ritüel işlevi yükleniyordu. O

---

[122] Eliade (kage) C. II, S. 29.
[123] Eliade (kage) C. II, S. 30.

kadar ki: *"Bu anlayışla temelde din dışı çalışmalar ve toplumsal etkinlikler bile dinsel boyutlara kavuşuyordu."* [124] Bunun ise; olağanüstü yetkinlikte bir kamusal düzeni hazırlayıp en büyük iyilikler ve mutlulukları getireceği yadsınamazdı.

Bütün bu görüş ve öğretilerin sonuçta; devleti kutsallaştırarak ona sonsuz bir güç ve otorite sağlayacağı tartışılamazdı. Nitekim Konfüçyüs'ün ölümünden 250 yıl sonra; Çin'deki Han Hanedanlığı döneminden itibaren yaklaşık 500 yıllık bir süre içinde; Konfüçyüsçülük, devlet adamları için büyük güç kaynaklarından biri olarak kabul edilmiş ve bu öğretiyi temsil eden düşün adamları devlet katında yüksek mevkilere getirilmişlerdi. Hatta zaman içinde; Konfüçyüsçülük devlet adamlarının otoriter iddialarına düşün kaynağı olabilecek bir inanç sistemi şeklinde kurgulanmıştır. Ne var ki; onun güç ve otoritesine sınır getiren bazı ilkelerinin bulunduğunun hatırlatıldığı dönemlerde, Konfüçyüsçülerin büyük yıkım ve eziyetlerle muhatap olarak devlet yönetiminden kovuldukları da bir olguydu. Bütün bu iniş çıkışların ise; siyasetin yararcı tarafını ortaya koyan acı bir gerçek olduğu yadsınamazdı.

***

Konfüçyüs, daha önce de vurgulandığı gibi; büyük bir karışıklık ve güvensizlik içinde bunalmış olan ülkesinde; toplumsal barışı sağlamak, insanları belli bir devlet güvencesine kavuşturmak ve mutlu olmalarına yardımcı olmak amacıyla sistemini oluşturmuştu. Bu bakımdan elbette ki onun temel ve en esaslı çalışmalarını; insanın nasıl huzura kavuşturulabileceği çabaları oluşturuyordu. Ancak; bu temel uğraşısının başarı kazanabilmesi için doğaldır ki; sistemine etkili olabilecek bazı yan konuları da kapsaması gerekiyordu. Onun içindir ki; sistemini giderek; toplum olu-

---

[124] Eliade (kage) C. II, S. 31.

şumunu, devlet yönetimi, eğitim, bireysellik, aile ve yönetim yöntemlerini de kapsayacak şekilde genişletmek durumunda kalmıştı. Esasen inceliği ve ilgilendiği konuların hepsinin belli bir sistem içinde toplanması; sağlam sonuçlara varabilmesi için de zorunluydu. Bu nedenledir ki; Konfüçyüs'ün görüşlerinin bir bütün olarak kavranabilmeleri için onun felsefesinin doğal uzantıları olan diğer uğraş alanlarındaki düşüncelerinin de anımsanması gerekmektedir. Ancak; toplum düzeni, devlet yönetimi, eğitim, aile ve sistemin yaşama geçirilmesi için kullanılan yöntemleri incelemeden önce; bunların ana felsefeyle ilişkisini sağlamada kullanılan öğe ve onların işlevlerini anlatan bazı kavramların saptanarak bunların tanım ve betimlemelerinin yapılması önem taşımaktadır.

Konfüçyüsçülükte önem taşıyan kavramlardan biri 'Li' kelimesiyle ifade edilen ve Çin soylularının tavırları için kullanılan: "Uygun Davranış" nitelemesidir. Ancak Konfüçyüs bu kelimeyi; her şeyi mükemmelleştiren bir öğeyi tanımlamak için kullanmıştı. Li, öyle bir öğeydi ki; onun karışmasıyla ya da etkilemesiyle olgular nitelik değiştirerek, yüceleşir ve soyluluk kazanırlardı. Li; uygarlık ile kabalığın, mükemmel ile bayağılığın farklılığını belirleyen bir ayraçtı. Örneğin Li'siz nezaket ancak bir jest, Li'siz cesaret ancak bir devrimcilik ve Li'siz samimiyet ancak bir küstahlık olabilirdi. Öyle ki, Li'sizlik aynı zamanda bir erdem yokluğunun belirtisiydi.

Konfüçyüsçülükte önemli bulunan diğer bir kavram da: Hsiao idi. Aile bireylerinin birbirlerine karşı olan ödevlerini ifade ediyordu. Ana babaya maddi yardımı kapsayan Fiziksel Hsiao ile saygıyı ifade eden Kutsal Hsiao'nun birlikte bulunmaları; mükemmel evlat olmayı tanımlayan bir durumdu. Hsiao; bütün erdemlerin kökü, göğün yolu, insanlığın ödevi olan çok önemli bir davranıştı.

Jen ise; ahlak ve erdem anlamına geliyordu. Te kelimesiyle de karşılanan bu durum; insanların karşılıklı nezaket, sevgi ve iyilik duygularını belirten; Tao'ya uygun bir kişiliği kapsayan bir tavrı ifade etmekteydi.

Tao; yol, yöntem, yönetim, kişilerin ve devletin izlemesi gereken ideal hedef ve şekil anlamına geliyordu. Erdemli olmak, adalet, nezaket, samimiyet ve saygı duygularının tümünü ifade eden bir tavırdı. Doğayla gerçekleştirilmiş bir uyum halini ve mutlak dinginliği tanımlamaktaydı.

Tien; gökte oturan, fenalıkları cezalandırıp, fazilet ve erdemi ödüllendiren bir varlık anlamında kullanılıyordu. Ahlaki güç, doğal düzenin kendisi, yaratıcı kavramlarını da kapsayan bu kelime; en büyük otorite ve gücü simgelemekteydi.

Konfüçyüsçülüğe özgü bir kavram olarak bilinen diğer bir öğe ise; Tien-Ming idi. Üstün varlığın irade ve istencini, onun buyruklarını ifade ediyordu. Kader ve kısmet kelimelerinin betimlediği; değişmez ve ebedi bir alınyazısını anlatıyordu.

Chun-Tzu; akıllılık, cesur olmak, naziklik, müzik severlik, törenlere bağlılık, alçakgönüllülük, tokgözlülük gibi niteliklerin hepsine birden sahip olan ideal bir insan anlamına geliyordu. En büyük soyluluğu kapsayan bir sıfattı. Ama, bütün bu sıfatların hepsinden daha önemlisi Chun-Tzu kavramının; Konfüçyüs sisteminin devrimci yanını oluşturmakta oluşuydu. Bu ise; Chun-Tzu sıfatının; belli bir soylu sınıfı değil; üstün kültür ve doğru eğitimlerle sağlanmış bir seçkinliği belirtmekte oluşuydu. Bu sıfat; yetkinliğini belli bir toplumsal sınıfa mensup olmaktan değil fakat temiz ve titiz bir kültürle yetiştirilmiş olmaktan alan "Üstün İnsan"ı ifade etmekteydi.

Shih; ise, örnek insan adayı, genç adam, asker, soylu ve şövalye isim ya da sıfatlarını karşılamaktaydı.[125]

Konfüçyüs sistemi; başlıca bu kelimelerle ifade edilen kavramların işlendiği ve bunların tanım ve oluşumlarının tartışıldığı bir felsefe olarak kurulmuştu. Ancak doğaldır ki; bu kavramların sistem içinde taşıdığı önem; onların uygulamada yüklendikleri işlevlerin tartışılacağı özel konularda ortaya çıkıyordu.

B) TOPLUMSAL GÖRÜŞLERİ

Konfüçyüs, zamanın düzensizliklerinden hareketle, insanların nasıl mutlu olabileceğini araştırırken, teori ve ütopik düşüncelerden uzak, yalnız insan ve insani işlerle ilgilenmişti. Onun temel amacı; insanı iyi muhakeme etmeye, meramını iyi bir şekilde anlatmaya yarayacak ve yine insanları iyi yaşamaya yönlendirip, iyi yaşamayı da olanaklı kılacak bir düzen kurabilmekti.[126] Bu amaçla: insanı yalnız ve çevresinden kopuk olarak değil de; ailesi ve toplumu içinde; devletiyle ilişkilerini de göz önünde tutarak değerlendirmeye çalışmıştı. Bütün bu çalışmalarının ise onu siyaset ve toplumbilim konularını incelemeye ve insanı bu oluşumlar ve Çin toplumunun koşulları bağlamında ele almaya götürmüştü.

Böyle bir çaba içinde bulunan araştırmacının, Çin toplumunda fark etmesi muhakkak olan ilk husus; kuşkusuz ki, insan bireyselliğinin söz konu olmadığı idi. Öyle ki; Çin'de "Onur" bile toplumsal bir sorun olarak değerlendiriliyordu. Kişisel onur, doğru hareket etmek ve hareketin toplumca onaylanır bir nitelikte olmasıyla var kabul ediliyordu. *"Kişinin değerliliği, Batıda olduğu gibi, onun kendi iç varlığında değil, top-*

---

[125] Konfüçyüs (kage) - Konuşmalar- S. 9-12.
[126] Challaye (kage) S. 83.

lumun ona verdiği değere göre" ölçülüyordu.[127] Keza, insanın kimliği yönünde bu toplumda göze çarpan ikinci önemli husus da; toplumun belli birtakım katı ve zorlayıcı eşitsizlik kurallarına göre kurulmuş olmasıydı. Daha sonra Konfüçyüs tarafından: *"Bey beydir. Memur, memurdur. Baba, babadır. Oğul ise oğuldur"* [128] şeklinde formülleştirilecek olan bu olgu; Çin toplumunun yıllar boyunca başlıca özelliğini oluşturmuştu. Bu iki önemli özelliğin yanında toplumda doğal olarak; İlk Çağın zorbalıkla yönetilen bütün toplumlarında bulunan olumsuzluklar da mevcuttu. Nitekim, Çinliler yönünden de; hukuksuzluk, bağnazlık ve yoksulluk değişmez bir kader şeklinde en çarpıcı belirtileriyle varlıklarını sürdürüyorlardı.

İşte Konfüçyüs, kendi düşün sistemini hazırlarken, toplumun bu özelliklerini göz önünde bulundurmak zorunluluğunu daima bir kural olarak anımsamak durumunda kalmıştı. Esasen onun amacı ve hedefi de: *"Belirgin bir hiyerarşik sıra ile kadim feodal düzeni yeniden canlandırmak"* [129] şeklinde olmuştu. Bu bakımdan; onun tasarladığı toplum yapısı; eşitsiz, sınıflara bölünmüş ve halkın diğer üst sınıflarca yönetilmesi esasına dayanıyordu. Üstelik; kuramlarında bireysellik kavramlarından uzak oluşu ve teorisinde *"İnsanın, kendi babasından başlayıp ailesine ve arkadaşlarına kadar uzanan bir öncelik sırası içinde yaşaması gerektiğinin savunuluyor olması"* nedeniyle; o toplum insanlarının algılayacağı eşitsizlik, daha aileden başlayan ve onun için çok daha köklü olan manevi bir tutsaklıkla da desteklenmekteydi. Üstelik; toplumun yaklaşık yarısını oluşturan kadınlar yönünden, bu eşitsizlik ve özgürlük kısıtlamaları çok daha vahim bir durum gösteriyordu. Çünkü, kadim Çin top-

---

[127] Fairbank (kage) S. 122.
[128] Strathern (kage) S. 61.
[129] Xun (kage) S. 41.

lumunda olduğu gibi; Konfüçyüs'ün önerdiği toplum biçiminde de kadınlara herhangi bir etkinlik ya da siyaset süjesi olma hakkı verilmiş değildi. Böylece; toplum mevcut siyasal ve sosyal hakların tümüne sahip olanlar ile ancak pek kısıtlı birtakım hakları kullanmalarına izin verilmiş Avamdan yapılanmış farz edilmekteydi. Üstelik oluşturulmaya çalışılan sistemde; mutluluk kazanmaları, devlet yönetimine katkıları, güvenceye kavuşturulmaları ve inançları tartışılıp belli kurallara bağlanarak değerlendirilen seçkinlere karşılık; avamın yalnızca ceza ve çıkarları esas alınarak yönetilebilecekleri düşünülmekteydi.[130] Özetle; Konfüçyüsçülükte, avam denilen basit kalabalıkların insanları, etkin bir öğe ya da toplum üyesi olarak sisteme katılmamışlar; sistemin işletilmesinde olduğu kadar bu düzenin ürünlerinden yararlanma olanakları da geniş ölçüde yönetici sınıfa verilmişti.

Ancak tam da bu evrede; adeta köktenci bir devrim şeklinde; Konfüçyüs'ün ileri sürdüğü yeni soyluluk anlayışı devreye girmekteydi. Daha önce de vurgulanmış olduğu üzere; kadimde ve Konfüçyüs zamanında yürürlükte olan kamusal düzen ya da toplumsal kuruluşta; insanlar; soylular, taşralı zadegân ve memurlar ile avam şeklinde bir sınıflandırma içinde bulunuyordu. Her biri belli bir derece içinde olsalar da, avam dışında kalanlar ülkenin seçkinleri olarak kabul ediliyor ve halka verilmemiş birtakım ayrıcalıklara sahip bulunuyorlardı. Çoğunlukla bir hanedana mensup olma, derebeylik, büyük toprak sahipliği ya da bunların soyundan gelmekle kazanılan bu üstünlükler; veraset yoluyla ya da siyasal ve askeri güçlerle elde edilmiş konumlara dayanıyordu. İşte Konfüçyüs; toplumun bu süregelen eşitsiz ve özgürlükçülüğe aykırı oluşumundaki haksızlığa işaret ederek; bunun yerine; bilgi ve mükemmelliğe dayanan yeni bir

---

130 Fairbank (kage) S. 68.

düzen önermekle; tarihsel bir devrim gerçekleştirmişti. Çünkü onun düşündüğü yeni toplum düzeninde seçkinler ve avamdan meydana gelen iki eşitsiz sınıf yine bulunmakla birlikte; bu eşitsizlik, alt sınıf insanlarına, yeterli gayreti gösterdikleri takdirde bir üst sınıfa yükselebilme fırsatı verdiği için, yine de yeni ve güçlü bir umut kaynağı olmaktaydı. Ayrıca yetersiz, yeteneksiz ve layık olmayan kimselerin belli bir soydan gelmekle haksız olarak seçkinler sınıfına girmesini önlemek gibi de bir üstünlüğe sahip bulunuyordu. Kuskusuz ki bu anlayış; soyluluğa yeni bir tanım ve anlam vermek bakımından çok büyük bir önem taşımaktaydı.

Konfüçyüs bu yeni toplum görüşüyle; toplumun tepesinde bulunan üst sınıfın soylu olmakla seçkin olduğunu; ancak soyluluğun belli bir aileden gelmekle değil fakat üstün bir kişilik sahibi olmakla kazanılabileceğini ortaya koymuştu. Ona göre; uygun bir eğitim görmekle herkes, doğal olarak halk kesiminden bulunanlar da, seçkin bir insan katına yükselebilirlerdi.[131] Üstelik burada söz konusu edilen eğitim; mutlaka bir okulda okumak ya da özel öğretmenlerden ders almak anlamında kullanılmamıştı. Bir insanın; soylu ya da seçkin bir kimse sayılabilmesi için; belli bir okuldan ya da öğretmenden ders alması gibi; onun kendi kendini yetiştirerek, belli kural ve davranış şekillerini öğrenmesi de yeteri bulunuyordu.

Bu ise: önce insanın kendini ve daha sonra da onun içinde yetiştiği aile ve toplum düzenini kapsayan açıklamaları gerektirecek bir konuydu.

1. İnsan Anlayışı:

Konfüçyüsçü düşüncede; insan toplumu, gök tarafından yaratılmış bulunmakla; göksel düzenin bir parçasıydı. Onun içi de; göğün bağlı olduğu aynı dü-

[131] Neill (kage) S. 131.

zene sahipti. Nitekim Konfüçyüs; *"İnsanlığın dünyada düzeni yaymak ve sürdürmek için gök tarafından kullanılan bir araç"* olduğunu söylüyordu. Dahası: *"Gökler konuşmaz. Basitçe, kişisel davranış ve insani sorular yoluyla kendi dileğini gösterir"* [132] diyordu. Ona göre; insan, yaradılışı itibariyle göksel düzenin bütün niteliklerine büyük benzerlik gösteriyor, onların doğasına uygun bir karakter taşıyordu. Doğa nasıl; sıcak-soğuk, yaş-kuru, iyi-kötü, aydınlık-karanlık ve Yang-Yin gibi çelişik olguların birleşimiyle olağanüstü bir düzene sahip olmuşsa; insanlar da tıpkı onun gibi eril ve dişi özellikleri de simgeleyen Yang ile Yin öğelerinin dengesiyle varlığını sürdürüyorlardı. Daha doğrusu insan da tıpkı doğa gibi; Tao'nun oluşum ve Tao'nun gücüyle düzene kavuşmaktaydı.

Ancak burada hemen vurgulanması gerekir ki; yaradılışı nedeniyle Tao yani Evrensel Dinginliğe eğilimli olduğu yadsınamaz olan insanın; böylesi yüceliliği hak edebilmesi için belli bir yapı ve karakteri korumakta olması ya da yetkin bir düzene ulaşmış bulunması gerekiyordu. Çünkü; göğün sözcüsü olmak, doğal düzeni sürdüren bir araç katına ulaşmak ve nihayet davranışlarıyla Tien'in ışıltılarını yankılayacak bir simge işlevini yüklenmek; bunu kaldırabilecek meziyetleri zorunlu kılıyordu. Bu ise Konfüçyüs sisteminde; Chun-Tzu yani ideal ya da *"Üstün İnsan"* olabilmek sorununun çözümüyle ilgili bir konuydu.

Chun-Tzu; Konfüçyüsçülükte bir insanın kazanabileceği en yüksek onurdu. Chun-Tzu; sistemin beş değişmez erdemi sayılan; insanlık, dürüstlük, görgülülük, bilgelik ve sadakat niteliklerine sahip; aile sevgisiyle dolu;[133] akıllı, cesur, nazik, müzik ve törenlere bağlı; tokgözlü, tutkularını denetim altına alabilen bir varlıktı. Eğer onun bütün özelliklerinin tek tek sa-

---

[132] Xun (kage) S. 39.
[133] Xun (kage) S. 12.

yılması gerekirse, *"Üstün İnsan"*: Erdemleriyle başkalarını destekler, düzenlidir, yavaş konuşur, hızlı hareket eder, yaşamın tadını çıkarır, bir işe başlamadan önce plan yapar, halkı sever, barışçıdır, kültürlüdür, insani tutkuları engelleyebilir, insanlara yardımcıdır, savurgan değildir, tutumludur, kötülüğe karşıdır, iyinin yanındadır, dengelidir, müzik sever, zamanı gelince dinlenir, erdemi teşvik eder, öğrenmeyi sever, yasalara bağlıdır, kibirlenmez, komşularıyla geçimlidir, insanlara destek olur, dikkatlice dinler, korkusuzdur, yalnız kalmaktan çekinmez, erdemlidir, hatalarını kabul eder, kararlıdır, kötülükten kaçar, kitlelerle ilgilenir, tutumludur, çok konuşmaz, kendini tanımaya çalışır, affedicidir, dingindir, öfkelenmez, kusurlarını düzeltmeye çalışır, gösteriş yapmaz, hazırlıklıdır, teselli eder, zamanı iyi kullanır, dengelidir, düşüncelidir, bilgedir, sebatlıdır, yargılar, kararını uygular; görevlerini ihmal etmez, eğitim ve eylem için dernekler kurar, Tanrıyı kutsar, tapınaklar kurar, saygılıdır, sadedir, sorunları çözümlemek için çalışır, her şeyi yerli yerine koyar.[134] Özetle; içinde Tao'nun ilksiz ve sonsuz düzen ve uyumunu duyumsayan ya da bu düzen ve uyuma katılmış bulunan Chun-Tzu'nun; bütün bu sayılanlar yanında en önemli yönü ise Li'ye yani uygun ve yerinde davranma yetisine de sahip bulunmakta olmasıdır. Çünkü Li; bir su bendinin sel baskınlarını önlemesi gibi; ahlaki ve sosyal kaosu engelleyen, toplumsal düzen ilkesidir. İnsanların yetkin yönetimini sürdürmekte belli başlı bir öğe durumundadır.[135]

İşte; toplum ancak böylesine seçkin insanların varlığıyla Tao'ya erebilir. Ve arzu edilen dingin ve mutlu düzen ancak bu şekilde kurulabilirdi. Doğal olarak toplumdaki herkesin bu niteliklere sahip olması beklenemezdi. Ancak hiç olmazsa yönetici ve seçkinlerin böyle bir yetkinlik içinde olmaları gerekiyordu.

---

[134] Cleary (kage) S. 28-159.
[135] Xun (kage) S. 43.

2. Aile Anlayışı:

Konfüçyüs, felsefesinin olduğu kadar, toplumsal düşüncelerinin temel ilkesi olarak da; aile kurumunun yüceltilmesini seçilmişti. Çünkü ona göre; gök yani Tanrı'nın istencinin aracı olarak düşünülen insanın yetiştiği ortam aileydi. Ailenin düzenli, sağlam ve kusursuz olması; toplumun temelinin ve insanın eğitildiği ortamın mükemmel olması anlamına geliyordu. İnsanla gök de aynı etkenlerle şekil bulduğundan; evren de aslında bir aileden başka bir şey değildi.

İşte bütün bu nedenlerle: ülkenin düzeninin ailenin düzenliğine bağlı olduğu kabul ediliyordu.[136] Nitekim Konfüçyüs: *"Eğer her insan anne babasını severse ve büyüklerine saygı gösterirse; göğün altında barış olur"* [137] diyor; gökyüzünü baba ve yeryüzünü anne olarak kabul ediyordu.[138] Bu bakımdan anne-babaya hürmet ve itaat göstererek destek olmanın; insanlığın kökü ve bütün sevgilerin kaynağı olduğunu söylüyordu.

Belirtmek gerekir ki; Konfüçyüs'ün betimlediği aile sevgisi hiçbir zaman sıradan ve yalnızca lafta kalan ya da sıradanlık sınırını aşmayan bir ilgi gösterisi değildi. Hsiao kelimesiyle isimlendirilen bu özgün sevgi; kendisini feda edercesine ve hiçbir karşılık beklemeden içten gelen duygularla coşkulanmış bir bağlılığı ifade ediyordu. Örneğin Büyük Usta bir konuşmasında: *"Bizim memlekette dürüst insanlar farklıdır. Baba oğlunun hatalarını üzerine alır. Oğul babasının hatasını gizler. İşte doğruluk bunun içindir"* [139] diyordu. Yine Konfüçyüsçülükle ilgili belgelerde: Bir çocuğun sırf anne ve babasını sineklerin ısırmaması için kendisinin cibinlik kullanmadan yatarak onları

---

[136] Konfüçyüs (kage) - Büyük Bilgi- S. 14.
[137] Xun (kage) S. 39.
[138] Xun (kage) S. 21.
[139] Konfüçyüs (kage) - Konuşmalar- S. 96.

kendi üstüne çektiği; başka bir yetişkinin anne-babası yaşlandıklarına üzülmesinler diye, çocuk elbiseleri giyerek kendisini küçük gösterip, onlarda çocuklarını küçük görerek yaşlanmadıkları kanısını uyandırmaya çalıştığı anlatılıyordu.[140] Yine çocuklara, anne-babalarını üzmemeleri için, hastalıklarını onlardan gizlemek yolunda her şeye katlanmaları öğütleniyordu.

İşte ailenin bu özgün ve sağlam yapısı; Konfüçyüsçülerce, iyi bir devlete örnek olarak gösterilmekteydi. Onlar devlet görevlerinin halka, tıpkı aile bireylerinin birbirlerine davrandıkları gibi davranmalarını istiyorlardı. Konfüçyüs: *"Bir hükümdar iyi bir baba, iyi bir oğul ve iyi bir kardeş örneği olursa, herkes onun yolunda gider"*[141] sözleriyle bunu en özlü şekilde anlatmaktaydı. Ona göre: *"Yöneticinin devlete düzen getirmek için, halka şefkatle davranması, onlarla çocuklarıymış gibi ilgilenmesinin gerekli"* bulunuyordu.[142] Çünkü daha önce de vurgulandığı gibi; düzenli ve iyi geçinen bir ev halkı güçlü bir devletin temeliydi. *"Bir aileye lütufkâr davranmak bütün memlekete karşı iyi hareket etmek demekti."*[143]

İşte insanlara olduğu gibi; aileye ilişkin olarak saptanan bütün bu vargıların toplamı; Konfüçyüsçülüğün ahlaksal ilkelerine kaynaklık ediyordu.

C) AHLAK ANLAYIŞI

Konfüçyüs iyi ve ideal insanın aynı zamanda erdem sahibi olduğunu da kabul etmektedir. Bu bakımdan iyi ya da üstün insan ahlakın öğelerine sahip olduğu gibi; ahlaklı insan da üstün insan öğelerini taşır. Konfüçyüs'e göre: *"Fazilet insana iyi olmayı öğre-*

---

[140] Challaye (kage) S. 85.
[141] Konfüçyüs (Kage) - Büyük Bilgi - S. 14.
[142] Xun (kage) S. 33.
[143] Konfüçyüs (kage) - Büyük Bilgi - S. 13.

tir." [144] Özetle; ahlakın bir insanın gerekli olanı yapması anlamına geldiğinin söylenmesi gerekir. Nitekim; Konfüçyüs ahlakı düzgün bir insanı betimlerken: *"Bir devlet adamı olarak halktan saygı görerek yaşadı. Bir oğul olarak ailesine bağlı kaldı. Bir baba olarak da cana yakın ve iyimser göründü. Memleket için büyük bir bağlılıkla çalıştı"* ölçütlerini kullanmıştır.[145] Ancak; ahlakın ya da ahlaksızlığın varlığı konusunda konulan bu ölçütlerin daha çoğaltılabileceğinin de hemen belirtilmesi gerekmektedir. Örneğin; Konfüçyüsçülük öğretisinde; eski dinsel törenlerin öğrenilip yerine getirilmesinden; iyi, akıllı ve cesur olmaya ya da üstlerini saymaktan, astlarından saygı beklemeye veya görevlerini yerine getirmeye kadar birçok husus; iyi ve ahlaklı bir insanın niteliği olarak belirtilmiş bulunmaktadır.[146] Keza yine; atalara saygı göstermek, evladın ana-babasına sevgi duyması, insanın dostlarına sadakat göstermesi de iyi ve ahlaklı olmanın vasıfları olarak gösterilmişlerdir.[147]

Görüldüğü gibi Konfüçyüsçülükte, ahlakın genel bir tanımlanmasının yapılmasından çok; hangi davranışların ahlaksal olduğunun incelenip, varılan sonuca göre bir hüküm verilmesi tercih edilmektedir. Nitekim Konfüçyüs de: *"15 yaşında kendimi öğrenmeye verdim. 30 yaşımda irademe sahip olabildim. 40 yaşımda şüphelerden uzaklaştım. 50 yaşımda göğün emrini öğrendim. 60 yaşımda seziş yoluyla her şeyi kavradım. 70 yaşımda doğru olan şeylere zarar vermeden kalbimin isteklerini yerine getirdim"* [148] demek suretiyle; ahlak konusunda insanın öğrendikleri ve içinde bulunduğu koşullara göre bir değerlendirme

---

[144] Konfüçyüs (kage) - Büyük Bilgi - S. 10.
[145] Konfüçyüs (kage) S. 7.
[146] Neill (kage) S. 145.
[147] Challaye (kage) S. 84.
[148] Konfüçyüs (kage) -Konuşmalar- S. 24.

yapılmasının gerekliliğine işaret etmekten geri kalmamıştır.

Ama her şeye karşın; Konfüçyüsçülük ilkelerinin niteliği ve yinelenmelerindeki sıklık ve yaygılıklar göz önünde tutularak; bu sistemin düzenli ve temel ahlak kurallarının belirlenmesine de çalışılabilir. Nitekim: *"Kendi doğasını bilen göğü bilir"* [149] söylemi; *"İyi insan bilgedir, okuyup öğrenerek yetişir"* ilkesi;[150] Konfüçyüs'ün *"Ölçülü olmak ve dengeli kalmak insani kusursuzluğun zirvesini oluşturur"*, *"Yüce insan, diğer insanların doğalarında gizlenmiş kötü eğilimlerini değil, iyi özelliklerini ortaya çıkarmak için yüreklendirir. Sıradan insan ise bunun tersini yapar. Yüce insan merhametlidir ama bayağılaşmaz. Sıradan insan bayağılaşır ama merhametli değildir. Yüce insan kendisine güveni olan kişidir ama kibirli değildir. Sıradan insan kibirlidir ama kendine güveni yoktur. Yüce insan her şeyi kendinden beklerken, sıradan insan her şeyi başkasından bekler"* ve *"Her insan en azından bir kereciğine bütün gücünü bir gün için insanlık sevgisini gerçekleştirmek için harcamalıdır"* [151] şeklindeki özdeyişleri; insanların birbirleriyle iyi geçinmelerini ve yine insanların bir derviş değil fakat erdemli, aydın, bilgili, dünyayı tanıyan, her zaman duygulu, her zaman dengeli bir bilge olmasına ilişkin öğütleri;[152] Ve nihayet yine Büyük Usta'nın. *"İyiliğe iyilik ve kötülüğe adaletle karşılık verin"*, *"Sevgi dolu bir kalp yanlış ve kötü bir şey yapamaz"*, *"İyi insan derviş olmaz"* [153] *"Kendine yapılmasını istemediğin şeyi başkasına yapma"* [154] mealindeki görkemli vuruları birleştirilmek

---

[149] Xun (kage) S. 37.
[150] Challaye (kage) S. 84.
[151] Strathern (kage) S. 35, 36, 42.
[152] Strathern (kage) S. 136.
[153] Büyük Dinler Ansiklopedisi (kage) S. 127, 128.
[154] Challaye (kage) S. 84, 85.

suretiyle; bu özgün öğretinin, ahlak anlayışının niteliği ve ilkeleri saptanabilir.

Bu bakımdan; Konfüçyüs bilgeliğinin, genelleme yapmayıp, ahlaka uygunluğu casuistique (kazuistik) bir yaklaşımla belirleme hikmetini benimsemesinin yerinde olacağı söylenebilir.

D) DEVLET HAKKINDAKİ GÖRÜŞLERİ

Yaşadığı çağın karışıklık ve güvensizlik ortamından etkilenerek insanlar için kurtuluş ve huzur arayan Konfüçyüs; doğal olarak devletle ilgili konulara da değinmek ve insanların rahata erişebilmeleri bakımından bu kurumun oynayabileceği rolleri incelemek durumunda kalmıştır. Ancak; ahlak ve devlet ilmi arasında yakınlık gördüğünden; devlet ilmini ahlakın bir kısmı olarak düşünmekten kendini alamamıştır. *"Bundan dolayı da, ahlaki esaslardan hareket ederek her şeyi o açıdan değerlendirmeye çalışmış ve devlet hakkındaki düşüncelerini aynı esaslardan çıkarmak istemiştir."* [155] Keza yine; bu alemin nasıl yaratıldığının değil fakat, bu varlığın nasıl yönetileceğinin önemli olduğuna inandığından da; felsefesinde olduğu gibi; devlet konusunda da metafiziksel yaklaşımlardan uzak kalmaya gayret göstermiştir.

Konfüçyüs'e göre; insanlık yönünden en büyük erdem; herkesin birbirini sevmesidir. Çünkü insanlar için toplu yaşamak bir zorunluluktur. Bu sevgi olmadan toplumların düzgün ve mutlu olmaları olanaksızdır. Esasen aile toplumun çekirdeği durumunda bulunduğundan; devletin oluşumunda da bir model işlevi görmelidir. Bu bakımdan; devlet yönetiminin ailede olduğu gibi; sevgi ve saygı esasına dayanmasından daha doğal bir şey olamaz. Onun içindir ki Konfüç-

---

[155] Okandan (kage) S. 266.

yüs; devletin, çok büyük bir ailenin yönetilme usullerine benzetilerek yönetilmesini önermiştir.

Bu genel düşüncelerle birlikte; Konfüçyüs'ün, devletle uyrukları arasında; yurttaşların devlete itaat etmesi ve devletin de buna karşılık onları iyi yönetmesi hususunda bir anlaşmanın varlığını ileri süren Toplum Anlaşması teorisine katıldığı da anlaşılmaktadır.[156] İşte bu nedenlerledir ki Büyük Usta; hem devletin ve hem de uyruklarının bu anlaşmaya uygun davranmak zorunda olduklarını ve taraflardan birinin bu anlaşmaya aykırı hareket etmesi halinde toplumsal varlığın yıkılacağını önemle vurgulamaktan geri kalmamıştır. Yine Konfüçyüs; doğru ve ahlaka uygun hareketin doğal yasalara uymakla elde edilebileceğini"[157] ileri sürerek; gerek devletin ve gerekse de uyrukların TAO'yu hedefleyip ona uygun davranmaları halinde; siyasal ve sosyal esenliğin kendiliğinden kurulacağını ve bunun için de uyrukların ve devlet yöneticilerinin *"Üstün İnsan"* olabilmek çabası göstermelerinin zorunlu ve yeterli olduğunu bildirmiştir. Konfüçyüs keza; ortaya koyduğu bu teorisinin pratikte; devlet pederşahi (ataerkil) bir aile düzeni şeklinde yönetilmezse gerçekleşemeyeceğini savunmuştur.[158] Çünkü onun kuramlarında; *"Babanın baba, oğlun oğul ve hükümdarın da hükümdar olarak"* davranacağı bir büyük ailede olduğu gibi; *"Bir hükümdarın iyi bir baba, iyi bir oğul ve iyi bir kardeş örneği olması halinde de herkesin onun yolundan gideceği"*[159] ve böylelikle yönetimde TAO'nun gerçekleşmesinin de kesin olduğu öngörülmüştür Nitekim bu kurama göre; *"Eskiden gök ve yer kendi seyrini takip ediyordu. Dört mevsim zamanında oluşurdu. Halk faziletli idi. Hububat boldu. Hastalık yoktu, uğursuz alametler bulun-*

---

[156] Konfüçyüs (kage) - Konuşmalar- S. 13.
[157] Konfüçyüs (kage) - Büyük Bilgi- S. XXII.
[158] Fairbank (kage) S. 70.
[159] Konfüçyüs (kage) S. 14.

muyordu. Buna 'Büyük Uyumluluk' deniliyordu. Bundan sonra büyük adamlar, baba, oğul, prens ve onun tebası arasındaki kaideleri düzenlediler. Bu kaideler tam olarak yapıldığı zaman dünyada büyük tutunma oldu." [160] Öyle ki; o zamanlarda, halk da onu yönetenler de faziletli, tokgözlü oldukları gibi; *"Üstün İnsan"* katına yükselmişler yani; *"efendi"* ve *"kusursuz"* sıfatlarını hak etmiş bulunuyorlardı.

Nitekim Konfüçyüs'ün düşündüğü devlet sisteminde her kurum bu esasa göre oluşturulmuştur. Öyle ki; *"Hükümet ve yöneticiler, alçakgönüllülük, tutumluluk, yasalar ve adalete özen göstermek, ülkeyi yetenek, ehliyet ve erdemle yönetmek; yurttaşları kendi çocukları gibi sevmekle yükümlü tutulurlarken; yönetilenler de, yöneticilere itaat etmek, onları baba gibi sevmek zorunda bırakılmışlardır."* [161]

Yine bu sistem gereğince; *"Devletin başında bulunan hükümdar; iktidarını başka bir deyişle hükümdarlık yetkisini gökten almakta ve Gök Tanrısı'nın oğlu ve kutsal bir şahıs olarak karşılanmakta olduğundan; doğa ile insan arasındaki dengenin onun tarafından kurulduğu, ona gösterilecek saygının doğal uyumu sağladığı kabul ediliyordu. Keza yine aynı nedenlerle; diğer yönetici ve uzmanların da prensi aydınlatıp ona doğru yolu göstermekle yükümlü bulundukları öngörülüyordu. Öyle ki; hükümdarın herhangi bir yanlışının evrensel düzeni bozacağına inanıldığından; onun yetersizliğinin en vahim sonuçları doğurma tehlikesi olduğu ve bu nedenle de bu durumda hükümdarlık haklarını bile kaybedeceği kuralı konulmuştu."* [162]

Bu duruma göre; halkının Chun-Tzu yani Üstün İnsanlar olması gayreti içinde bulunan devletlerde;

---

[160] Konfüçyüs (kage) - Büyük Bilgi - S. 46.
[161] Okandan (kage) S. 267.
[162] Fairbank (kage) S. 68.

yöneticilerin de aynı yükümlülükleri taşımaları bir zorunluluk olarak belirlenmişti.

Öyle ki; Konfüçyüs'e göre, bir hükümdar, her şeyden önce; *"Faziletli ve ahlaklı olmalıydı. Çünkü kötü hareketler onun dokunulmazlığını kaldırdığı gibi; Gök Kutsallıkları da ona verdikleri vekaleti geri alırlardı."* [163] Çünkü, haklı olmayan kimsenin emirlerine uyulmazdı. Üstelik hükümdarlar *"Halkın iyi olmasını isterlerse, kendilerinin iyi olmaları gerekir ve halkın yapmasını istemedikleri şeyi kendilerinin de yapmamaları icap ederdi."* [164] Öyle ki; *"Yöneticilerin erdemleriyle örnek oluşturma görevleri vardı."* [165] Çünkü; *"İnsanlara hükmetmek isteyenlerin önce kendilerine hükmetmeleri gerekiyordu."* [166] Ama bütün bunlardan başka; ister genel yönetim sırasında olsun ve isterse de bir emir ve kumanda anında olsun yöneticilerin Li'ye uygun davranmaları ana kuralı oluşturuyordu. Li'ye uygun davranmak ise; doğaya uygun hareket etmek; doğadaki ilksiz ve sonsuz ahenge katılarak yaşamak yani *"efendi"* bir insan olmak demekti.[167]

Şu halde; yönetimden, devleti ve toplumu sarsan belagatçı gevezeliğin kaldırılması, hükümetin halkın önüne düşerek ona doğruluk ve fazilet yönünde cesaretlendirmesi; adaletin gerçekleştirilmesi, üretimin çoğaltılıp tüketimin azaltılarak zenginliğin artırılması;[168] doğru ve adaletli olanları destekleyerek alçakları cezalandırması, iyi insanları yüksek mevkilere getirmesi;[169] halka iyi geçim olanakları sağlaması suretiyle yüreklerinin asilleştirilmesi, vergilerin olanaklar ölçüsünde azaltılması, zaman zaman toprakların ye-

---

[163] Fairbank (kage) S. 67.
[164] Konfüçyüs (kage) - Büyük Bilgi - S. 13.
[165] Störig (kage) S. 138.
[166] Strathern (kage) S. 33.
[167] Fairbank (kage) S. 69.
[168] Konfüçyüs (kage) - Büyük Bilgi - S. 19.
[169] Konfüçyüs (kage) - Büyük Bilgi - S. 29.

niden paylaştırılması yoluyla sefaletin önlenmesi" [170] gerekiyordu. Konfüçyüs'e göre: *"Bir devlette, yalnız onun başında bulunan hükümdar için değil, aynı zamanda hükümet ve yönetici kadrosu içinde yer alan diğer kimseler için de bazı yükümlülükler söz konusuydu. Her şeyden önce bu gibi kimseler görevlerini; korku, telkin ve emretmek suretiyle değil, herkesin sevgisini, emniyet ve itimadını celp edecek surette yapmalı; halkın yaranına uyan bir hareket tarzı takip etmeli, faaliyetlerini fazilete dayandırmalıdır. Bunlardan başka bu yüksek şahıslar, hükümdarların arzularına göre değil, aklın gereklerine göre hareket etmelidirler"* [171] Yoksa; bir ülkede adaletsizlik ve haksızlıklar hüküm sürerken, o ülkede memurların maaş alması utanç verici olduğu gibi;[172] ehliyetli insanları dışlayarak bu kötü yönetimi sürdürecek kimselerin memur olarak atanmaları da tahammül edilemez bir durumdu.[173]

E) UYGULAMA YÖNTEMLERİ

Konfüçyüs'ün kurguladığı düşün ve siyaset sistemi, ilk Çin devletlerinin kuruluşlarında olduğu gibi, Çin aile yapısını örnek alarak oluşturulmuştu. Onun içindir ki; nasıl Çin ailesi; eş ve çocuklar ile yakın akrabaların, baba egemenliği altında, bir arada bulunmalarından oluşuyorsa; Çin devleti de aynı onun gibi, halkın hükümdar denilen bir otoriter kişinin yönetimi altına girmesiyle meydana geliyordu. Tıpkı aile bireylerinin babanın mutlak kumandasında bulunması gibi, halk da hükümdarın emri altındaydı. Öyle ki; rüzgârın esişiyle eğilen otlar misali; halk da hükümdarın otorite ve gücü altında aynı otlar gibi eğilmek durumun-

---

[170] Challaye (kage) S. 86.
[171] Okandan (kage) S. 268.
[172] Strathern (kage) S. 8, 46, 59.
[173] Konfüçyüs (kage) - Büyük Bilgi - S. 18.

daydı. Buna karşılık hükümdar da, halkını babanın çocuklarını ve ailesini koruyup kollaması gibi, korumak ve gözetmek yükümlülüğü altındaydı. Özetle; Konfüçyüs sisteminde: *"Hükümdar devletin babasıdır, halkı çocuğu gibi sevmelidir ve halk da ona itaat göstermelidir. İşleri düzeltmek ve buyrukları yerine getirmek için, imparator imparatorca, asiller asilce, halk da halk gibi hareket etmelidir"* [174] İlkesi geçerli bulunuyordu.

Görüldüğü gibi; Konfüçyüsçülükte devlet, demokratik bir yapıya sahip olmayıp; monarşik ve otoriter bir karakterdeydi. Hatta daha doğrusu; Konfüçyüs sisteminde devletin başında görünürde mutlak bir yönetim ve emretme yetkisine sahip bir hükümdar bulunmakta ise de; ülkenin çok geniş alana yayılmış bulunması ve uzak birimlerin fiili olarak bir nevi eyalet şeklinde yönetiliyor olması, Konfüçyüs'ü de etkilemişti. Bu bakımdan Büyük Usta; olası devletini bazı yönlerden feodal bir biçimde kurgulamıştı. Esasen onun devlet şeklini mutlakıyetçi bir nitelikte düşünmesinde; kendisinin toplumun soylu kesiminden geliyor olmasının da etkisi vardı.

Konfüçyüs'ün kurguladığı siyasal düzenin en özgün yanı; tıpkı Platon'da olduğu gibi, yöneticilerin seçkin kimseler olarak tasarlanmış bulunmasında ortaya çıkıyordu. Konfüçyüs'e göre; başta bulunan hükümdardan diğer devlet memurlarına kadar bütün yöneticilerin, kamusal görevlerini yerine getirebilecekleri kadar, iyi bir eğitimden geçerek, elit bir kişilik kazanmış insanlardan olmaları gerekiyordu. Özellikle de; devletin üst yönetim kademelerini oluşturacak olan grubun Chun-Tzu şeklinde isimlendirdiği; Üstün İnsanlardan seçilmesi kesin bir zorunluluktu. Öyle ki bu sisteme göre: yetki ve otoritesini göğün kutsallığından alan yetkin bir Prens; hükümdarlık makamın-

---

[174] Konfüçyüs (kage) - Büyük Bilgi - S. 173.

da bulunacak ve onun yakın çevresini oluşturacaklar da yine yetkin bilim adamları arasından seçileceklerdi. Bu bilim adamları; hükümdarın ve yüksek yöneticilerin, devleti en iyi şekilde yönetmelerine bilimsel güçleriyle yardımcı olacaklardı. Devletin merkezi örgütünden, taşra kademelerindeki en küçük birimlere kadar yayılmış bulunan ve kendilerine genelde Mandarin denilen memurlar işte böylesine bir denetin altında; yönetsel yetkilerini kullanmaktaydılar. Ancak belirtmek gerekir ki; üst yönetim kadrosu dışında bulunan memurlar da; ülke insanlarının en yeteneklileri arasından atanmakta olmaları nedeniyle; halktan bu sıfatlarıyla ayrılıyor ve yine bu nedenlerle elit bir toplumsal tabaka meydana getiriyorlardı. Zaten Konfüçyüs'ün, devletin görevleri, hedefi, amacı gibi kavramları kendilerine teşmil ettiği kimseler de bu elit kesim ile onların ailelerinden oluşturulmaktaydı. Bu grubun dışında kalan ve kaba halk ya da avam olarak nitelendirilebilecek olan geniş kalabalıklar; devletin yüksek amaçları ve yönetimi bakımından fazla bir önem taşımıyorlardı. Öyle ki; ona göre: *"Yalnız asilzadelerin 'insan' ve büyük ailelerin de 'halk'tan olması doğaldı. Fakat bu 'halk' bizim bildiğimiz anlamdaki 'halk' değildi."* Nitekim Konfüçyüs: *"Hükümdar, oğullarına ve torunlarına bakmak için bir araziye sahiptir." "Büyük bir insan dünyada yalnız kendi ailesini ve Çin devleti de kendi şahsını görür"* [175] sözleriyle; sisteminde siyasal etkinlik ve haklarından söz ettiği 'halktan' ne anladığını açıkça ortaya koymuştur. Kısacası; gerek kuruluş ve gerek işleyiş ve gerekse de yöneticilerinin niteliği ve seçilişleri bakımından Konfüçyüs'ün anladığı devletin; eşitsizlikçi ve dolayısıyla da otoriter ve zorba bir devlet şekli olduğu tartışılamazdı.

Ancak vurgulanması gerekir ki; Büyük Usta'nın yaşadığı çağın hazırladığı koşullar olduğu kadar;

---

[175] Konfüçyüs (kage) - Büyük Bilgi - S. XI.

kendisinin servet ve mevkiini kaybetmiş soylu bir aileden gelmiş oluşu da; bütün bu söylenenlere devrimci bazı öğelerin katılmasını zorluyordu.

Gerçekten de; öğretisini oluşturduğu yıllarda Konfüçyüs'ün kendisi gibi daha binlerce insan da; ülkenin karışıklık ve güvensizlik ortamından etkilenmiş bulunuyordu. Nasıl Konfüçyüs ailesi süregelen kargaşa içinde toplumsal konumunu ve servetlerini kaybetmişse; onun gibi yüzlerce başka soylu da; fakirleşmiş ve eski düzenini yitirmiş ve bu nedenlerle içinde yaşadıkları koşullara olduğu kadar kurumlara da düşman kesilmişlerdi. Birbiri ardına yıkılan ya da yeniden kurulan prenslikler ve hatta büyük devletler kalabalığı içinde herkes bir mevki ya da servet kapmak telaşı içinde bulunuyordu. Bu bakımdan toplumsal konumların hiçbir güvencesi kalmamıştı; mevki elde etmekte başlıca öğelerden biri olan soyluluk ya da bir hanedana mensup olma önemini kaybetmişti. Bu ortamda olanağı olan herkes; yeni konumlarını belirleyecek ya da mevkiler üzerinde hak ileri sürebilecek birtakım dayanaklar arıyordu. Üstelik bu dayanakların, bu yeni talepleri karşılarken, şu sırada iktidar mevkiinde bulunan rakiplerin durumlarını tartışılır bir hale koyması ve belli bir devrime temel hazırlaması de isteniyordu. İşte; hükümdarların göksellik öğelerinin sarsıldığı, soyluluk bağ ve kaynaklarının yıkıldığı bu karmaşada: Konfüçyüs'ün ortaya attığı seçkinlik kuramları bu bakımdan hem büyük bir fırsat ve hem de son derecede tutarlı bir çare ve mutabakat önerisi oluşturmaktaydı. Çünkü Konfüçyüs'ün: *"Asilzadelerin hükümdarlığa, doğumları itibariyle değil, fakat daha yüksek vasıflardan dolayı hak kazandığını ve böylece saltanat sırasının otomatik olarak babadan oğla geçmeyip ahlaken en üstün olana geçmesi gerektiğini"* [176] önermesi; ortaya koyduğu sistemin geniş ke-

---

[176] Konfüçyüs (kage) - Büyük Bilgi - S. XI.

simlerce benimsenmesini kolaylaştırdığı gibi; Çin tarihinde olduğu kadar insanlık tarihi için de, devlet yönetiminde iyi insanların görev alabilmesi bakımından büyük ve devrimsel bir fırsat sayılmıştı.

Öyle ki böylece: devletin, çok yetkin bir hükümdar ile onun çevresini oluşturan aynı şekilde yetkin danışmanlar ve memurların sağladığı erdemli bir yönetim sayesinde dinginliğe kavuşacağı umut ediliyordu. Üstelik Büyük Usta'nın ortaya koyduğu öneriler ve savunduğu düşünceler; olası devlet yapısının: *"İnsan kalbini haklı ve adil olanların iktidarına vurgun kılan; insanı akıllı ve yararlı otoritelerin rehberliğine sokmak isteyen bir düşünce sistemi"* [177] gibi görünmesine olanak vermekteydi.

***

Konfüçyüs; *"Ahlakın çökmeye yüz tuttuğu, geleneklerin ve törelerin önemsenmediği, her kafadan bir sesin çıktığı bir dönemde yaşamıştı."* Bu bakımdan da; *"Toplum içinde doğruluk, ağırbaşlılık, örnek tutum ve davranışlar, geleneklerin korunması gibi ilkelere"* [178] sıkı sıkıya bağlanmış ve bu kurallara uygun yönetilen bir devletin gerçekleşmesi için çaba göstermişti.

Konfüçyüs: devletin yalnızca bir sınıfın değil fakat, tüm halkın yararı ve mutluluğu için çalışması gerekeceğini ileri sürmekle de, toplumbilim yönünden büyük bir anlayış yeniliğine imza atmıştı. Zaten toplum yönetimini; katı feodal hükümler yerine, bir ailedeki baba-evlat ilişkisini örnek alarak evrensel ve her yerde geçerli insan ilişkisine dayandırmasının nedeni buydu. Ayrıca onun devlet yönetiminin yetenek ve ahlaki düzgünlük bakımından en mükemmele erişmiş insanlara layık görmesindeki temel hedef de bu esas iyilikçi yönelişlerden güç alıyordu.

---

[177] Fairbank (kage) S. 71.
[178] Störig (kage) S. 136-137.

Daha önce de belirtilmiş olduğu üzere: Konfüçyüsçülük sisteminde, bütün kurumların işleyişleri ve insanlar arasındaki ilişkilerde olduğu gibi; devlet yönetimi ve amacına değgin olgularda da hep erdem kuralları geçerli kabul edilmiştir. Bu bakımdan; bütün bu konularda ortaya çıkacak her türlü sorunun çözümünde ve olguların yorumunda hep erdemli olma ilkelerinin esas alınması gerektiği kabul edilmelidir. Konfüçyüs'ün, Chun-Tzu (Üstün İnsan)'a ait olarak sıraladığı niteliklerin; devlet yönetiminde de geçerli olduğunu söylemesi ise; bu konuda saptanabilecek bütün kuralları içeren bir formül olarak kabul edilebilir.

***

Konfüçyüs, sonradan yoksul düşmüş eski ve soylu bir aileye mensup bulunuyordu. Çocukluğu boyunca büyüklerinden, atalarının görkemli yaşayışlarını dinleyerek büyümüştü. O dönemde sıradan insanların devlet katında görev alabilmek için kullanabilecekleri tek yol ise memur olabilmekti. O da, ailesinin eski olanaklarına kavuşmak ve kaybettikleri konumlarını kazanabilmek için bu yola başvurmak istiyordu. Onun için büyük bir hırs, tutku ve hevesle kendisini bilimsel çalışmalara vermiş ve gösterdiği bu coşkulu gayret sayesinde döneminin en bilgili insanlarından biri olmuştu. Ama buna karşılık; istediği konuma yükselemediği gibi, belli bir servete de kavuşamamıştı. Bu nedenledir ki; içinde bulunduğu toplumun, şimdi geçerli olan değer hükümlerinin çoğuna düşman olduğu gibi; ülkeye egemen olan yönetime de diş biliyordu. Tıpkı diğer yenilmiş soylular gibi; kendilerini yeniden eski onurlarına kavuşturacak bir devrimin özlemiyle doluydu. Bunun için yaşamı boyunca hep; dönemindeki düzeninin yıkılarak onun yerine; kendi ailesinin de üstün konumda bulunacağı eski mutlu günlerin yeniden ihyası için çalışmıştı.

Konfüçyüs'ün, büyük bilgi birikimi olmasına karşın, sonuçta elinde siyasal ya da servete dayalı bir gücü yoktu. İsteklerini zorla yerine getirecek silahlı bir kuvvete malik de bulunmuyordu. Devlet yönetiminin kusursuz işleyebilmesi için; yönetimde görev alacak olanların seçkin kimseler olması gerektiğini açıklamış; yeteneksiz, fazilet sahibi olmayan, erdemden yoksun hükümdarların Göksel Kutsallıklarının bulunmayacağı ve onların halk tarafından makamlarından uzaklaştırılmalarının meşru olduğunu ileri sürmüştü. Aslına bu iki ilke de, hem çağı ve hem de bütün zamanlar için devrimci görüşleri dile getiriyorlardı. Hatta bu ilkeleri nedeniyle, Konfüçyüsçülük, Çin devletleri için tehlikeli bir düşün sistemi olarak kabul edilmiş ve devlet adamlarının düşmanlığını bile çekmişti. Ama bütün bunlara karşın yine de; belli ve yeterli bir siyasal ve askeri güç tarafından desteklenmediği için; diğer felsefi ya da ütopik görüşler gibi, yalnızca hoş bir hayal olarak kalmaya mahkum görünüyorlardı. Ne var ki; Konfüçyüs, düşünce ve kuramlarına dehasıyla pratik geçerlilikler de sağlayınca; dünyanın o döneme kadar görmediği felsefi bir başarı, tarih sahnesine çıkmakta gecikmemişti. Öyle ki; silahsız, fakir ve güçsüz bir devrimci; yalnızca zekâsı ve geliştirdiği olağanüstü etkin yöntemlerle eski düzeni sarsmayı başarmıştı. Kısaca Konfüçyüs; koskoca bir ulusun devasa ülkesini yüzlerce yıl sürecek bir etkinlikle ele geçirmiş; *"Taçsız Kral"* düzeyine yükselmişti.

Aslında Konfüçyüs'ün uygulamaya soktuğu kuram ve düşünceleri, son derecede masum, çaresiz ve hayalci görünüyorlardı. Bulduğu yöntemin ilkesi, olağanüstü basit ve ayrıntısızdı. Toplam beş kelimeyle ifade edilebilecek kadar da kısaydı: *"Ülke İnsanlarını Efendi Haline Getirmek."* İşte hepsi bundan ibaret bulunuyordu. Çünkü ona göre: *"İnsan; doğal düzenin öylesine içten bir parçasıydı ki; insanın yapacağı yanlış bir hareket tabiatın ahenk ve birliğini tehlikeye sokabilirdi. Bu sebeple insanın hareketleri, davranışları ve işleri tabiatın görünmez kuvvetleriyle ahenk içinde olmalıydı."* Böyle olunca bütün doğal güçleri denetim altına alabilir ve olağanüstü güçlere sahip olabilirdi. Onun içindir ki; Konfüçyüsçülük; *"Bireyleri ahlaklı insanlar yapmaya, ideal ölçülere göre hareket eden, beşeri zaaf ve hatalardan kurtulmuş ve özellikle kötü ruhlu yöneticilere karşı faziletten yana insanlar olarak yetiştirmeye çalışan bir ideoloji"* olmuştu.[179] Amacına ulaşabilmek için; hedeflediği değerler ise son derecede sade araçlardan ibaretti. Öyle ki yöntemleri; Öğrenim, Eğitim, Müzik, Umut ve Törenler gibi, hiç de çarpıcı olmayan birtakım olguların kullanılmasından oluşmuş bulunuyordu.

Özetle, hep yaptığı gibi; Konfüçyüs yine; Çin halkının yüzyıllar süren kadim deneyimlerinden yararlanıştı. MÖ 1111-221 yıllarında hüküm süren Zhou Hanedanı zamanında yaşayan rahiplerin; kendilerini savunmak için uyguladıkları Kung-fu'yu benimsemiş görünüyordu. Bu ünlü dövüş sanatına benzer, silahsız bir savaşı stratejisi geliştirmişti. İnsanın tinsel güçlerine dayanıp; zihinsel yoğunlaşma ve öz disiplinle ulaşılan Kung-fu; vücudun kas ve iskelet dengesinde kurgulanıyordu. Konfüçyüs'ün savaş yöntemleri de aynı onu andırıyor ve bu yöntem de; insanın düşün gücü ve tinsel varlığının yarattığı güçle çalışıyordu. Öyle ki; öğrenim ve eğitimle elde edilen *"Efendi İnsan"*; müzik ve törenlerle *"şartlandırılıp"*; umutla *"yönlendirilerek"*; olağanüstü bir savaş makinesi elde ediliyordu.

1. Üstün İnsan Yetiştirmek

a) Öğrenim:

Konfüçyüs, *"Bilgiyle doğan biri değilim, basitçe kadim insanların yollarını seven ve onları öğrenmek için büyük çaba harcayan biriyim." "Asla çalışmaktan*

---

[179] Fairbank (kage) S. 63, 68.

sıkılmam ve öğretmekten yorulmam" [180] diyordu. Onun için Konfüçyüsçülükte insanların pek önemli ilkelerinden biri de: iyi bir eğitim görmek şeklinde belirlenmişti. Zira onlara göre: *"Göğün Yolu'nu bilgisi olmayan insanların tanıması güçtü"* ve *"Eğitimsiz bir insan ahlaki ilkeleri tanıyamazdı."* [181]

Öğretimin hedefi: *"İnsanlara, doğru bir sosyal düzen ilkesini vermek ve aile, devlet ve dünyadaki her şeyin onun aracılığıyla doğru olacağını göstermekti."* [182] Doğru bir toplumsal düzen ise; iyi evlat olmak, üstlerine saygı göstermek, acizlere karşı şefkatli davranmak şeklindeki tavırlarla ifade etmekle birlikte; kusursuz bir memur olabilecek bilgileri de edinmek anlamına geliyordu. Çünkü Konfüçyüsçülükte bilgi edinmenin belli bir amacı vardı. *"Öğrencilerini aylak aylak dolaşan gezginler, caddeleri, meydanları bilgelikleriyle güvensiz yerler haline getirip, insanları alışverişte rahatsız eden ve hiçbir işe yaramayan kişiler haline getirmek bu öğretimin amacına uygun bir davranış olarak kabul edilemezdi."* [183]

Daha açık söylemek gerekirse; Konfüçyüs'ün başka gelen amaçlarından biri; "*İnsanların güvenceli bir düzende ve bolluklar içinde yaşamalarını sağlamaktı. Onun için de; öğretimin bu amaca hizmet edici nitelikte olması gerekiyordu. Öğretim sırasında; öğrencilere erdemli olmanın zorunluluğu anlatılırken aynı zamanda; insanın yalnız başına yaşamadığı ve bu nedenle de çevreden kopuk olarak değil fakat ailesi, toplumu ve devletiyle ilişkiler içinde yaşamakta olması nedeniyle; bu ilişkilerin niteliği ve ilişkinin sağlıklı olarak sürdürülmesinin koşulları da anlatılmalıydı."* [184]

---

[180] Xun (kage) S. 84.
[181] Xun (kage) S. 83, 84.
[182] Xun (kage) S. 41.
[183] Strathern (kage) S. 9.
[184] Störig (kage) S. 135.

Konfüçyüs'e göre, yönetimde en kötü üç şey: *"Halkı haberdar etmeden ani olarak iş yüklemek; buna baskı denir. Acele olmayan buyruklar çıkarıp, sonra bunların hemen uygulanmasını istemek. Buna gaddarlık denir. Genel olarak, insanlara bir şey verirken veyahut onları mükâfatlandırırken, hasis davranmak. Buna yersiz davranış denir"* şeklinde ifade edilebiliyordu. Ama bu kötü yönetime eklenmesi gereken diğer ve bir dördüncüsü de: *"Halkı öğretmeden onları ölüme sürüklemekti ki; buna da zulüm denilirdi."* Çünkü: *"Göğün buyruklarını bilmeden büyük ve üstün insan olmak mümkün değildi."* [185]

Öğrenim konusunda Konfüçyüs'ün yaptığı en büyük devrimsel değişim ise; öğrenim ve eğitimin isteyen herkese açık olması ve herkesin bundan eşitçe yararlanması gerektiği kuralını kabul etmiş olmasıydı.[186] Bu kural kuşkusuz ki; Konfüçyüs'ün herkesin Chun-Tzu yani *"Üstün İnsan"* ya da *"Beyefendi"* olabilmek hakkının bulunduğunu öğretisinin doğal sonucunu oluşturuyordu. Ama bu iki kural aynı zamanda; iktidarda bulunanlara karşı; insanları birer rakip olarak hazırlamak; onların devletin yüksek makamlarını ele geçirme eğilim ve heveslerini tahrik etmek anlamına da geliyordu.

Konfüçyüs; bizzat kendisi tarafından kurulup işletilen okullarında olduğu gibi; başkaları tarafından kurulabilecek okullarda da belli öğretim kurallarının uygulanmasını zorunlu görmüştü. Esasen bu; Konfüçyüsçülük öğretisinin esas amacı olan Chun-Tzu ya da memur adayı hazırlamak hedefinin temelli kuralının uygulanması amacının doğal uzantısı olarak kabul edilebilirdi.

Bu sistemde öğretmen olmak; bir yerde yönetici olmak anlamına da geliyordu. O kadar ki; iyi öğret-

---

185 Konfüçyüs (kage) - Konuşmalar - S. 144, 145.
186 Störig (kage) S. 139.

menler sistemin en önemli öğesi durumundaydılar. Bu nedenledir ki; öğretim ve öğretmenlerin nitelikleri üzerinde diğer konulardakinden daha fazla ve daha titizlikle durulmuştu. Bu kuralların ilk ve en önemlilerinden biri: öğrenciye verilecek bilgilerin yansız ve doğru olmalarıydı. Keza öğretmenler, öğrencilere konferans verir gibi bilgi aktarmamalıydılar. Tam tersine onlarla konuşur ya da tartışır gibi davranarak, öğrencilerini belli konularda bilgi sahibi yapmaya çalışmalıydılar. Çünkü; bazı öğrenciler çok fazla ders çalışır, bazıları da çok az çalışır. Bazı öğrenciler için çalışmak çok kolayken, bazıları da çalışmayı çok kolay bırakırlar. Bunun nedeni her bireyin zihinsel kapasite açısından farklı olmasıdır. Ve bunu bilen öğretmen bu hataları yapmaktan kaçınır. Özetle; öğretmen öğrencilerinin iyiliğini ortaya çıkaran ve zayıflıklarını düzelten bir kişi olmalıdır. Yine aynı nedenledir ki; sözcüklerin kısa ve net ve buna karşılık nedensel anlamları derin olduğundan; öğretmenler ders anlatırlarken, ayrıca örnekler vererek tarifler yapılmalı ve konunun kolayca anlaşılmasını sağlamalıdırlar.[187] Onun içindir ki; *"Ezberleyerek bilgi edinenler ile soruların yanıtlarını bulamayanların başarılı bir şekilde öğretmenlik yapmaları mümkün değildi."*[188]

Görüldüğü gibi; Konfüçyüs, tamamen mantıksal ve deneysel verilerden yararlanarak hazırlanan öğretim metotlarıyla, kendi dünya görüşüne uygun bir kuşak yetiştirmeye çalışıyordu. Tutulan yol kuşkusuz ki hemen sonuç vermesi beklenmeyen ancak uzun vadede başarısı hemen hemen muhakkak olan bir yöntemdi. Çünkü; ayrıntılarına kadar saptanmış bir eğitim usulü içinde; Konfüçyüsçülüğün ana ilkeleri öğrenim programına alınmış ve öğrencilere ancak bu ilkelerle bir anlam ifade edebilecek bilgilerin aktarılması-

[187] Xun (kage) S. 87.
[188] Xun (kage) S. 88.

na çalışılmıştı. O kadar ki bu ilginç sistemin okulları; daha Konfüçyüs'ün ölümü tarihlerinde bile; bu öğrenim metotlarıyla yetişmiş sayısı binleri bulan öğrencilere sahip bulunuyordu.

Ancak bütün bu söylenenlerle birlikte; Konfüçyüs'ün kendisine örnek aldığı ve idealize ettiği devlet şeklinin, kadim Çin İmparatorlukları olması; sisteminin niteliğini de bu şekilde etkilemişti. Öyle ki kurguladığı devlet yapısı antidemokratik ve zorba bir nitelik göstermiş; öğretilerinin de bu temele dayanmasına neden oluşturmuştur. Bu bakımdan; okullarında ve öğretisinde devletin nitelikleri hangi iyilikçi esaslarla süslendirilmiş olursa olsun; bunlar onların eşitsizci ve antidemokratik eğilimlerini ortadan kaldıramıyorlardı.

b) Eğitim:

Konfüçyüs, kurguladığı devlet biçiminin gerçekleşmesi ve gerçekleştikten sonra da kusursuz bir şekilde yürütülebilmesi için; gerekli insan öğesini yetiştirecek kapsamlı bir eğitim sistemi gerçekleştirmişti. Kuşkusuz ki; bu sistem içinde öğrenimin pek önemli bir bölüm durumundaydı. Ama Konfüçyüsçülüğün gerçekleşmesine çalıştığı insanın oluşumu aşamasında, okul ve öğrenim dışındaki çabalar da, çok yoğun bir uğraşı alanı durumundaydı. Gerçi; öğrencilerin yetiştirilmesinde birinci derecede önceliği olan okullarda; öğrenimle birlikte eğitime de yer veriyorlardı ama; aslında eğitimin okuldan taşan ve geniş insan birimlerine ulaşmaya çalışan bir niteliği de vardı.

Tarihi süreç içinde Çin halkı ütopik öğreti ya da söylemlere yabancı değildi. Nitekim ülkede tahta çıkan her imparator kadim zamanlardan beri; kendi saltanat yıllarının Ta Thung ve Thai Phing'in gerçekleşeceği söylemiyle görevine başlardı. Bunun için ilanlar yapılır ve günlerce süren şenlikler düzenlenirdi. Ta Thung; *"Büyük Birlik"* ve Thai Phing; *"Büyük Ba-*

rış" anlamına geliyordu. Halk bu bir nevi Altın Çağ vaadiyle her yeni saltanat süresinde bir kez daha aldatılarak yönetilmekteydi. İşte Konfüçyüsçülük de; bu iki kavramı işleyip *"Onu bir evrim ve ilerleme teorisinin temeli haline getirmişti."* [189] Bir zamanlar Çin'i yöneten kutlu hanedanların egemen olduğu dönemlerde; yeryüzü ile gök arasında *"Büyük Uyum"* kurulduğunu, bu uyum içinde insanların *"Barış"*, *"Mutluluk"*, *"Bolluk"* ve *"Sevgi"*'yle yönetildiklerini; o dönemim gelenek ve kurallarına göre geri dönmekle; insanlığın aynı Altın Çağı'nı yeniden yaşayacağını ileri sürüyorlardı.

Tekrar tekrar vurgulandığı gibi; aslında özlem duyulan bu *"Kadim Çağlar"*; zorba devletlerin, insanları eşitsizlikle yönettikleri; soylu insanların geniş halk kesimlerini açıkça sömürüp ezdiklerdi dönemlerdi. Devlet yapısı feodal geleneklere göre oluşturulmuştu. Toplum da bu geleneklere göre halk yararına olmayan bir düzene bağlanmıştı. Kendisi de eski bir soylu olan Konfüçyüs'ün bu eski yönetim biçimine özlem duyup onu idealize etmesi son derecede doğaldı. Zaten o dönemi benimseyip; onu yeniden gerçekleştirmek istemesi de hep bu nedenlere dayanıyordu. Oysa ki; halk için, bu *"Kadim Dönemler"* hiçbir zaman *"Altın Çağ"* olmamış; ve dünya tarihinde *"Barış"*, *"Bolluk"* ve *"Sevginin"* egemen olduğu bir çağ asla gerçekleşmemişti. Ne var ki; Konfüçyüs döneminde yaşam, *"Savaşan Devletler"* evresiyle öylesine korkunç bir karmaşa ve güvensizlik ortamı yaratmıştı ki; yalnızca Konfüçyüs gibi eski soylular değil fakat, hemen herkes bu yaşanılan dönemden daha kötüsünün olamayacağına inanıyordu. Onun için de; Konfüçyüs'ün geçmiş *"Kadim"* dönemler için hazırladığı söylemleri Çin insanının büyük bir kesiminde yankı ve hatta coşku uyandırmaktan geri kalamamıştı. Öyle ki birçok kimse onun bu vaat ve vaazlarına inanarak; ge-

---

[189] Kumar (kage) S. 59.

leceğin mutlu, adil ve sevgi dolu düzeninin kurulmasında görev alabilmek için bu büyük fikri oluşum çevresinde toplanmaya başladılar. Oysa; Konfüçyüs'ün şimdiki hedefi; vaatleriyle harekete geçirdiği insanların gayretlerini geleceğin *"Altın Çağı"*na doğru yöneltirken, yıllar önce kaybettiği konumunu kurtarmak amacına kilitlenmişti. Tüm insanların ya da dünyanın kurtuluşu onun için, esas amacının bir yan ürünü olarak görünüyordu. Diğer bütün iyilikçi söylemlerini bir tarafa bırakmış; insanları; *"Kadim"* çağların zorba devletlerinin kurdukları düzenlere benzer siyasal sistemleri kabule hazırlıyordu. Nitekim; bu evrede işlediği en büyük kurnazlık: *"Despot kim olursa olsun, 'İyilik sever' olma özelliğine uyduğu sürece; onu kabulde bir meselenin bulunmadığı"*[190] hususuydu.

Devlet ve toplum kuramlarını bu şekilde belirleyen Konfüçyüs, uygulama aşamasında kullanacağı araçların en önemlisi olarak da *"Beyefendi"* ya da *"Üstün İnsan"*ı niteleyen Chun-Tzu'yu seçmişti. Chun-Tzu; Konfüçyüsçü düşüncede, hem devletin seçkin uyruklarını oluşturan insanlar, hem öngörülen devlet mekanizmasını yürütecek yöneticiler ve hem de devleti ele geçirme sürecini yüklenecek olan Konfüçyüsçü savaşçıları ifade etmekteydi. Onun için bu eylemsel gücün hazırlanması, yetiştirilmesi, yönetilmesi ve yönlendirilmesi Konfüçyüsçü sistemde olağanüstü önemde bulunuyordu. Bu insanların hazırlanmasında, doğal olarak öğretim evresi büyük bir işleve sahipti. Ama bütün yaşam içinde ancak belli bir süreyi kapsayan bu aşamadan sonraki dönem, tüm ömrü dolduran eğitim evresiyle devam etmekteydi. Onun içindir ki; bu ikinci evrede, en az öğrenim ve öğretim kadar önemli ve aynı onun gibi çok titizlikle düzenlenmesi gereken bir süreçti.

---

190 Fairbank (kage) S. 84.

Konfüçyüs; Chun-Tzu yani Beyefendi olarak isimlendirdiği eylemci taraftarlarını kendi yönettiği okulundaki öğrencileri içinden olduğu kadar; başka çevreler içinde bulduğu yetenekli insanlar arasından da seçebileceği kanısındaydı. Onun için toplumsal kökenleri ne olursa olsun, herkes bir Beyefendi adayı olabiliyordu. Çünkü Konfüçyüsçü sistemde; insanların soyluluğu bile, doğumlarıyla belli bir aileden gelmiş olmalarında değil, fakat aldıkları öğrenim ve eğitimle kazandıkları seçkinlikle ortaya çıkıyordu. Gerçi, her ne kadar daha sonra uygulanan sınav aşamasında, bu genel kural çoğunlukla işlemez hale getiriliyor ise de; yine de olağanüstü yetenekli insanlara bazı fırsatlar tanıdığı da yadsınamazdı.

Konfüçyüs'ün temel hedefi; Kadim feodal düzeni yeniden canlandırmaktı. Bunu başarmanın yolu olarak da; toplumda o dönemin ahlaki değerlerinin yeniden geçerli hale getirilmesinden daha etkili bir yöntem bulunamazdı. O halde önce o ahlaki değerlerin neler olduklarını saptanmalı ve sonra da saptanan bu değerler; doğru ve düzgün tanımlamalarla belirlenerek insanların benliğine katılmalıydı. Örneğin: nankör bir evlat; evlat değildi. Sadakatsiz bir eş de; eş olamazdı. Nitekim Konfüçyüsçülükte; baba isen baba ol; evlat isen evlat ol, prens isen prens ol kuralı geçerli bulunuyordu.[191] Şu halde öncelikle bir evvelki misalde gösterildiği gibi; asla sadakatsizlik yapmayacak bir eşin ya da asla nankör olmayacak bir evladın betimlemeleri yapılarak; eş ve evlat kavaramı hiçbir iltibasa (karışıklığa) mahal bırakmayacak şekilde ortaya konulmak gerekirdi. Bu aşamadan sonra da; bu betim ve tanımlamalar birer seremoni, teşrifat ve ifade biçimi ya da davranış şekli ve beden dili haline getirilerek; sabit, değişmez ve yorumlarla karartılıp çarpıtılmayacak kesinlikte yaşama geçirilmeliydi. Öyle ki; bu

---

[191] Challaye (kage) S. 83, 84.

anlayış insanın sanki doğasıymış ve sanki insanların yaşamlarının bir parçasıymış gibi; ona tıpkı bir karakter, bir yapı ve bir refleks olarak katıştırılmış gibi bir kendiliğindendik kazanmalıydı. O kadar ki; bu anlayışla oluşan tavır; hiçbir ikaz, hiçbir telkin ya da cezalandırma korkusu olmadan ve içgüdüsel bir rahatlıkla kendini gösterebilmeliydi. Nitekim Konfüçyüsçüler insanların bütün davranışlarını ünlü *"Beş İlke Yasası"* halinde düzenlemişler ve ilişkileri: *"Hükümdar ile vezir, baba ile oğul, ağabey ile kardeş, karı ile koca ve arkadaş ile arkadaşları"* arasında olmak üzere sıkı kurallara bağlamışlardı. Böylece herkes, *"Aile veya toplum içindeki yerinin ne olduğunu kolaylıkla görüp anlayabilecek ve öğrenecekti. Böylece, kendisinden beklenilen görevleri yerine getirmekle; birey, sistem içindeki diğerlerinden de neler elde edeceğini, nasıl muamele göreceğini bilebilecekti."* Örneğin Konfüçyüs: *"Köyündeyken, sanki güzel konuşmasını bilmeyen biriymiş gibi kendini basit gösterirdi. Fakat ataların mezarlarında veya saraydayken, çok ihtiyatlı, açık ve akıcı bir dille konuşmasını bilirdi... Sarayda, kendisinden yüksek devlet adamlarıyla konuşurken saygılı bir dille konuşurdu. Kendisinden alt seviyedekilerle ise rahat bir dil kullanırdı. Saray kapısından girince başını eğerek yürürdü... İleri yürürken, saygılı bir görünüm takınırdı... Prens kendisine konuklarından birini karşılamasını söyleyince yüzünün ifadesi ona göre değişirdi...*[192] Hatta bu kurallar insanların giyimlerini bile esaslara bağlamak suretiyle onların bu yoldaki davranışlarını da disiplin altına almaktaydı. Öyle ki herkes: *"Elbise ve şapkalarını kendine uygun gelecek şekilde seçmek ve bakışlarını da mevki ve durumuna uygun bir şekilde düzeltmek zorunda bulunuyordu."* [193] Bütün bunlardan amaç; insanları bir toplumda belli bir disiplin altına alırken aynı zamanda onları; *"Ka-*

---

[192] Fairbank (kage) S. 38, 39, 67.
[193] Konfüçyüs (kage) - Konuşmalar - S. 144.

dim" feodal düzeni isteyecek ve benimseyecek bir hale getirmekti. Çünkü Konfüçyüs'e göre: O düzen en mükemmel ve insani mutluluğa en uygun bir yaşam tarzını oluşturuyordu.

Konfüçyüs'e göre: İnsanları belli bir hedefe yöneltmek ya da onların davranışlarını denetim altında tutabilmek için en iyi yol; davranış ve tavırların belli ve değişmez kurallara bağlanması ve kuralların insanlara özümsettirilmesiyle olanaklıydı. Kuşkusuz ki bu konuda yapılması gereken ilk uygulama: Konuşmalar ve davranışlar üzerinde örf ve adetlerin disiplinini kurmaktı. Öyle ki; insanlar birbirlerine uzak ve mutlu atalarının yaptığı şekilde hitap etmeli ve onarın bağlı oldukları kurallara uygun şekilde davranmalıydılar. Keza herkes kendi toplumsal konumuna uygun olarak ve karşısındakinin toplumsal konumunu göz önüne alarak konuşmalıydı.[194] Yine herkes birbiriyle olan ilişkisinde belli ve ataların uyguladıkları kurallara uygun davranmalıydı. *"Çünkü görgü kuralları; kişiliğimizi sağlamlaştıran ve sapkınlık ve taşkınlıktan bizi koruyan bir set gibiydiler. Bu setin gereksiz olduğunu sanıp da onu yıkanlar gün gelir taşkınlıklarının ve azgınlıkların dalgaları içinde boğulup giderlerdi."* [195] Çünkü: *"Yetki sahibi olanlar yaşlılara karşı saygı dolu olduklarında, o zaman sıradan insanlar iyi evlat olmayı öğrenir. Yetki sahibi olanlar üstlerine saygı gösterdiklerinde, sıradan insanlar o zaman saygı ve alçakgönüllülüğü öğrenirler. Yetki sahibi olanlar gençlere ve acizlere şefkat gösterdiklerinde, sıradan insanlar aksi istikamete gitmezler."* Hatta dahası: *"İnsan toplumu, göğün yaratısının parçası olduğu için göksel düzene sahip"* olduğundan[196] toplum katında görgü kurallarına uygun davranılması; bütün evrenin

[194] Challaye (kage) S. 83, 84.
[195] Störig (kage) S. 140.
[196] Xun (kage) S. 34, 41.

ve kozmik varlığın düzen içinde sürdürülmesinin de vazgeçilmez bir koşulu durumundadır.

İşte bütün bu, büyük uyumun sağlanması, daha teknik bir anlatımla; Ta Tung ve Thai Phing'in gerçekleşmesi için; insanların, Yi ve Li denilen iki önemli haslete ulaşması yani o iki çok önemli özelliği kazanmış bulunması gerekmektedir. Aslında hem öğrenim ve hem de eğitimden beklenilen de; öğrencilere bu vasıfların kazandırılmasından ibarettir.

Yi; dürüst olmak ya da kişisel yaşamı geliştirmek anlamını içermektedir. Ama bu öyle bir duygudur ki; toplumun alt katmanlarında olanlardan çok, üst düzeyde bulunanların yöneldiği bir üstünlük şeklinde sezinlenebilir.

Ülkesi için model olmak, ileri gelenleri onurlandırmak, yanlış ve kötü yargıdan sakınmak, aileye şefkat göstermek, görevlilerin bağlılığını kazanmak, insanları iyiliğe özendirmek, taraftarlar kazanabilmek hep kişiliği geliştirmek olarak düşünülebilir.

Dürüst ve saf olmak, özenli giyinmek, ilkelere karşı çıkmamak, dedikodulara bakmadan doğruyu yapmak, kadınların baştan çıkarıcılıklarına yenilmemek, maddesel şeyler yerine erdemi seçmek, aileyi sevmek, armağanlar vermek, sevgi ve acıları paylaşmak; sadık, samimi ve cömert olmak, Beyefendiliği özendirmek, yeteneklileri iyi işlere yerleştirmek, vergilerin toplanmasında yardımcı olmak, sanatçıları özendirmek, yolcuları uğurlamak, gelenleri karşılamak, hoşgörülü olmak, servetlerini kaybetmiş soyluları kollamak, adaletin gerçekleşmesine yardımcı olmak, güçsüzleri kalkındırmak[197] Yi'ye sahip olmanın özellikleri olarak sıralanabilirler.

Bir insanın Chun-Tzu ya da Beyefendi olması için ise; kendisinde bulunması gereken diğer önemli

---

[197] Xun (kage) S. 46, 47.

hatta en önemli özellik de onun Li'ye saygılı bulunmasıdır. Öyle ki; bir kimsenin Beyefendi sayılabilmesi için yalnızca Li'ye sahip olması da yetmez. Aynı zamanda onun ilkelerini başkasına öğretmeye çalışması da gerekir.

Li; statüye uygun davranış anlamına gelir. O, Üstün İnsanın yani Chun-Tzu'nun yöneldiği ve ancak onun uygulayabileceği bir ayrıcalıktır.

Çünkü; avam yani basit ve kaba kalabalığın insanlarından adap kurallarına uymaları beklenemez. Çünkü onlar yalnızca çıkar ve ceza alma korkusuyla iyi ve doğruya yöneltilebilirler. Hâlbuki Üstün İnsan ve Beyefendiler; sahip oldukları ya da duyumsadıkları Li sayesinde; doğal olarak mükemmelli ararlar. Li; Beyefendi ile avam arasındaki ayrılığı simgeler. Beyefendinin doğal yönelişlerinde beliren bir yücelik; insan soyunun ulaşması gereken bir yetkinlik halidir. Li; bir hareketi görkemiyle billurlaştırırken, bir hareket ne kadar iyi ve doğruya yönelik olursa olsun, eğer Li'den mahrum ise; kaba, seviyesiz ve çirkin olur. Cesaret kuşkusuz ki övülesi bir davranıştır. Ama eğer Li'ye uygun değilse bir haydutluk haline gelebilir. Li'siz bir sevgi çirkin bir bencillik olabilir. Onun içindir ki; Konfüçyüs; *"Zevk sahibi, terbiyeli, gelenek ve törelere bağlı olmayı bilgiç olmaktan üstün saymaktadır."* [198] Çünkü; uzak ve büyük ataların görkemli davranışlarından kaynaklanan Li'ye uygun olmak, zaten her türlü bilgi ve görgüyü içeren bilginlik halini oluşturmaktadır. Örneğin: Konfüçyüs'ün; *"Prensi, huzuruna bulunmasını emredince, saraydan tahtırevan gönderilmesini beklemeden, yayan gidişi... Münasip görmedikçe kendisine sunulan yere bile oturup kurulmayışı"* Li uygulamasına güzel bir örnek oluşturuyordu.[199]

---

[198] Störig (kage) S. 140.
[199] Fairbank (kage) S. 69.

Belirtmek gerekir ki; Konfüçyüs, eğitimin de tıpkı öğrenim gibi uygulamalı olarak yürütülmesini önermekteydi. Çünkü; *"Bütün hayat merasimlere göre düzenlendiği zaman insanın ömrü gökyüzündeki olayların cereyanına tamamen uyabilir..." "Ahlaki düşüncenin kökü Jen* (Te=Erdem)*dir. Bu kelime insanların birbirlerine karşı gösterdikleri nazikâne duygular ve sevgidir. Jen'in noksanlığı dostluk duygularının yokluğundan ileri gelir."* [200] Ama, önemle vurgulanmasında yarar bulunmaktadır ki; gelenek ve kuralların varlığı ve onlara saygılı olmak; iyi ve doğru olanı hatırlatmakla düzeni bozulmaktan kurtarır. *"Bir su bendinin sel baskınlarını önlediği gibi; ahlaki ve sosyal khaosu engelleyen de sosyal düzen ilkesidir. Otoriteyi ve insanların yönetimini sürdürmek için Li den daha iyisi yoktur." "İnsanları, onlara ritleri öğreterek yönetmek, bir binicinin dizgin kullanması gibidir."* [201] Onun içindir ki Konfüçyüs; hareketlerin düzenlenmesi için 300 adet merasim kuralı ve rit koymuştu. Nasıl giyinileceği, neler konuşulacağı, nasıl yürüneceği ve aileyle nasıl görüşüleceği bir bir saptanmış bulunuyordu. *"Bunun iki anlamı vardı. Evvela, bu kaideler ancak uzun bir tedrisattan sonra öğrenilebilirdi. Demek ki, aşağı tabakadan bir kimse hiçbir zaman kendisine yukarı tabakadan bir insan süsü veremezdi. Seçkin bir kimse halinden ve hareketlerinden anlaşılırdı. Bununla yüksek tabaka kendisini daima aşağı tabakadan ayırabilirdi. Sonra, merasimler dolayısıyla yüksek tabakanın kendi aralarında görüşmeleri bir düzene giriyor ve medenileşiyordu. Sert ve askeri bir hareket yerine, medenileşmiş, incelmiş diplomatik bir hareket geçiyor, böylece yüksek tabaka arasındaki çarpışmalar azalmış oluyordu. Fertler için cemiyet çerçevesi içinde hareket edilebilecek hudutlar çizilmişti."* [202]

---

[200] Konfüçyüs (kage) - Büyük Bilgi - S. XXII, XXIII.
[201] Xun (kage) S. 43, 49.
[202] Konfüçyüs (kage) - Büyük Bilgi - S. XII.

Konfüçyüsçüler için; üstatlarının hareketleri ve davranışları, Üstün İnsan'ın hareketlerinin nasıl olmasına ilişkin olarak çok önemli örnekler oluşturuyordu. Bu bakımdan; Konfüçyüs'ün saptanan davranışlardan bazılarının belirtilmesiyle; Konfüçyüs efendiliğinin boyutları ve şekli hakkında yararlı bilgiler elde etmek mümkündü.

Örneğin: Konfüçyüs; *"Hükümdarın huzurunda iken davranışları çok saygılıdır ve ağırbaşlı ve kendine hâkimdir. Prens onu bir misafirini karşılamak için vazifelendirdiği zaman yüzünün rengi değişir ve ayakları titrer. Yanında bulunan diğer memurlara eğilir, sağ ve sol kolunu, elini hareket ettirir. Fakat elbisesinin önü ve arkası çok düzgündür. Kanatlanmış gibi kolları ile hızla öne doğru atılır. Misafir gittiği zaman, bunu prense bildirirken -misafir artık gelmeyecek der- saray kapısından girdiği zaman, sanki ona müsaade edilmeyecekmiş gibi vücudunu eğdiği görülür. Geçit kapısının ortasında durmaz ve girip çıktığı zaman da eşiğe basmaz. Prensin ayrıldığı yerden geçerken yüzü değişir ve ayakları titrer. Ve kelimeler ağzından adeta zor çıkar. Kabul salonuna girerken elbiselerini iki eliyle tutar ve vücudunu eğer. Nefes almaya cesareti yokmuş gibi nefesini keser. Hükümdarın asasını taşırken, sanki onun ağırlığını taşıyamayacakmış gibi vücudunu öne doğru eğer, selam için eğilirken bunu ellerinin duruş vaziyetinden daha yukarı kaldırmaz ve başkasına bir şey verirken aldığı duruş vaziyetinden daha aşağıda tutmaz. Sanki yere saplanıyormuş gibi ayaklarını geri çeker. Hediye sunarken yumuşak bir çehre takınır."*

"Üstün İnsan... elbiselerinin süslerinde koyu eflatun ve yahut koyu mor renk kullanmaz. Hatta iç çamlaşırlarında bile kırmızı ve yahut kırmızılı bir şey kullanmaz. Sıcak havalarda adi kumaştan bir elbise giyer. Fakat bunu görünecek şekilde iç çamaşırlarının üstüne giyer. Kuzu kürkü üstüne siyah, karaca

kürkü üzerine beyaz, tilki kürkü üzerine de sarı kumaştan elbiseler giyer. Kürklü iç elbisesi uzundur. Sağ kolu daha kısadır. Geceliği vücudunun yarısına kadar gelir. Evde bulunduğu zaman kalın tilki kürkü veya porsuk kürkü giyer. Matemi sona erdiği zaman, kuşağını ve diğer şeylerini kullanmaya başlar. İç çamaşırları sarı ipektendir ve yukarısı dar, aşağısı geniştir. Taziyede bulunduğu zaman kuzu kürkü ve kep giymez. Ayın birinci günü resmi elbiselerini giyer ve saraya gider. Oruç tutarken elbiselerinin mutlaka temiz ve ketenden yapılmış olmasına dikkat eder."

"Pirincinin çok temiz ve etinin çok ince kıyılmış olmasını ister. Sıcak ve rutubetli havada bozulmuş, ekşimiş pirinci, balığı ve eti asla yemez. Rengi bozuk veya kötü undan yapılmış fena pişmiş yemekleri yemez. İyi kesilmemiş eti ve sonra ona uygun olmayan sosu yemez. Eti çok olduğu zaman pirinçten fazla almaz. Yalnız şarabı istediği kadar içer. Fakat yine aşırıya gitmez. Yemek yerken daima zencefil kullanır."

"Yemek yerken ve ayaktayken konuşmaz. Hasır düzgün değilse oturmaz. Köylüler cinleri, şeytanları kovmak için tören yaptıkları zaman, Konfüçyüs de resmi elbiselerini giyer ve merdivenin basamağında durur. Prense refakat ettiği ve onun ziyafetlerine katıldığı zaman, her şeyin tadına önce o bakar."

"Evde resmi tavırlar takınmaz. Ani bir şimşek çaktığı veya şiddetli bir rüzgâr estiği zaman yine yüzü değişir. Arabasını sürerken dimdik durarak dizginleri tutardı."[203]

İşte böylece, yeniden, Konfüçyüsçülüğün bir *"Altın Çağ"* olarak kabul ettiği eski feodal düzenin ahlak anlayışına uygun uyruklar yetiştiriliyordu. Li'ye sahip ve Chun-Tzu niteliklerine ulaşmış olarak düşünülen bu insanlarla, kuşkusuz ki, "Kadim" devlet düzeninin

---

[203] Konfüçyüs (kage) - Konuşmalar - S. 70-76.

yeniden kurulması da olanaklıydı. Ne var ki; her biri belli katı kurallarla yetiştirilmiş ve hepsi birbirine benzeyen; düşünmekten çok hazır kuralları uygulamaya şartlandırılmış bu Chun-Tzu'ların uygar ve özgür bir kamu düzenine ulaşılması kuşkulu bulunuyordu. Doğaldır ki; bütün bu sistem, insana birey olarak erişilemez bir güç veriyor ve bütün katılanlar kaynaşıp eridikleri bu muhteşem bütünün içinde bir parça olmanın mutluluk ve güvenini duyumsayarak yaşıyorlardı. Engin ve tartışılmaz bir gücün mensubu olmak elbette ki onlara, yaşama karşı belli bir cesaret de veriyordu.[204] Artık hepsi belli ve aynı karakteri yüklenmiş bulunan bu "Beyefendiler"; gruplarının dışında kalmış yabancılara ve sömürülen aşağı tabakaların insanlarına karşı; yinelemekte oldukları aynı cümleleri belli bir monotonlukla sıralayarak; beraberce ve hiddetle bağırıp emirler verebilirlerdi. Ama bu aşamadan sonra artık özgün kişilikleri iyice silinmiş bu insanların farklılıklarını saptamak çok zordu. Orwell'in anlatımıyla: *"Hangisinin domuz hangisinin insan olduğunu bilmek olanağı bulunmuyordu."*[205]

2. Uyrukları Yönlendirmek

Konfüçyüsçülükte; insanlar öğrenim ve eğitimle istenilen hedefe göre yetiştiriliyorlardı. Böylece Yi ve Li gibi; devlet ya da toplum için son derecede önemli vasıflara sahip yüzlerce ve belki de binlerce "Üstün İnsan", "Beyefendi" olarak yönetici kadrosunun elinde hazır bulunuyordu. Kuşkusuz ki; bu büyük güç ve insan potansiyelini, belli amaç için kullanmak ya da denetim altında tutabilmek büyük bir ustalık gerektirmekteydi.

---

204 Zamyadin (kage) S. 38.
205 Orwell (kage) S. 112.

Konfüçyüs bu, gerektiğinde son derecede tehlikeli de olabilecek gücü; yine aynı derecede yumuşak, tanımlanması zevkli ve kimseyi ürkütmeyen üç olguyla ele geçirmişti. Müzik, Umut ve Tören üçlüsü; Büyük Usta'nın kolunda çelikten bir bilek kadar güçlü görünüyorlardı.

a) Müzik:

İnsanların eğitilmeleri ve belli bir biçimde yetiştirilmeleri için Konfüçyüs'ün kullandığı araçlardan bir diğeri de musiki olmuştu. Konfüçyüs, tarihte ilk olarak; yaşamın bir bütün ve birlik oluşturduğunu ve bu nedenle de insanın kültürünün onun kişiliğini ifade ettiğini ortaya koymuş ve sistemini de bu esasa göre kurmuştu. Ona göne; birtakım duygular aşılamakla insanları daha kolay yönetmek olanaklı bulunuyor ve dolayısıyla bu yöntem, mükemmel bir denetim gücü sağlıyordu.

Gerçekten de daha Platon'dan beri müziğin insan ruhunu terbiye eden bir araç olduğu[206] kabul edilmekteydi. Çünkü musiki bize zaman ve sonsuzluktan gelen ve bizi ömrümüz içinde varlıktaki en yüce kudrete, yani Tanrısal varlığa yaklaştıran bir olguydu. Öyle ki müziğin, sahip olduğu etki gücüyle insanları istenildiği gibi yönetmenin ve onları istenilen amaçlara yönlendirmenin olanaklı olduğu çok eski zamanlardan beri kabul edilmekteydi. Nitekim ulusal marşların insanlar üzerindeki etkileri zaten meçhul değildi. Ama en az onlar kadar önemli başka olgular da bulunuyordu. Örneğin; 3/4 ya da 4/4 ölçülü dans müziğinin insanlarda birbirine zıt anılar uyandırdığı; keza tatlı ve çoğu alelade vals müziğinin ise hayalleri tahrik ettiği bilinen bir gerçekti.[207] Özellikle belli hedefle-

---

[206] Tarcan (kage) S. 5.
[207] Grolman (kage) S. 7, 14-15.

re programlanmış müziğin, dinleyicileri az ya da çok ama mutlaka, belli eserlere bağlıyarak tek biçimliliğe sürüklemesi, onun önemli bir propaganda aracı olarak uygulanmasına fırsat vermekteydi. O kadar ki; ünlü şair Rilke bile; *"Ben daha çocukken musikiye şüphe ile bakardım... Bunun nedeni: Beni derinlere, her şeyin henüz başlangıcına ve bitmemiş bulunduğu bir yere getirip orada bırakmasıydı"* [208] diyordu. Nitekim; müziğin güçlü etkileme aracı olması ve daha da açık bir ifadeyle, insanları belli duygu ve düşüncelere şartlandırma özelliği bazı toplumlarda, müzik eserlerinin dikkatli bir denetime tabi tutulmasına bile yol açmıştı. Örneğin; *"Ortaçağın Avrupa kilise müziğinde; dinleyicilere ahlaksız düşünceler uyandırdığı için 'Venüs Ahengi' denilen tarz yasak edilmiş"* olduğu gibi; Japonya'da, o dönemdeki hükümet için hoş olmayan bazı düşünceler, hatta ülkeye istenmeyen bir ruhi durum yarattığı için; *"Amerikan dans müziğinin çalınması yasaklanmıştı."* [209]

Konfüçyüs de işte müziğin bu özelliği dolayısıyla; ondan kendi görüşlerinin yayılıp uygulanmasında yararlanmaya çalışmış ve bu konuda özgün bazı kurallar geliştirmişti. Büyük Usta; asilzadeler ya da Üstün İnsanlar üzerinde ne gibi bir ruh durumu elde etmek isteniyorsa; dinlenecek müziğin bu duruma uygun ya da aykırı olmasına göre, bazı türlerinin uygulanmasına izin verilmesi ve diğerlerinin de yasaklanmalarını gerektiği kuralını koymuştur.[210] Ama onun, genelde yaygınlaşmasını isteği müzik tipi; "Beyefendilik" hali kazanımına uygun bulunduğunu düşündüğü; "Klasik Çin Müziği" olmuştu.

Konfüçyüs'e göre: Yaşadıkları eski çağları kendi kuramları bakımından ideal bir dönem olarak betim-

---

[208] Grolman (kage) S. 24, 37.
[209] Konfüçyüs (kage) - Büyük Bilgi - S. XIII.
[210] Konfüçyüs (kage) - Büyük Bilgi - S. XIII.

lediği "Kadim Krallar"; müziğin halkın sevgi ve nefret duyguları üzerindeki etkisini çok iyi biliyorlardı. Onun için de; halklarının yalnızca, Göksel Düzeni simgeleyen, ağırbaşlı ve dingin müzikleri dinlemelerine izin vermişlerdi. Çünkü; müzik ve törenlere değgin kurallarla, insanların duygularını denetlenebiliyordu. Bu ise; onlara, insanlara dıştan gelen ve onların ruhsal düzenlerini bozabilecek ya da onları eğitim ve öğrenimlerine zıt yönlere sürükleyebilecek etkileri önleme olanağı sağlayabilmekteydi.[211] Özetle: törenler insanları doğru yollara yöneltmekte etkili oldukları gibi; müzik eserleri de; seslere bir anlam kazandırarak iç uyumu desteklediği için, son derecede önemli bulunuyordu. Ayrıca müziğin belli kalıplar içinde icra edilmekte oluşu; onun etkilediği insanları; *"En yüksek derecede ahenk ve itaat altına almaktaydı. Bu ise; halkın devlete karşı başkaldırmalarını önleyici bir işleve de sahip olduğunu gösteriyordu."* [212] Ama müziğin bütün bu özelliklerinin dışında ayrıca; devlet ve toplum yaşamında gerekli önlemlerin alınması bakımından etkili olabilecek, birtakım göstergelere sahip olmak gibi yararları da vardı. Gerçekten de; müzik, toplumda fazileti sağlamak ve taşkınlıkları önlemek gibi birtakım işlevleri yüklenmiş bir olguydu. Aynı zamanda insanların bu konulardaki duygularını ifade etme biçimiydi. Duygular ise; içten geldiği zaman ses halinde kendilerini ortaya koyarlardı. Onun içindir ki; dünyada karışıklıklar olduğunda müzik bozulur; bozulmaya yüz tutmuş bir ülkedeki sesler dertli ve düşünceli olurlardı.[213] İşte bu ayrıntıların farkına varabilen, tedbirli ve deneyimli yönetimler; ülkedeki kötü gidişleri hemen saptayabildikleri gibi; müziği ve müzik zevkini yetkinleştirerek mevcut kötülükleri ortadan kaldırmak fırsatını da kullanabilirlerdi. Kısaca; yöneti-

---

[211] Konfüçyüs (kage) - Büyük Bilgi - S. 26, 27, 28, 43.
[212] Konfüçyüs (kage) - Büyük Bilgi - S. 54.
[213] Konfüçyüs (kage) - Büyük Bilgi - S. 24, 36, 38.

ciler, müziği denetim altında tutarak; ülkelerini istedikleri şekilde yönetebilme ve onu esenliğe çıkarma olanağına sahip olabiliyorlardı.

Sanatkârların kendi kişisel çıkar ya da bencil yönelişlerini düşünmeden; Göksel Düzeni ve kamunun Ahenk ve Uyumunu yansıtmak için hazırladıkları ezgiler; insanlara gerçek mutluluklar sunan büyük yapıtlar olmak özelliğine sahiptiler. Çünkü ancak böyle eserler; insanların ruhsal uyumlarıyla Göksel Uyumu aynı düzlem üzerinde buluşturabilirler. Ve ancak bu eserler; Beyefendilik tavırlarını evrenin her köşesinde geçerli kılan ebedi düzene katkı sağlayabilirlerdi. İnsanlar ancak; bu yolla, ataların kutsal anılarını yeniden canlandıracak, büyük ideali gerçekleştirecek, bütün insanları Chun-Tzu katına çıkaracak ve toplumun birlik içinde birbirleriyle kaynaştıran bir erdem yaratabilecekti.

Böylece oluşturulacak düzen ise, kuşkusuz ki; tüm toplum katılanlarının seyrine doyamadığı; artık başka bir siyasal yaşam özlemine yer bırakmayan ve en yüksek mutluluğa ulaşımı sağlayacak bir tılsım gibiydi. Chun-Tzu'nun: *"Müzik ve armoni duyuyorum... Hemen aşağı inip onlara katılıyorum. Şimdi omuz omuza çelik ritmin içindeyim. Ölçülü hareketler, pembe, dolgun, sağlıklı yanaklar, düşüncenin çılgınlığına bulanmamış, ayna pürüzsüzlüğündeki yüzler, ayna pürüzsüzlüğündeki bir deniz içindeyim. Dinliyorum"* [214] diyerek coşkulandığı; TE (Erdem), Yi (Ruhsal Gelişme) ve Li (Efendilik) öğelerini içeren; Tam bir Ren (Sevgi) ve kesintisiz bir mutluluk haliydi. Özgürlükten kaçışı, sağlık ve güven veren rahat bir kulluğu simgeliyordu.

---

[214] Zamyadin (kage) S. 73.

b) Mandarinlik Umudu:

Çin insanını en büyük umudu, devlet katında iyi bir memuriyet elde edebilmek olgusuydu. Çoğunluğu fakir ve toplum katında güçsüz olan bu insanlar, memuriyetle kazanacakları sıfatları sayesinde hem güvenceli bir konuma, hem de geçim derdinden uzak bir yaşantıya kavuşacaklarını umuyorlardı. Ama doğaldır ki; fakir halkın olduğu kadar; yoksul düşmüş soyluların ya da artık bir memuriyet kazanmış şanslı uyrukların da tüm hayallerini süsleyen en güzel beklenti; bir Mandarin olabilmekti. Çünkü; kültürlü, okumuş ve yekin kimseler arasından çok zor koşullara bağlı bir dizi sınavla seçilerek elde edilebilen bu unvan; yüksek devlet görevlilerine verilen bir payeydi. İşte bunun içindir ki; Konfüçyüs, çok büyük bir önsezi ve kurnazlıkla, sisteminde herkese eşit ve koşulsuz bir öğrenim hakkı tanımakla; Mandarinlik sıfatını yaygın bir umut haline getirerek geniş kesimlerin taraftarlığını kazanmıştı. Öyle ki; Konfüçyüsçülüğün, devlet yönetiminde söz sahibi olması halinde, Mandarinlik elde edebileceğini uman insanlar, onun müridi ya da öğrencisi olmak için hiçbir özveriden kaçınmayacaklardı.

Konfüçyüs'ün ortaya attığı sistem, gerçekte insanlara son derecede çekici gelen bir yöntem olmuştu. Hatta devlet memuriyeti ya da özel bir anlatımla Mandarinliği yalnızca soylu insanların tekeline veren "Kadim" sisteme göre, adeta bir devrim nitelinde bulunuyordu. Yalnızca okuyup, çalışmak ve böylece yetkinleşmekten ibaret bulunan Mandarinlik koşulları; görünürde, halka sunulan bir bağış gibi algılanıyordu.

Ne var ki; Büyük Usta'nın önerdiği bu devrimci usul: Bir tepeye kadar yuvarlayarak çıkardığı muazzam kayanın oradan tekrar vadiye düşmesiyle aynı işi sonsuza kadar yapmaya mahkûm edilmiş olan, mitolojik Sisyphos'un kaderi gibi; sonuçlanması olanaksız bir çabadan başka bir şey değildi. Yalnızca umutla yaşamayı sağlayan ve düzene uyanların kavuşmayı hayal ettikleri bir ütopyadan ibaretti. Hatta daha da çarpıcı bir anlatımla söylemek gerekirse: sömürünün ve ezilmenin yeni bir biçimi olarak tanımlanabilecek[215] ilkel bir ütopya uygulaması olarak görünüyordu. Esasen; aynı usul; tarihteki büyük imparatorlukların zorba yöneticileri tarafından, halkı umutla devlete bağlama usulü olarak kullanılmış bir pratikti. Nitekim *"Kurallarima Uyarsan Kurtulursun"* taktiği en masrafsız ve tehlikesiz bir denetim mekanizması oluşturuyordu.

Bir kere *"Çocuğun öğrenim için yıllarını feda etmeye katlanabilmesini mümkün kılan; 'zadegân' ailesi içinde olmasının verdiği bir güvenlikti. Devlet sınavına hazırlanması, memuriyet hayatına hazırlanması yıllarca çalışmayı gerektiriyordu. Üstelik bu sınavlar tam bir kumar işiydi. Devlet kapısına girebilmek için kuvvetli destek ve imkânlar gerekliydi." "Yıllar yılı başka bir işte çalışmadan okuyup devlet sınavlarına hazırlanmak şartı köylülere bu yolu peşinen kapatan bir engeldi."* [216] Kısaca, Konfüçyüsçü düşünce: *"Demokratik bir şekilde gelişmedi. Çünkü ahlaki vasıflar ancak esaslı bir yetişme ile elde edilebilirdi. Çocuklarına böyle bir terbiye vermek için mali imkânlar yalnız Genty ailelerinde (Büyük arazi sahipleri) vardı."* [217] Bu bakımdan birkaç kez vurgulandığı gibi; memurluk ya da Mandarinlik, halka bir umut olarak sunulmuş olmakla birlikte, aslında küçük bir azınlığın elde edebileceği ve eylemsel olarak halka kapalı bir makam durumunu hâlâ koruyordu.

Esasen Konfüçyüsçülüğün yüzyıllar içindeki gelişmesi sırasında; devlet yönetiminde görev alacak memurların giderek gizleri olan bir meslek mensubu haline gelmesi olgusu bile yaşanacaktı.

---

[215] Zamyadin (kage) S. 9.
[216] Fairbank (kage) S. 49, 50.
[217] Konfüçyüs (kage) - Büyük Bilgi - S. XII.

c) **Tören ve Ayinler:**

Konfüçyüs, insanları ve devlet uyruklarını denetim altında tutabilmek ve özellikle de onları Chun-Tzu olarak yetiştirebilmek için, tören ve ayinlerin de bir araç olarak kullanılmasını öngörmüştür.

Konfüçyüs'e göre; ilksiz ve sonsuz olan doğal uyum yönünden nasıl müzik çok etkili bir araç ise; tören ve ayinler de; insanları toplumun birer yararlı öğesi haline getirmek ve onları itaat altında tutabilmek için[218] çok önemli birer olanak idiler. Öyle ki; Büyük Usta, bütün evreni Ren denilen ve sevgiyi simgeleyen bir gücün etkisi altında görüyor ve bu gücün de Hsiao (Aile sevgisi), Te (Erdem), Yi (Kişisel Gelişim) ve Li (Nezaket) gibi insanı yetkinleştiren öğelerden oluştuğunu kabul ediyordu. Onun öğretisinde ise; Evreni yöneten dengenin işte bu öğeleriyle güçlendirilmekle, en olgun hale geleceğine ve toplumun bu yolla sonsuz mutluluğa ulaşacağına inanılmaktaydı. Doğal olarak bütün bu çabaların ortak hedefi; insanı ideal boyutu olan Chun-Tzu'ya ulaştırabilmekti. Bu amaca varabilmek için en elverişli yolu ise; tören ve ayinler oluşturuyordu. Çünkü tören ve ayinler; insanın Te, Yi ve Li yoluyla evreni dolduran Tien'e; ulaşması ve onunla kaynaşarak göksel uyum ve yücelişi gerçekleştirmesini sağlıyordu.

Aslında: tören; iktidarın "Göksel" kaynaklarını vurgulayan bir aygıt olmakla: *"Siyasal iktidarın oluşum ve kurumlaşma sürecinde yöneticiye kutsallık ve bağıntı sağlayarak toplumsal meşruluk kazandırma işleviyle destek görevini"* yerine getiriyordu. Daha değişik bir anlatımla tören: *"İdeolojik meşrulaştırma sürecinin somutlaştırıldığı, pratikte kendini sergilediği, eyleme döküldüğü süreçti."* Ayin ise: *"Toplumsal duygular uyararak, grup üyelerine dayanışma ve ya-*

---

[218] Konfüçyüs (kage) - Büyük Bilgi - S. 54.

şam ortaklığı" sağlamaktı.[219] *"İçsel tutarlığı olan, sistemleştirilmiş ve genellikle bir mitos ya da gizemleştirilmiş bir tarihin yeniden canlandırılmasına yönelik bir ritler süreci"* olan ayin; aynı zamanda dini de yaratan bir olguydu. Bu bakımdan hem ayin ve hem de tören; sosyal bir birliğin kuruluşunda olduğu kadar; bu birliğin niteliklerinin belirlenmesinde de çok önemli işlevlere sahiptiler. Öyle ki; ilkel insanın özelliklerinden en önemlisi; geleneklerine bağlılıktır. Çünkü geleneklerini kutsallaştıran bir toplumun olağanüstü değerde bir güç ve süreklilik üstünlüğüne kavuşacağından kuşku duyulmaz. Toplum böylesine güçlü hale getiren geleneklerin değer ve kudretinin dramatik anlatımı da dinsel törenlerle sağlanır.[220] Nitekim; din ve tarikatlara katılma da bir nevi örgüt ve öndere sığınma ve böylece tek biçimliliği kaybederek kitle insanı haline gelmektir. Çünkü kitleye dönüşmüş insan artık düşünemez. Ve böylece bir hipnotizmacının gücüne sahip olan önder, özneleri ele geçirerek[221] bu elde ettiği birikim sayesinde; dış koşullar ve karakter yapısı elverdiği ölçüde otoriter ya da zorba bir örgüt kurma olanağını elde edebilir. Onun içindir ki; Konfüçyüsçülerin ileri sürdükleri gibi: *"İnsanları, onlara ritleri öğreterek yönetmek, bir binicinin dizgin kullanması gibidir... Geçmişin üstün nitelikli binicileri, atı dansçılar gibi zarif şekilde hareket ederken, dizginleri ipek bir giysi tutar gibi tutabilirdi. Kılıç kullanmasına gerek yoktur. Bu, kadim kralların; ritleri cezadan çok daha önemli kabul etmelerinin ve insanların onların kurallarını izlemelerinin de nedeniydi."*[222]

İşte bunun içindir ki; Konfüçyüs, evreni dolduran ve tinsel ya da ahlaki bir güç olarak gördüğü Tien'e (Gök=Cennet) yakın ilgi duyduğu gibi; dua, oruç ve

---

219 Özbudun (kage) S. 12, 13, 19, 23, 113.
220 Anıl (kage) - Antik Çağ - S. 58.
221 Anıl (kage)-Alamut Terörü-S.242–Habib (kage) S.302, 316.
222 Xun (kage) S. 49-50.

kurban törenlerine de sık sık katılıyordu. Gerçi halkın o dönemdeki dinsel uygulamalarından bazılarına karşı çıkıyorsa da; bu karşı çıkışları genel din felsefesine inanmamasından değil, fakat karşı tavırlar aldığı inançların kendi sistemi ile çatışmakta olan eski animizm, cadılık ve büyücülükle ilgili pratiklere eğilimli olmalarından kaynaklanıyordu. Buna karşılık atalara bağlılık ve onların anılarını kutsallaştırma geleneklerine herhangi bir itirazı olmamıştı.

Özetle: Konfüçyüs'ün, kendisine bağlananları ve halkı; tasarladığı yeni siyasal sistem içinde tutabilmek için olduğu kadar, onların sisteme karşı bir tavır almalarını ya da sistem dışında düşünebilmelerini önemeyi sağlayabilmek için; tören ve ayinleri etkili bir araç olarak kullandığı söylenebilir.

Bu arada Konfüçyüs'ün inanç ve düşüncelerinin topluca yinelenebileceği bir özetleme yapmak da gerekirse; Büyük Usta'nın siyasal gücün veraset yoluyla değil fakat ahlaken en üstün olmakla kazanılacağı bir sistemi önerdiği vurgulanabilir. Onun, soylu sayılabilmek için, aile soyluluğu yerine yüksek nitelikleri koymakla, hiç olmazsa düşünce alanında, büyük bir devrimi başlattığı da kuşkusuzdur. Ne var ki; halkın siyasal sistemde etkin bir rol alabilmesi için ya da halk insanlarının siyasal sisteme girebilecek bir yetkinlik ve eğitime ulaşması koşullarının hazırlanması yönünde; hiçbir önlem düşünmemiş bulunması; reformlarının geçersiz kalmasına neden olmuştu. Bu bakımdan; Konfüçyüsçülük iddialı olduğu konularda büyük bir varlık gösterememiş ve yalnızca Çin'de yönetimi ele geçirmek konusunda yararlanılabilecek bir öğreti olarak kalmıştır.[223]

Konfüçyüsçülük, ilkel Çin geleneklerinden ve animizmden aldığı esinle; doğa ile insan arasında bir

---

[223] Fairbank (kage) S. 90.

uyum olduğu ve insanların yanlış hareketlerinin bu uyumu bozacağı inancına bağlanmıştır. Bunun ise; iktidara karşı çıkmanın Beyefendiliğe aykırı olduğu[224] ilkesini pekiştirerek; Çin'in tutucu ve boyun eğen kamuoyu yapısını hazırladığı kuşkusuzdur. Öyle ki bütün bu birikimlerin; giderek, o görkemli Chun-Tzu'yu bile; düzenin bekçiliği işlevini yüklenmek zorunda bıraktığı söylenebilir.

Büyük Usta'nın kurduğu düzende; bütün evrenin, sevginin egemenliği altında bulunduğu kuralına dayanılmış ve bu kozmik sevginin Li, Yi ve Te ile insanlara intikal ettiği düşünülmüştür. Bu kurgulamadan yararlanılarak da; ilksiz, sonsuz ve mükemmel bir yaşamın betimlenmesi yapılmıştır. Ne var ki Konfüçyüs öğretisinde, "Kadim Zorbalığın", bu olağanüstü ideale örnek olarak kabulüyle; sistemin bir çelişkiler yumağı haline getirilişi de dikkati çekmektedir.

F) KONFÜÇYÜS'ÜN ESERLERİ

Tarihsel bilgileri göre; Konfüçyüs'ün oluşturduğu düşün sistemi için, kendisi tarafından yazılmış bir eser bulunmuyordu. Ama buna karşılık; Konfüçyüsçülük geleneğinde, Büyük Usta'ya mâl edilen birçok yapıt vardı. Bu kitaplar da, yüzyıllardır okunup yeniden yorumlanarak, Konfüçyüsçülüğün kutsal eserleri olarak, kuşaktan kuşağa geçmişti.

Konfüçyüs'e ait olduğu söylenen eserlerin hepsi; "Kadim" Çin tarihinin özellikle MÖ. 3000 yıllarında hüküm süren efsaneleşmiş imparatorların işlem ve eylemlerinin derlenmesiyle hazırlanmışlardı. "Çing" ismiyle bilinen bu eserler; doğrulukları tartışılamaz yüce bilgilerin kaynakları olarak kabul edilmekteydiler.

---

[224] Machneilml (kage) S. 127.

Bu kitaplardan:

İ Çing; felsefe bilgisini içeriyordu. Bu eser Konfüçyüs'ün en beğendiği kitaptı. Çinlilerce de olağanüstü önemsenen bu yapıt; geleceği görmek, evrenin gizemini anlamak için başvurulan bir kaynak durumundaydı.

Şi Çing; "Şarkılar kitabı" adıyla da anılıyordu. Doğa, toplumsal düzen ve aşka ilişkin 100 şarkıyı içermekteydi.

Li Çing; "Töreler kitabı" ismiyle tanınıyordu. Töreler, görgü kuralları ve geleneklerin anlatılıp tanıtıldığı bir eserdi.

İlkbahar ve Sonbahar; isimli bu kitap; Konfüçyüs'ün de yurdu olan Lu Prensliği'nin MÖ. 722-48 yılları arasındaki tarihi olaylarının anlatıldığı bir günlük şeklindeydi.

Aslında yine Konfüçyüs'ün fikir ve düşüncelerini içeren; *Lun Yü* (Konuşmalar), *Thsüe* (Yüce Bilgi) ve *Çung Yung* (Ölçü-Denge) isimli eserler ise; Büyük Usta'nın ölümünden sonra öğrencileri tarafından derlenmiş kitaplardı.

Konfüçyüs'e ait olmamakla birlikte; onun en ünlü öğrencisi; Meng Tse (Mençiyüs) tarafından hazırlandığı için; bu öğretinin klasikleri sayılan diğer bir eser de;[225] *"Mençiyüs Kitabı"* olarak, ünlü ve kutsal 9 kitaptan biri kabul ediliyordu.

---

[225] Störig (kage) S. 130-134.

V. BÖLÜM
KONFÜÇYÜSÇÜLÜK DİNİ

Bir kudret-i külliye var ulvi ve münezzeh
Kutsi ve muallâ, ona vicdanla inandım.

Tevfik Fikret[226]

Konfüçyüsçülük, Çin'in düşünce ve inançlarına olduğu kadar toplumsal yapısına da şeklini veren büyük bir öğretiydi. Binlerce yıl süren egemenliğiyle, Çin insanının karakterini biçimlemiş ve onu kendi ilkeleri doğrultusunda adeta şartlandırmıştı. Bu bakımdan, Konfüçyüsçülüğün tam anlamıyla bir din olup olmadığı tartışılabilirse de; Çinlilerin din duygu ve anlayışlarını oluşturmada birinci derecede önemli olduğu yadsınamaz.

Aslında Çinliler, komünist rejimden önce de; dindar bir ulus olarak tanınmıyorlardı. Tarihleri boyunca toplumları içinde, bazı fanatik dindar gruplar olmuşsa da, genel olarak dinsel sorunlara hiçbir zaman derin bir ilgi göstermemişlerdi. Hatta bu konuda olağanüstü bir esneklik ve hoşgörü içinde olmuşlardır. Büyük bir çoğunluğu; ülkedeki dinlerin ve genelde üç büyük din olan; Konfüçyüsçülük, Buddhacılık ve Taoculuğun değişik kurallarını istedikleri gibi, kendi inanç dünyalarında birleştirecek uygulamaktan çekinmemişlerdir. Böylece bir Çinlinin, örneğin; esasta Konfüçyüsçülüğe bağlı olmasına karşın; Taoculardan bir büyüyü bozmasını ve Buddhacı bir rahipten de

---

[226] Fikret (kage) S. 46.

başka bir konuda, yapacağı ayinlerle kendisine yardımcı olmasını istemesi olağan sayılabilmektedir.[227] Çin ülkesinde esas yaygın inancın her şeye karşın yine de Konfüçyüsçülük olduğu ise muhakkaktır.

Konfüçyüsçülük dini de, tıpkı bu düşünce sisteminin ahlak anlayışında olduğu gibi, Çin'in geleneksel aile ve sosyal düzeni içinde anlam ifade eden bir inanç biçimidir. Nasıl ahlak anlayışı yararcı ve "matematik bir kuruluk" gösteriyorsa; din anlayışı da o oranda, mistiklikten uzak bir yapılanmadadır.[228] Bu bakımdan da çağlar boyunca halk kitlelerini, duygusal yönlerden hiçbir zaman, tam olarak tatmin edememiş ve bu nedenle; Konfüçyüsçü inanç hep başka dinlerden yardım alan bir nitelik göstermiştir. Örneğin Konfüçyüsçü müminler; Buddhacılığın ezoterik bilgi ve batini usullerinden ya da Taoculuğun gizemciliğinden yaralanmak gibi girişimlerden geri kalmamışlardır. Hatta zamanla; bu iki dinde görülen örgütleşme ve manastır yaşamı ya da kozmolojik inançlar; Konfüçyüsçü sistemin bazı yönlerini değişmeye zorlayıcı bir nitelik bile kazanabilmişlerdir. Ancak bütün bunlara karşın; Konfüçyüsçülük, 2000 yıldır sürdürdüğü yaşam biçimi, dünya görüşü, siyasal ideoloji, toplumsal ahlak anlayışı ve bilim geleneğiyle; Çin'in düşün ve inanç dünyasında daima ilk sırayı koruyabilmiştir. Bazen din ve bazen de felsefe olarak görünmesine karşın, bunlardan hangisi olarak kabul edilirse edilsin; insanların tinsel oluşumlarında savsanması olanaksız bir etkinliği olmuştur.

Büyük Usta'nın kendisinin; *"Sözcüğün tam anlamıyla bir dinsel önder"* olmaması ve gök ile ölüm sonrası konularına fazla eğilmemiş bulunması;[229] Konfüçyüsçü dinsel inançların, felsefeye değgin yanlarını

---

[227] Challaye (kage) S.89 – Arvon (kage) S. 112.
[228] Arvon (kage) S. 113.
[229] Eliade (kage) (kage) C. II, S. 29, 30.

daha görünür hale getirmişti. Bu olgu doğal olarak onun inanca ilişkin niteliklerinin de ikinci planda kalmasına neden oluşturuyordu. Ancak; Konfüçyüsçü din, daha önceki bölümlerde incelenen Konfüçyüsçü felsefeden daha değişik bir söyleme de sahip değildi. Bu bakımda, kısaca yinelemek gerekirse: Konfüçyüsçü din, Çin insanının ilkel animizminin biraz geliştirilmiş ve Konfüçyüs felsefenin ilklerinin temel alındığı zorlama bir inanç biçimi sayılabilirdi. Yine tıpkı bu felsefe gibi; yıkılmakta olan geleneksel toplum yapısını onarabilmek için, eski toplumsal değerleri canlandırmayı amaçlayan bir ideolojiyi kapsamaktaydı.

Bu anlayış ve dinsel inanca göre: Evren, ilksiz ve sonsuz bir uyum hali olan Tao'yla yönetiliyordu. Bu ilksiz ve sonsuz düzenin sürmesini sağlamak ise, Gök ya da Tanrı'yı simgeleyen Tien'e aitti. O da; bu ebedi oluşumun kusursuz bir şekilde işlemesini Ren yani Sevgiye bağlamıştı. Çünkü sevgi; göğün yaradılışıyla eş bir şekilde yaşama kavuşturulan insanın da duyumsayabileceği bir kazanımdı. Bu bakımdan Ren; insana özgü Te (Erdem), Yi (Dürüstlük), Li (Efendilik), Hsiao (Aile sevgisi) gibi üstün niteliklerin ürünü olabiliyordu. Bu özelliklerin varlığı; sevgiyi çoğaltıyor ve insanın da o ilksiz ve sonsuz Tao'ya katılmasını sağlıyordu. İnsan; bütün Evrenin bir parçası olduğu gibi; Göğün yeryüzündeki bir aracı ya da Tien'in isteklerini kendi hareket ve davranışlarında yansıtan bir işareti durumundaydı. Onun için; onun Te, Li, Yi ve Hsiao aracılığıyla yarattığı Ren ile bulduğu denge ve uyum; evrensel uyumu uyaran, tamamlayan, çoğaltan, güçlendiren ve böylece hem yersel ve hem de evrensel anlamda dinginliği sağlayan bir olguydu. Bu olgu varolduğu süre; insanların mutlu, toplumların düzenli ve devletlerin de adil olması sağlanıyordu. Hatta insanlar gibi tüm evren de o ilksiz ve sonsuz mutluluğu idrak ediyordu. Bu olgu ve bu uyumun gerçekleşmesi öylesine olağanüstü ve fakat doğaya da öylesine uygun bir haldi ki; bu gerçeğe varılmış olmakla, artık başka bir eylemsellik ya da işleme gerek kalmıyordu. Çünkü; *"Doğru tavrınız varsa, artık ne bir çabaya ve ne de buyruklar vermeye gerek kalmayacaktı."* [230] İşte bu ulaşış, bütün müminlerin kendi dinlerinden beklediği sonuç ya da dinlerin müminlerine vaat ettiği en büyük ve en evrensel müjde olan "Altın Çağ" oluyordu. Üstelik Konfüçyüsçülük, insanların bu büyük umut ve arzularının gerçekleşmesini, son derece de yalın, kısa ve özlü birkaç kuralın yerine getirilmesine bağlamıştı. Öyle ki; aslında edebiyat yapılmadan ya da retoriğin sunduğu çekici yöntemlere başvurulmadan söylemek gerekirse; sıralanan bütün parlak ve görkemli kuralların belirledikleri yalnızca: İnsanların birbirlerine saygılı davranmaları, aralarındaki ilişkilerde sevgiyi eksik etmemeleri, adil ve dürüst olmaları ilkelerinden başka bir şey değildi. Öyle ki; Konfüçyüs, bütün sisteminin işleyişini birtakım pratiklere bağlamış ve insanlara büyük fakat hayali vaatler ya da doğaüstü umutlar vermekten kesinlikle kaçınmıştı.

Aslında Konfüçyüs; MÖ 1094 yıllarında Çin'de; Zhou Hanedanı feodal sistemini kuran İmparator Zhou Gong zamanının toplumunu idealize etmişti. Amacı o dönemi yeniden yaşama geçirmek şeklinde özetlenebilirdi. Bu sistemde; Gök ya da Cennet'ten kaynaklanan ve dinsel-ahlaki ilkelere dayandırılmış bir iktidarın kurulması amaçlanıyordu. Kan ve evlilik bağlarının ve eski anlaşmaların oluşturduğu toplum; yasalara göre değil fakat "Kadim" dönemin tören kurallarına göre yönetilmek isteniyordu.

Konfüçyüs'ten sonra sistemin en büyük düşünürü unvanına sahip olmuş Meng-Tse (Mençiüs) da; Büyük Usta'nın ölümünden yaklaşık yüz yıl kadar sonra yazdığı eserlerinde; Konfüçyüsçülüğü tıpkı ün-

---

[230] Eliade (kage) C. II, S. 30.

lü önderi gibi; yalın ve aydınlık beş ilkeyle açıkladı. Halkın iyiliği için çalışmak, kendine yapılmasını istemediğin bir şeyi başkalarına yapmamak, nezaketli davranmak, bilgi ve anlayışı güçlendirmek ve samimi olmak anlamına gelen bu beş erdem; Konfüçyüsçülüğü açıklamak için yeterliydi. Bu bütün felsefe ve inanç sistemi, toplam olarak: İyilikçilik, Doğruluk, Efendilik, Bilgelik ve Samimiyet olmak üzere beş kelimeyle ifade edilebiliyordu.[231]

Meng-Tse'nin ortaya koyduğu büyük çalışmalar ve olağanüstü gayretlerine karşın; Konfüçyüsçülüğün mistik ya da metafizik yanlarının yeterli olmaması, onun halk yığınlarınca kabulünü güçleştiriyordu. Nitekim; özellikle, okumuş ve aydın çevrede kendine pek çok taraftar kazanmasına karşın; geniş halk kitlelerine yayılamıyor ve bunun için de zaman zaman büyük yıkım ve kayıplara uğramak kaderine katlanmak zorunda kalıyordu. İşte Büyük Usta'dan 250 yıl sonra uğradığı saldırı da bu yıkımlardan biri olmuştu. Rakip din adamlarının etkisinde kalan İmparator Shi Huang Di'nin emriyle, bütün Konfüçyüsçü kitaplar toplatılarak yakıldığı gibi; kimi idam edilerek kimisi de yapılmakta olan Büyük Çin Seddi'nde işçi olarak çalıştırılmak yoluyla Konfüçyüsçü bilgelerden büyük çoğunluğu yok edildiler. Ama dinsel yandan halk katında fazlaca benimsenmiş olmayan Konfüçyüsçülüğün; pratiklere önem veren ve aile yaşamına bağlı yanlarının Çinlilere hoş geldiği de bir gerçekti. Bu arada Konfüçyüsçü bilim adamı ve rahiplerin, sistemlerini giderek daha da uygulamaya yönelik bir hale getirip; onu Buddha ve Taocu öğelerle beslemeleri de, bu öğretinin zamanla yeniden yaşam bulmasına yardımcı olmuştu. Öyle ki; büyük yıkımdan kısa bir süre sonra; Konfüçyüsçü öğreti, Ortaçağdan, 1911 Cumhuriyet Devrimine kadar; Çin'de egemen olmuş-

---

[231] Büyük Dinler Ansiklopedisi (kage) S. 132.

tu. Öyle ki bu öğreti; adeta Çin'in ulusal felsefesi olabilecek bir atılımı gerçekleştirmekte gecikmemişti. Özellikle MS 1000 yıllarında; Çin'i etkilemeye başlayan Buddhacılığın bazı özelliklerini de kendisine katarak yaptığı büyük yenileme sonunda; halkın beğenisini kazanan bir din haline geldi. Bu ise eski öğretinin; *"Yeni Konfüçyüsçülük"* adıyla anılacağı yeni bir evreyi oluşturuyordu.[232]

Konfüçyüsçülük; Han, Tang ve Sung Hanedanları dönemlerinde gerçekleşen atılım ve yükselmesiyle, eskisine göre daha sistematik, daha az kusurlu bir hale gelmiş ve mistik yanları da kuvvetli bir içerik kazanmıştı. Bu arada Filozof Çu Hsi'nin (1130-1200) geliştirdiği yeni yorumlarla geniş kitleleri etkileyebilecek bir yapıya oturmuştu. Bu yeni anlayışa göre: Evren ve bütün varoluşlar; *"Yüce Son"* denilen bir amaca bağlanmışlardı. *"Yüce Son";* biçim ilkeleri ve biçim yasaları olarak tanımlanan "Li"de ifadesini buluyordu. "Şeylerin" her birinin kendisine özgü bir Li'si vardı. Fiziksel varlıklar ise; Fizik Evren'in parçaları olarak tanımlanan "Chi"den oluşmaktaydılar. İşte bu "Li" ve "Chi"ler; yani "Kural" (Varlıkları Türeten Kök) ile "Varlık" (Varlıkların Türediği Öz) birbirlerini tamamlayarak yaşam dengesini oluşturuyorlardı. Örneğin: Bir evin tuğlaları durumunda olan "Chi" ile planı durumunda bulunan "Li" nin birlikteliği evi var ediyordu. Öyle ki herhangi bir canlının doğası da onun "Li" ve " Chi"ne bağlıydı. Bunun içindir ki; "Kötülük" evrende aktif bir olgu değil fakat "Durumun" ortaya çıkardığı bir ürün sayılıyordu.[233] Bu nedenle; insan, içgüdüleri itibariyle iyi bir varlık olarak kabulü ediliyor; en büyük erdemin "Cheng" (Mutlak Samimiyet) yani; Yılmaz İrade, Sebat ve Dürüstlük olduğu vurgulanıyordu. Böyle bir irade ile; "Li" ile "Chi" arasındaki uyumu bozan engel-

---

[232] MacNeill (kage) S. 255 – Fairbank (kage) S. 73.
[233] Fairbank (kage) S. 73, 74.

lerin ortadan kaldırılabileceğine inanılıyor ve bu da doğal olarak yine Chun-Tzu yani Üstün İnsan'ın varlığıyla mümkün görülüyordu.

Konfüçyüsçülüğün gelişmesinde; son büyük atılımlar ise Vang Yang Ming'in (1473-1529) çabaları ve Tai Tung Yüan (1723-1777) çalışmalarıyla yapılmıştır. Maddeci eğilimlerin azaltılmasına yönelik bu çalışmalarda özellikle Vang Yang Ming; yeni fikirleriyle öne çıkmıştı. *"İnsanın kendi aklında sezgisel bir moral bilgiye sahip olduğunu ve kendi kendini yetiştirerek bunu geliştirip subjektif bir aydınlanmaya erişebileceğini"* İleri süren bu görüşün;[234] Konfüçyüsçülükte ezoterik ve Batıniliğe doğru bir eğilimin yaratmakta olduğu açıktı.

---

[234] Fairbank (kage) S. 75.

SONUÇ

Benim sevdiğim güzel şu anda Çin'de
İhtiyar akrabalarıyla oturur,
Narin çinilerden kuleler içinde;
Sarı Nehir karabataklarla doludur.
Başını uzatır kamış kafesinden,
Kırlangıçlar geçer sürüne sürüne:
Şarkı söyler, her akşam, kendiliğinden,
Söğüt dalına, şeftali çiçeğine.

Theophile Gautier[235]

Dünyanın büyük bir kültürel değişim geçirdiği dönemlerden biri de; MÖ 600 ve 700 yıllarına rastlıyordu. Gerçekten de bu yüzyıllar hem büyük yıkımların hem de gelecek için olağanüstü sonuçlar hazırlayacak olan özgün yapılanmaların kaynaştığı bir süreçti. Bu dönem; Hindistan'da Buddha, Çin'de Lao-Tzu, İran'da Zerdüşt, Filistin'de İşaya ve Anadolu'da Herakleitos'un yaşadığı; adeta "İnsanlığın rüştünü" kazandığı bir zaman olmuştu.[236]

Çin sanki bir kasırgaya tutulmuş gibiydi. Ülke; "Savaşan Devletler Dönemi" denilen olağanüstü ve korkunç bir kargaşa içinden geçmekteydi. Devletler birbirlerini yok etmek için uğraşıyor, toplumlar düzenlerini kaybetmiş, insanlarsa güvencesizlik içinde, onulmaz bir buhranı yaşıyorlardı. Yüzyıllardır süregelen çatışmalar halkı fakirleştirmiş; açlık ve sefalet alı-

235 Kanık (kage) S. 39.
236 Wells (kage) S. 96.

şıldık bir olgu haline gelmişti. Yöneticiler ele geçirmiş oldukları siyasal güçle, büyük kitleleri sömürüyorlardı. İktidar sahiplerinin israf ve tantanalı yaşayışlarının yanında sade insanların durumu acınası bir yoksulluk içindeydi.

İşte Konfüçyüs de; bu çarpık düzenin sefalete mahkûm ettiği bahtsız insan çoğunluğunun arasındaydı. Aslında zengin ve soylu olmakla birlikte; talihsiz yenilgiler, insafsız yağmalar ve tutsaklıklarla servetlerini kaybetmiş bir aileye mensuptu. Gerçek bir yiğit ve savaş kahramanı olan babasını küçük yaşlarda yitirmiş, çocukluk yıllarını bir yetim olarak geçirmişti. İlk gençlik dönemlerinde, kentin hayvanlarına çobanlık yaparak, ihtiyar annesi ve kardeşlerine bakmak zorunda kalmıştı. Daha sonra da yine kentin ayak işi sayılacak görevlerinde ekmeğini kazanmaya çalışmıştı. Onun diğer sefil hemşehrilerinden tek farkı; aile büyüklerinden, eski ve zengin günlerine ilişkin olarak dinlediği anıların, içinde uyandırdığı hırs ve özlemlerin derinliğiydi. Ama buna; bir de, sonsuz ve doyurulmaz okuma açlığının kazandırdığı bilgi birikimlerini eklemek gerekiyordu. Gerçi Çin'de, okumak; toplum içinde yükselmek isteyen ya da devlet katında görev almayı uman herkesin izlediği bir yoldu. Ama onunki; mevki yahut şöhreti hedeflemeyen bir tutku şeklinde gelişmişti. Konfüçyüs, okumayı yalnızca bilgi toplamak ve öğrenmek aşkıyla sürdüren gerçek bir bilgi sever olmakla özgündü. Nitekim onun bu bilgi aşkı; kısa zaman sonra kendisini saygın bir bilge düzeyine çıkaracak boyutlara ulaşmakta gecikmeyecekti. Öyle ki Konfüçyüs, henüz genç sayılabilecek yaşlarda; kendine her konuda akıl danışılabilecek bir bilgin olduğu gibi; yine çok genç yaşlarda, açtığı okula öğrencilerin kaydolmak için yarıştığı ünlü bir öğretmen haline de gelmişti. Kuşkusuz bu başarıları onu mutlu ediyordu. Ama bütün bu başarı, bilgi ve yeteneklerine karşın, bir türlü arzu ettiği düzeyde bir devlet memuriyetine girememesinin, içinde hiç eksilmeyen bir burukluğa neden olduğu da kuşkusuzdu. Yüksek bir memuriyete atanması için yaptığı bütün başvurular hep sonuçsuz kalmıştı. Gerçi; devlet katında görev alabilmesinin bilgi ve yetenekten çok, tavsiye ya da iltimasla yapıldığı Çin'de bu durum hiç de olağandışı bir olgu değildi. Ama bu onun yaşadığı şu haksızlık ve adaletsizliklere üzülmesine yine de engel olamıyordu.

Ama ne var ki; bu yaşadığı üzüntü ve kırgınlık; toplumun içinde bulunduğu korkunç çaresizlik ve facialar karşısında duyumsadığı ıstırap yanında yine de hafif kalmaktaydı.

Konfüçyüs şair ruhlu bir insandı. Dingin ve zevkli yaşamayı sevdiği gibi; edebiyat ve müziğe de ilgi duyuyordu. Çok güzel flüt çalar; neşeli bir yaşantının içinde olmaktan hoşlanırdı. Ama bütün bunların yanında son derecede duygusal, insan sevgisi ve iyilikçi eğilimlerle dolu bir gönle sahip bulunuyordu. Onun içindir ki; ülkenin içinde bulunduğu şu kötülüklerden olağanüstü rahatsız oluyor; çevresinde yaşanan korkunç karmaşadan bunalıyordu. Öyle ki zamanla, bütün bu ıstırabı önlemek ve ülkenin dingin, halkının mutlu, devletin adil olmasını sağlamak hedefi onda adeta bir sabit fikir haline gelmişti.[237] Bütün bunların; denetimsiz bir yönetim, zalim krallar ve yeteneksiz memurların açgözlülüğünden kaynaklandığını biliyordu. Onun için de; *"Diktatörlük ve despotlardan"* nefret ediyor[238] ve bütün bu kötülüklere son vermeyi kuruyordu.

Oysa ki; yaşadığı dönem bir zorbalık yüzyılıydı. Çevresine birkaç silahlı adam toplayan maceracıların soyluluğa oynadığı; zenginliğin yağma ve hırsızlıkla elde edildiği, hak ve adaletin sözde kaldığı bir dönem

---

[237] Lipson (kage) S. 46.
[238] Cleary (kage) S. 18.

yaşanıyordu. Devlet denilen kurumlar zalimlerin eline geçmişti. Halk dağınık ve güçsüzdü. Buna karşılık; zulüm ve yağma şebekelerinin emrinde büyük silahlı güçler bulunuyordu. Kendisinin ise ne dayanabileceği bir güç ve ne de onunla silah ve adam elde edebileceği bir serveti vardı. Üstelik zorbalar, çok eski yüzyıllardan gelen geleneklerle elde ettikleri kutsallıklarla zırhlandırılmışlardı. Onun için; onlara karşı dinsel bir kalkışımın da başarılı olma şansı bulunmuyordu. Kaldı ki; kendisinin de hiçbir dinsel ya da inançlara değgin sıfat ve yetkisi mevcut değildi. Özellikle söylemek gerekirse; iktidardaki zorbalara karşı; bilinen yolları kullanarak bir eylemde bulunmak ve bilinen araçlarla bir devrime girişmek yalnızca çılgınlık olurdu. Yapılabilecek tek şey; kendisinde varolan olanakları kullanmak ve bir yolunu bulabilirse zorbalarla yalnızca kendisindeki araçları kullanarak savaşmaktı.

Gerçi ilk bakışta sahip olduğu olanaklar, böyle bir savaşımda yararlanılabilecek nitelikte görünmüyorlardı. İyi bir öğrenim görmüştü. Bu ona insanların zayıf ve güçlü tarafları hakkında isabetli kararlar vermesinde yararlı olabilirdi. Öğretmenliği sırasında yetiştirdiği öğrencileri, söylemlerini yayıp halka ulaştırmada olduğu gibi, insanlarla ilişkilerini geliştirmekte de aracılık yapabilirlerdi. Soylu bir aileden geliyordu. Bunun ise kendisine halen devleti elinde tutanlarla temas kurmada faydası olabileceği gibi; iktidar usulleri ve toplum için son derecede önemli tören ve ayinlere yabancı olmamasını sağladığı da açıktı. Bilgisi ve deneyimleri sayesinde; "Bilginlerin ve Ediplerin" oluşturduğu Ju'lar denilen elit gruplara katılmıştı. Böylece; yüksek okullarda ilim ve edebiyat eğitimi görenlerle, prenslerin ve bütün aydın tabakanın üyesi olduğu bir gruba dâhildi.[239] Bu grup içinde bulabileceği taraftarların, yararlı yardımlarını umut edebile-

[239] Konfüçyüs (kage) - Büyük Bilgi - S. 238.

ceğini düşünüyordu. Ama yine de; elinde olduğunu düşündüğü bu olanaklarla, karşısına almayı tasarladığı güçlerin karşılaştırılmasında duyduğu izlenimin bir panik hali olmasını önleyen tek öğenin, engin bir hayal gücünden başka bir şey olmadığı muhakkaktı. Belki; biraz da bilimin tükenmeyen olanakları ile zamanın sonsuz fırsatlarına güveniyor olabilirdi. Ama işte, hepsi bu kadardı.

Ne var ki; Büyük Usta, her şeye karşın şansını denemekten çekinmemişti. Mücadele stratejisini, olanakları ile umutlarını en hassas ölçülerle tartarak geliştirdi. Yüzyıllar önce; savaşçılar ve haydutlara karşı gezici rahiplerin; insanın kas ve iskelet güçlerinin ayrıntılarını gözlemleyerek buldukları silahsız savunma usulü olan Kung-fu'nun yaradılışı gibi, Konfüçyüs de; silahsız bir savaş yöntemi hazırladı. Bu sistemin en temelli ilkesi: Güç kullanılmasını gerektirmeyecek, yalnızca Konfüçyüs'ün kendi olanakları kullanılarak yürütülecek ve insanların en duyarlı yanları saptanarak oraya yönelmek suretiyle uygulanacak olmasıydı. Bu belki de yeryüzünde ilk kez denenecek bir savaş usulüydü. Silahsız, yaşamında hiç kavga etmemiş, ordusuz, askersiz bir bilgenin; koca bir kötülük düzenine karşı açtığı; kapsamlı ve olağanüstü ciddi bir savaştı.

Konfüçyüs, stratejisinin önce, kuramsal yönlerini geliştirdi. Kurmayı tasarladığı yeni düzende; değerini hiç kimsenin yadsıyamayacağı olguları kullanacaktı. Onun için devletini, Çin ailesinin yapısını esas alarak kurguladı. Hükümdarı bir baba, halkı da onun çocukları imiş gibi birbirleriyle ilişkilendirdi. Devletin işleyişini sevgi ve saygı esasına dayandırdı. Daha sonra da bu ilişkiyi; eski Çin animizm inancının içine yerleştirdi. Evren, devlet, aile ve insanın müşterek Tao'sunu; dinginlik ve mutluluğun esası olarak nitelendirdi. Kişinin mutluluğunu aileye, ailenin mutluluğunu devletin iyi işlemesine ve devletin düzenini de evrensel ya da kozmik düzenin ve hatta Tanrının hoşnutluğuna dayandırdı. Konfüçyüs'ün ikinci aşamadaki hedefi ise; bütün bu kurgunun işleyişini gelenek ve törelerle yürütmek girişimi olmuştu. Onun için de; Çin toplumunun en huzurlu dönemi olarak kabul ettiği "Kadim" çağların uygulamalarını, örnek ve ideal olarak benimseyerek, bunları devletin işleyen yasaları haline getirdi. Öyle ki; Büyük Usta'nın takipçileri olanlar: *"İyi insan tutkulara haydut gözüyle, davranış kurullarına şehir surları gözüyle bakar. Tutkular benim sağda, solda, önde, arkadaki davranışlarıma dikkat eder, hemen yutar; ve bunu o kadar sık yaparlar ki, insan sayısını tutamaz bile. İnsan dikkatsiz olursa, onların eline düşer. Etrafında savaşılan bir meydanda duran bizler, ancak örflere sadık kalmakla hayatımızı koruyabiliriz. Örfler olmasa, hayatımız da olmaz"*[240] diyorlardı. Konfüçyüs'ün devletin yapılanmasındaki üçüncü kuralı ise; aslında devrimsel nitelikte bir öneri niteliğindeydi. Devlette görev alacak insanların *"Beyefendi"* sayılacak kimseler arkasından seçilmesini ortaya atan bu tez: Çin toplumunun geleneksel eşitsiz yapısını korumakla birlikte; alt sınıfta olanlara üst sınıfa geçme umudu sağladığı gibi; onlara aynı zamanda bu hallerini katlanılabilir hale getiren bir denge öğesi de vermekteydi. Çünkü böylece her yetkin kimse hak ettiği düzeye yükselebilecek ve yükselme olanağını bulamayanlar da, yöneticilerinin birer üstün insan olmalarından gurur duyarak, mevcut durumlarını kabullenebileceklerdi. Ama bu kuralın esas ve örtülü işlevinin, Konfüçyüs ve onun öğrencileri için bir yükselme fırsatı olduğu ortadaydı. Üstelik ortaya konulan söylem şekli itibariyle; aileye saygı, toplumsal düzen vaadi, eğitim eşitliği ve devlet yönetiminin yetkin insanlara verilme güvencesiyle sağlamlaştırılmış olan bu yeni devlet teorisinin; hiçbir sosyal ya da si-

---

[240] Eberhard (kage) - Denemeler – Lü Dzu Bien - S. 72.

yasal grup yönünden sakıncası da görülmüyordu. Kısacası, devlet şekline ilişkin bu yeni önerinin, bütün toplumsal sınıflara fırsat ve dinginlik umudu verdiği söylenebilirdi.

Ancak Konfüçyüs öğretisinin, devlet adamı yetiştirilmesi konusundaki önerileri; kuruluşa değgin ilkelerden çok daha ilginç kurallarla, belli bir amacın gerçekleştirme işlevine yöneltilmiş bulunuyordu.

Büyük Usta'nın kendilerine devleti teslim etmeyi düşündüğü yetenekli elamanlar; onun Chun-Tzu sıfatıyla tanımladığı; Üstün İnsanlar ya da halk anlatımıyla söylemek gerekirse, "Beyefendi" vasfına görülenlerdi. Bunların her biri; "Kadim" dönemin töre ve geleneklerine göre eğitilmiş ve uygulanan ayin ve törenlerle "Kadim" dönemin yeniden kurulması için şartlandırılmış bulunuyorlardı. Bu bakımdan kurgulanan devletin gerçekleşmesi halinde; bu yöneticilerin, devleti şartlandırdıkları amaçlara göre yöneteceklerinden kuşku duyulamazdı. Öte yandan; soyluluğun doğumla kazanılan bir üstünlük şeklinden çıkarılarak; yetkinlikle elde edilen bir seçkinlik haline getirilmiş olması da; bilgi ve yeteneği yücelterek; devlette fazileti üstün kılan bir durum yaratmıştı. Çünkü; *"Konfüçyüsçülük her bireyi ahlaklı insan yapmaya; ideal ölçülere göre hareket eden ve beşeri zaaf ya da hatalardan münezzeh ve özellikle de kötü ruhlu yöneticilere karşı faziletten yana insanlar olarak yetiştirmeye çalışan bir ideolojiydi."* [241] İşte devlet görevlerinde çalıştırılacak olan memurların; bu nitelikteki insanlar arasından ve koşulları çok zor birtakım sınavlarla seçilerek atanmalarının; kamu görevlerini ülkenin en erdemli insanlarına tevdi sonucunu doğuracağı da yadsınamazdı.

Böyle olduğu için, doğal olarak, bu ideal devlette bütün işlerin ahlak ve dürüstlük sınırları içinde yürütüleceği umut edilebilirdi.

---

[241] Fairbank (kage) S. 63.

Ancak deneyimler göstermiştir ki *"Bir toplum ya onu üstün yapan bazı yeteneklilerin yardımıyla ya da yeni bir özellik geliştirerek sivrilir; sonra da, aynı özelliği zararlı olacak kadar aşırıya götürdüğü zaman gerilemeye başlar."* [242] Kuşkusuz ki bu kural; toplumla ilgili kurgulamalar için de geçerli bulunmaktadır. Nitekim Konfüçyüsçü öğretinin, faziletli toplumu, üstün ya da soylu insan esasına dayandırma çabaları, zamanla aşırılığa kaçmakla, bazı sakıncaları da birlikte getirmekte gecikmemişti.

Gerçekten de Büyük Usta, kendisinde asilzade bir aileye mensup olmasının etkisinde kalarak; soyluluğu devlet yönetiminde en etkin güç haline getirince; birtakım çelişkiler içine düşmekten kurtulamamıştı. Nitekim; Konfüçyüs'ün kurguladığı düzende: aile bağlarına önem verilmekle birlikte, devlet esasta; *"Hükümdarla uyrukları arasında oluşturulan bir düzen üzerine oturtulmuştu. Ne var ki yapılan bütün kurgulamalar daha ziyade, hükümdarların yararınaydı."* Kısacası bu anlayış; *"Hükümran tabakanın felsefesi olup, halk için düşünülmemiş, yüksek tabaka için tasarlanmıştı."* [243] *"İnsan kalbini haklı ve adil olanların iktidarlarına vurgun kılan; insanı akıllı ve yararlı otoritelerin rehberliğine sokmak isteyen bu düşünce sistemi;... şeklini halktan almayan, fakat dinsel bir cult idi"* [244] O; insanı olduğu gibi değil fakat olması gerektiği gibi görüyor, *"İdealize ettiği ve siyasal düzenini üstüne yapıladığı 'Üstün İnsanın' hiç kuşku duyulamayacak bir şekilde fazilet sahibi, lütufkar, iyi ve adil olduğunu"* [245] düşünüyordu. Bu vargılarına göre de büyük bir çelişki içinde: *"İstediği ruhi duruma uyduğu için tavsiye ettiği klasik müziğin aslında sıkıcı olduğunu ve kendisi tarafından nefret edilen ve bir ziyafet*

---

[242] Lipson (kage) S. 291.
[243] Konfüçyüs (kage) - Büyük Bilgi - S. XX.
[244] Fairbank (kage) S. 71.
[245] Konfüçyüs (kage) - Büyük Bilgi - S. XXIII.

esnasında güzel dansözler tarafından yapılan hafif dans müziği olan Cheng ve Wei seslerinin ise daha cazip olduğunu inkâr etmemekle birlikte; bu yeni müziği yine de yasak ediyordu." [246] Keza aynı katı anlayışla; müşterilerine bir konuda kesin çözümler yerine türlü seçenekler ortaya koyarak onları duraksamada bıraktığı için Teng Şi isimli bir dava vekilinin idamına karar vermekten[247] çekinmiyordu. Dahası; haksız bir şekilciliği önleyebilmek için; seçkinliği fazilet ve bilgeliğe bağlamaya kalkıştığı halde; bu sisteme yine de birtakım seçkinci kuramlar koyarak; çelişkili bir tutum takınabiliyordu. Örneğin sistemde; hükümdarlık, *"Güneşin Oğlu"* olduğu gerekçesiyle korunuyor, bundan kaynaklanan eşitsiz bir inanç sistemi yineleniyor, fiili eğitim eşitsizliği ortada kaldırılmadan, iyi eğitim almış soylu kişilere olağanüstü payeler verilerek, onların aşırı bir güç ve otorite kazanmalarına neden olunuyordu.

Bütün bu olguların sonucu olarak da; Konfüçyüsçülük öğretisinde ileri sürülen kuram ve önerilere karşın; egemenliğin eylemsel olarak, belli bir toplumsal sınıfın tekeline geçmesi önlenememişti. Tam tersine; Chun-Tzu betimlemesiyle, seçkinliğin çok kusursuz ve etkili bir savunması yapılarak; zorba yönetimlerin yararına çalışılmış gibi bir durum yaratılmıştı. Nitekim MÖ 136 yılından itibaren; Han Hanedanlığı sırasında, Konfüçyüsçülük, sırf bu özellikleri nedeniyle imparatorlukça resmi ideoloji olarak seçilmiştir. Bu tarihten sonra da; zaman zaman yasaklanmalara uğrasa bile, Çin'e egemen olmuş yönetimlerce genel bir kabul görmüştür. O kadar ki; yıllarca çabalamasına karşın, yaşadığı sürede istediği devlet memurluklarını bir türlü elde edememiş olan Konfüçyüs'ün koyduğu ilkeler; Çin'de yapılan memurluk seçimlerinde sorulan başlıca sınav soruları haline gelmiştir. Bunun nedeninin ise; Konfüçyüsçü öğretinin, içerdiği erdem ve

---

246 Konfüçyüs (kage) - Büyük Bilgi - S. XIII.
247 Störig (kage) S. 137.

adalet söylemleri dışında ayrıca iktidarı ele geçirme ve onu elde tutabilme yöntemlerini yakalayan bilgilerle dolu oluşunda bulunduğu kuşkusuzdur.

Gerçekten de; Büyük Usta, yıllar süren çalışmaları ve yadsınamaz yetenekleriyle, devletin oluşumu ve iktidarın ele geçirilişinin gizli kurallarından bazılarını pek doğru bir şekilde saptamıştı. Kuşkusuz ki onun; erdem ile faziletin bilgiden kaynaklandığı hakkındaki kabulleri de tümüyle yanlış değildi. Ne var ki; "Kadim" dönemlerin bir "Altın Çağ" olduğuna ilişkin yanlış kabullerinin ütopik niteliği; bu varsayımdan elde ettiği bazı bilgileri güvenilir olmaktan çıkarmıştı. Bu bakımdan yetersiz bilgi ve gözlemlerden kaynaklanan fazilet ve erdemlilik ölçütleri; tüm sistemi koruyacak kadar güçlü olamadılar. Onun içindir ki; öğretinin ideal ve örnek kuramlarını ayıklayan zorbalar; yalnızca devleti ele geçirme yönlerini benimseyip kullanarak kendi iktidarlarını oluşturdular. Böylece Konfüçyüsçülük zamanla, gelmiş geçmiş en büyük tutuculuk kalkanı ve otokrasi ile bürokrasinin emrindeki en güçlü sistem[248] haline geldi. İnsanlar da bu sayede; zorbalığın hiçbir zaman bir fazilet rejimi olmayacağını öğrendiler. Öyle ki; Konfüçyüsçülük bu yeni biçimiyle iktidara ulaşırken; geniş halk kesimleri, beklenti ve umutlarını yine gizem tapınaklarında aramaya başlamıştı. Ama yine de kuşkusuz ki, bu büyük öğretinin karşılaştığı en ilginç gelişme; Çin komünist yönetiminin; Büyük Usta'yı kötülerken, onun iktidarı ele geçirme ilkelerini kullanmasında olmuştu. Bu ise; yaşamı boyunca devlet katında istediği bir memuriyete kavuşamamış olan Konfüçyüs'ün; özgün inanç ve kuramları nedeniyle; monarşi ve sömürü düzeninin karşıtı olduğunu ilan eden; Çin Halk Cumhuriyeti'nde de işsiz kalacağını gösteriyordu.

Kısaca ve yineleyerek belirtmek gerekirse: Konfüçyüs de, diğer büyük düşünür ve sanatçılar gibi,

---

248 Fairbank (kage) S. 62, 63.

her şeyden önce; bir gönül adamıydı. İnsanlığın hayrına olduğuna inandığı hayal ve ideallerini bir sistem halinde kurgularken; onların çekiciliğine kendisini kaptırmış, yaşamın katı ve acımasız gerçeklerini savsamıştı. Hâlbuki, öğretisinin konularından başlıcası olan siyaset; bu katı ve acımasız gerçekleri kendi yararına kullanabilme sanatıydı. Fazilet, tokgözlülük, sevgi, iyilikçilik doğal olarak pek güzel ideallerdi. Ama bu güzelliklerin bile gerektiğinde iktidarı ele geçirmek için bir araç olarak kullanılabilmesi, ancak güzelliklerden etkilenmeyen kaba ve duygusuz insanların işiydi. Onun içindir ki; Konfüçyüs, kendi doğasına aykırı bulunan bu becerikliliği asla gösterememiştir.

Aslında bilgi; kendiliğinden ne iyi ve ne de kötülük yaratabilirdi. Onu iyi ya da yararlı şeylerin kaynağı haline getirebilmek için yeterli kurum ve denetim mekanizmaların varlığı gerekiyordu. Oysa Konfüçyüs öğretisinde, bu gibi oluşumlara hiç değinmemiş ve her şey hayali bir Altın Çağ özlemi ve o özlemin yaratacağına inanılan iyilikçi insan eğilimlerine bırakılmıştı.

Oysa, "Üstün İnsanın" daima iyiliğe yönelik bir karakter taşıdığı varsayımı temelsizdi. İyicil duyguların ve mutluluk vaatlerinin, onları gerçekleştirecek belli kurumlara dayanmadıkça, hep birer umut olarak kaldıkları gerçeği hiç değişmiyordu. Onun için; Büyük Usta da, kendi ideal ve hayallerinin hazırladığı bir umutlar denizinde, bilinen ezgileri yinelemekten başka bir şey yapamamıştı.

Bu ezgi; İyi niyetli insanların yüzyıllardır yinelediği bir anekdottu:

"Tutalım koyvermiyelim bırakın kibarlığı
Yanılmak kolay, üstelik çok belli işte yanıldığımız
Bitmedi, diyorum bitmedi şaşkınlığımız."[249]

---

[249] Cansever (kage) S. 45.

KAYNAKÇA

1) Kitaplar:

ANIL, Yaşar Şahin - *Alamut Terörünün Kaynakları ve Hasan Sabbah,* Gendaş Yayınları 2003/İstanbul.

ANIL, Yaşar Şahin - *Antik Çağda Demokrasinin Doğuşu,* Kastaş Yayınevi, 2006/İstanbul.

ARVON, Henri - *Budacılık,* Çev. İsmail Yerguz, Dost Kitabevi, 2006/Ankara.

BAKIR, Kemal - *Konfüçyüs Bilgelik ve Eğitim,* Doğu-Batı Dergisi, Sayı:40, 2007/Ankara.

BUDDA - Ömer, Hilmi - *Dinler Tarihi,* Dün ve Yarın Külliyatı, 1935/İstanbul.

BÜKER, A. Cengiz - *Konfüçyüs Dedi ki,* Okyanus Yayınları, 2006/İstanbul.

CANSEVER, Edip - *Umutsuzlar Parkı,* Yeditepe Yayınları, 1958/İstanbul.

CHALLAYE, Felicien - *Dinler Tarihi,* Çev.Samih Tiryakioğlu, Varlık Yayınları, 1960/İstanbul.

CHANG, Jolan - *Taocu Sevişme ve Seks,* Çev. İlhan Güngören, Yol Yayınları, 1983/İstanbul.

CLEARY, Thomas - *Konfüçyüs Düşüncesinin Temelleri,* Çev. Sibel Özbudun, Anahtar Kitapları Yayınevi, 1997/İstanbul.

CROZAT, Charles - *Devletler Umumi Hukuku,* Çev. Edip F. Çelik, İstanbul Üniv. Yay, 1950/İstanbul.

ÇAĞDAŞ, Kemal - *Hind Eskiçağ Kültür Tarihine Giriş,* Ankara Üniv. Yayını, 1974/Ankara.

ÇELEBİ, Asaf Halet - *Om Mani Padme Hum,* Yeditepe Yayınları, 1953/İstanbul.

DİAKOV V.- KOVALEV S. - *İlkçağ Tarihi,* Çev. Özdemir İnce, V Yayınları, 1987/Ankara.

EBERHARD, Wolfram - *Çin Öyküleri,* Çev. Hayrünnisa Boratav, Cumhuriyet Yayınları, 1998/İstanbul.

EBERHARD, Wolfram - *Çin Denemeleri,* Çev. Nusret Hızır, MEB Yayınları, 1946/Ankara.

ELİADE, Mircea - *Dinsel İnançlar ve Düşünceler Tarihi,* C. 1,2,3, Çev. Ali Berktay, Kabalcı Yayınevi, 2003/İstanbul.

ENER, Mümtaz - *Meşhurların Fıkraları,* Varlık Yayınları 1953/İstanbul.

FAİRBANK, K. John - *Çağdaş Çin'in Temelleri,* Çev. Ünsal Oskay, Doğan Yayınları, 1969/İstanbul.

FİKRET, Tevfik - *Halukun Defteri,* Haz. Kemal Berk, Bordo-Siyah Yayınları, 2005/İstanbul.

GROLMAN, Van Adolf - *Musiki ve İnsan Ruhu,* Çev. Selahattin Batu, Remzi Kitabevi, İstanbul.

HABİB, Bella - *Bensiz Biz,* İthaki Yayınları, 2002/İstanbul.

HİKMET, Nazım - Jakond İle Si-Ya-U, Dost Yayınları, 1965/Ankara.

KANIK, Orhan Veli - *Fransız Şiiri Antolojisi,* Varlık Yayınları 1956/İstanbul

KISAKÜREK, Necip Fazıl - *Çile,* YKY, 2005/İstanbul.

KONFÜÇYÜS - *Büyük Bilgi,* Çev. Muhaddere Özerdim, MEB Yayınları, 1945/Ankara.

KONFÜÇYÜS - *Konuşmalar,* Çev. Muhaddere Özerdim, MEB Yayınları, 1963/Ankara.

KUMAR, Krishan - *Ütopyacılık,* Çev. Ali Somer, İmge Kitabevi, 2005/Ankara.

LAO-Tzu – *Taoizm*, Çev. Muhaddere Nabi Özerdim, MEB Yayınları, 1946/Ankara.

LİPSON, Leslie - *Uygarlığın Ahlaki Bunalımları,* Çev. Jale Çam Yeşiltaş, İş Bankası Yayınları, 2000/İst.

MACKENZİE, A. Donald - *Çin ve Japon Mitolojisi,* Çev. Koray Akten, İmge Kitabevi, 1996/Ankara.

MORAN, Adli - *Dinler Tarihi*, Hürriyet Gazetesi Neşriyatı, İstanbul.

MORAVİA, Alberto - *Mao'nun Kültür İhtilali,* Çev. Aydil Balta, E Yayınları, 1967/İstanbul.

NECATİGİL, Behçet - *Evler*, Yeditepe Yayınları, 1953/İstanbul.

OKANDAN, Recai Galip - *Umumi Amme Hukuku*, İstanbul Üniversitesi Yay. 1959/İstanbul.

ORWELL, George - *Hayvan Çiftliği*, Çev. Halide Edip Adıvar, Mf. V. Yayını, 1954/İstanbul.

ÖZBUDUN, Sibel - *Ayinden Törene*, Anahtar Kitaplar Yayınevi, 1997/İstanbul.

POLO, Marco - *Geziler Kitabı*, Çev. Ömer Güngören, Yol Yayınları, 1985/İstanbul.

POUND, Ezra - *Konfüçyüs,* Çev. Ahmet Yücel, Bürde Yayınları, 1981/İstanbul.

ROSENBERG, Donna - *Dünya Mitolojisi*, Çev. Koray Akten vs. İmge Kitabevi, 2000/Ankara.

RUBEN, Walter - *Buddhizm Tarihi*, Çev. Abidin İtil, Ankara Dil Tarih ve Coğrafya F.Y 1947/Ankara.

SAGAN, Carl - *Cennetin Ejderleri,* Çev. Kayhan Sentin, E Yayınları, 1986/İstanbul.

STRATHERN, Paul - *90 Dakikada Konfüçyüs,* Çev. Yücel Sivri, Gendaş Yayınevi, 1998/İstanbul.

STÖRİG, H. J. - *İlkçağ Felsefesi,* Çev. Ömer Cemal Güngören, Yol Yayınları, 2000/İstanbul.

SUN-Tzu - *Savaş Sanatı,* Çev. Adil Demir, Kastaş Yayınevi, 2004/İstanbul.

TARCAN, Selim Sırrı - *Müziğin Dili,* MEB Yayını, 1945/Ankara.

TUNG, Mao Tse - *Kültür, Sanat, Edebiyat,* Çev. Şerif Hulusi, Ataç Kitapevi, 1966/İstanbul.

TUNG, Mao Tse - *İhtilalin Özü,* Çev. Şahin Say, Gün Yayınları, 1967/İstanbul.

VOLTAİRE - *Felsefe Sözlüğü,* C. 1, 2, 3, 4, Çev. Lütfi Ay, Mf.V. Yayınları, 1944/İstanbul.

WELLS, H. G. - *Kısa Dünya Tarihi,* Çev. Ziya İhsan, Varlık Yayınevi, 1959/İstanbul.

WİLLİAM, H. McNeill - *Dünya Tarihi,* Çev. Alaeddin Şenel, İmge Kitabevi, 1994/Ankara.

XUN, Zhou - *Konfüçyüs Bilgeliği,* Çev. Nilüfer Uluç, Dharma Yayınları, 2005/İstanbul.

ZAMYADİN, Yevgeni - *Biz,* Çev. Füsun Tülek, Ayrıntı Yayınları, 1996/İstanbul.

ZEDUNG, Mao - *Şiirler,* Kaynak Yayınları 1995/İst.

2) Ansiklopediler:

ANA BRİTANNİCA C. 1-12
BÜYÜK LAROUSSE C. 1-24
MEYDAN LAROUSSE C. 1-12 EK: 1-3
İSLAM ANSİKLOPEDİSİ C. 1-13
GÖRSEL BÜYÜK GENEL KÜLTÜR ANSİKLOPEDİ-Sİ C. 1-15
BÜYÜK DİNLER VE MEZHEPLER ANSİKLOPEDİSİ (Akşam Yayınları)

KASTAŞ YAYINEVİ'NDEN ÇIKAN BİYOGRAFİK KİTAPLAR DİZİSİ

Sade Tarihi Canlandıran Ünlü Kişilerin Şahsında O Çağı Yaşatan Biyografik Kitaplar

Her biyografik kitabın, kendine ait ayrı bir dünyası vardır. Milattan önce ve milenyumda yaşadığı çağa damgasını vurmuş, halklara malolmuş ünlü kişilerin hayat hikâyelerini okurken, siz de o çağın ortamını yaşamış gibi olursunuz.

Konfüçyüs'ün, Buda'nın felsefesini; Attila ve İskender'le dünyayı fethetmeye çıkarsınız. Edison'la birlikte elektriği, Pasteur'la kuduz aşısını bulur, Beethoven, Chopin ve Itri ile müzik dünyasında yaşarsınız. Mussolini ile Hitler'in macerasını, Sultan II. Mahmut'un çağdaşlaşmaya ilk adımının atışını, Atatürk'le beraber yokları var eden, canını feda eden Türk milletinin yeniden doğuşunu yaşamış olursunuz.

Biyografik kitapların en önemli özelliği, kişisel gelişime katkıda bulunmasıdır. Muhteşem işler başarmış bütün insanların hayatlarında, kendi hayatımızda bize yardımcı olacak, yol gösterecek ipuçları vardır. Karşılaştıkları zorlukları aşma şekilleri, azimleri, inançları, düşünceleri, hayat tarzları ile milattan önce ve milenyum çağlarında bulundukları noktalara nasıl geldiklerini aynı ortam ve zamanda birlikte yaşarsınız.

Bu bilinçle hareket eden Kastaş Yayınevi, sayıları şimdiden 40'a varan Biyografik Kitaplar dizisi hazırlamıştır. Her biri 160-220 sayfadan oluşan bu cep kitapları dizisine, sürekli yeni biyografilerle eklenmektedir.

Bu biyografik cep kitapları sizlerle...

ADİLE SULTAN – Olcay Kolçak

Devrimci padişah II. Mahmut'un kızı, Divanı olan şair Prenses, 19. yy.da yarım asır 5 padişah döneminde etkin görevler üstlenen renkli panoraması içinde saray, kasır yalılarda geçen saray hayatını anlatan, "neyim varsa halkımın olsun" diyen, adına vakıf kuran Adile Sultan Vakfı günümüzde Kültür Merkezi olarak faaliyet göstermektedir.

ADOLF HİTLER'İN YAŞAM ÖYKÜSÜ – T.Fuchs

Hitler, dünyayı tarihte görülmedik felaketlere sürüklemiştir. Ancak Hitler ne bu korkunç felaketlerin ne de kurşuna dizdirmek ya da gaz odalarında zehirletmek suretiyle öldürttüğü altı milyon Yahudi'nin hesabını vermiş değildir. Çünkü yakalanmadan kendi eliyle yaşamına son vermiştir.

ATTİLA – İhsan Dinç

Orta Asya'da yaşayan Türkleri ilk defa bir imparatorluk halinde birleştiren Orta Asya Hunları ve Avrupa Hunları olarak iki ayrı dönemde tarih sahnesine çıkan Türkler hakkında yeterli kaynak eser çok az Hristiyan efsanelerinin kahramanıdır. Germen edebiyatında Verdi'nin Attila Operası, İspanyolların Çıldırmış Attila'sı, Tanrının Kırbacı Attila'sı, Fransızların Attila tragedyası, Macar edebiyatında da ayrıcalı yeri olan Attila'nın karanlıkta kalan öyküsüne bu kitap bir ışık tutmaktadır.

AHMET ADNAN SAYGUN – Olcay Kolçak

Genç Cumhuriyetin en başta gelen bestekârı Türkiye'nin ilk Devlet Sanatçısı ve müzik profesörü Saygun. Dünyaca ünlü YUNUS EMRE ORATORYOSU ve 5 Opera, 5 Senfoni, 5 Konçerto, 6 Yaylı Çalgılar Kuarteti, sayısız diğer eseleriyle çağdaş Türk müziğinin anıt ismi.

BALZAC – Saadet Altay

Gençliğinden beri hayali bir gün büyük bir yazar olmaktı. Bu ideal uğruna öğreniminden, kolay bir hayatın rahatlığından vazgeçti. Bu kitapta, zor ve fırtınalı hayattan kesitler bulacaksınız.

BÜYÜK İSKENDER – Plutarkhos

Büyük İskender'in hayatını, kişiliğini, savaşlarını anlatan bu kitap İlkçağ Grek yazarı Pulutarkos'un "Hayatlar" adlı ünlü eserinden alınmıştır. Ayrıca, kitabın sonunda İskender'in Asya seferinin dünya bilim, kültür, sanat, ekonomi hayatı üzerindeki etkilerini özetleyen bir inceleme bulunmaktadır.

CEMAL REŞİT REY – Olcay Kolçak

Türkiye Cumhuriyeti'nin birinci kuşak çok sesli çağdaş Türk müziği bestecilerinden Cemal Reşit Reyin bestelediği Onuncu Yıl Marşı o gün bugündür Türkiye'nin sesi olarak herkesin coşkuyla söylediği bestesiyle halkımızın kalbine giren ve her dalda eserler veren Cemal Reşit Rey sizlerle.

CENGİZ HAN – İhsan Dinç

Güçlü ordusuna Türk komutanlar atadı ve üst üste kazandığı seferlerle Asya'nın yarısını kapsayan egemenlik hudutlarını genişletti. Bu biyografik kitap, Cengiz Han'ın hayatını, savaşlarını ve çok ünlü yasalarını anlatmaktadır.

ESİSENHOWER – Gen. Eisenhower

Beş yıldızlı Avrupa Müttefik Kuvvetleri Komutanı olarak, Avrupa harekâtını zafere ulaştırdı. İki dönem 1953-1957 ABD Başkanlığı yaptı. 1959'da Türkiye'yi ziyaret eden Eisenhower'in çok başarılı askeri hayatının belgesel öyküsü

FATİH – J. Hammer

Bu kitaptan İstanbul'un Türkler tarafından alınışı Avustralyalı tarihçi Hammer'in meşhur Osmanlı Devleti Tarihinden sadeleştirmek suretiyle okuyucularına sunmaktadır. Hammer bu büyük olayı hem Türk kaynaklarından, hem de Bizans'ın içinde olup bitenlerle birlikte anlatıyor.

FATİH SULTAN MEHMET – Yaşar Şahin Anıl

29 Mayıs 1453'te Doğu Roma başkenti İstanbul'u fethi ile yeni bir çağ açan Fatih; İstanbul'un alınmasının 3. günü zafer kutlamalarında yerli halkın önceden olduğu gibi işinde-evinde, dini ibadetlerinde, örf ve adetlerini serbestçe yapmalarını emretmesi üzerine yerli halkla da bütünleşerek aynı zamanda Doğu Roma İmparatoru olmuştu. Bu küçük hacimli kitapta Fatih Sultan Mehmet; devlet yöneticiliği, kumandanlığı, kanun koyuculuğuyla, hayatı, kişiliği, fetihleri ve yasaları ile sizlerle.

FRONCOİS CHOPİN – Vahdet Gültekin

Son derece büyük bir melodi zenginliği ve müzik duyarlılığına sahip olan Chopin, çok genç yaşta Paris'te yurt hasreti çekerek ölürken çok sevdiği Polonya'sının müziğini zenginleştirerek tüm dünyaya tanıttı. Müzikle dolu serüvenden önemli kesitleri bu kitapta bulabileceksiniz.

GALİLEO GALİLEİ – Y.Şahin Anıl&Meltem Gencer

Avrupa'da Engizisyon Mahkemesinin vahşeti, bilimsel devrimin öyküsü, modern astronominin doğuşu, aşamalarla evrenin keşfi sonuçları, bilim ile bağnazlığın çarpıştığı ünlü Galileo davası.

GAZİ MUSTAFA KEMAL ATATÜRK – Veli Yılmaz

Döneminin önemli sorunları, ayaklanmalar, antlaşmalar, ilkeler... Vatanı kurtarma yolunda aşılması gereken bütün engeller ve zorluklar, bir roman tadında ele alınmış.

HAİLDE EDİP ADIVAR – Güven Uluköse

Ünlü Türk edebiyatçısı, görkemli Sultanahmet mitinginin hatibi, Kurtuluş Savaşı'nın Halide Çavuş'u, Saltanat hükümetinin idama mahkûm ettiği kadın savaşçı, İstanbul milletvekili, İstanbul Edebiyat Fakültesi İngiliz Dili ve Edebiyat Bölümü Başkanı.

2. DÜNYA HARB. 5 HV. KUVV. KOMUTANLARININ BİRLEŞİK BİYOGRAFİLERİ – Esin Akan

Normandiya çıkarması D-DAY öncesi ve sonrası müttefik Hava Kuvvetleri Komutanlarının birleşik biyografileri ve 2'nci Dünya Savaşı Hava harekâtları.

İSMET PAŞA – İbrahim Artuç

İsmet İnönü'nün askeri hayatını anlatan ve İsmet Paşa mihverinde yakın tarihi özetleyen belgesel eser. İsmet Paşa kuşağının bir harp bitmeden diğer harbe, bir cephe kapanırken diğer cepheye koşmakla geçen olaylar ve yaşamı.

JEAN JACQUES ROUSSEAU – V.Gültekin

Rousseau'nun hayatı baştan sona coşkun duygular, taşkın davranışlar içinde geçmiştir. Duygularıyla, düşünceleriyle daima gerçeklere ulaşmış, türlü dertler sıkıntılar içinde benliğini devam ettirmesini bilmiştir. Tabiat güçleri karşısında kendimizin ne kadar güçsüz olduğumuzu ise tabiatla hata yoktur şeklinde ifade eder.

KANUNİ SULTAN SÜLEYMAN – Yaşar Şahin Anıl

Muhteşem Türk Kanuni Sultan Süleyman. Dünyanın gördüğü olağanüstü devletlerden biri olan Osmanlı İmparatorluğu'nu 46 yıl yöneten, zaferlerden zaferlere koşan, ülkesini en görkemli düzeye çıkaran komutanlığı, yöneticiliği, kanun yapıcılığı, edebiyat, bilim ve sanat ortamı yaratan Muhteşem Süleyman'ın hayatı.

KARACAOĞLAN – Gökçe Demir

Aşık tarzı Türk Halk şiiri denilince ilk akla gelen doğaya, güzelliklere, hayata aşık olan asırlar ötesinden günümüze şiirleriyle gelen Karacaoğlan Koşmalar, varsağı ve semailer, türküler ve destanları ile.

KAYGUSUZ ABDAL – Fatıma Keskin

Ondördüncü yüzyılda yaşayan Kaygusuz Abdal, alevi Bektaşi edebiyatının kurucularından olup hem aruz hem de hece vezniyle duru bir Türkçe ile yazdığı eserlerinde kullandığı nükteli yaşamı çok farklı, çok renkli şairimiz.

KONFÜÇYÜS – Yaşar Şahin Anıl & Şasev Özbek

Eski Çin'deki Devlet Dininin Kurucusu, Dünyanın en uzun süre ve en çok insanı etkilemiş filozofunun yaşam öyküsü. Çin Mitolojisi-Taoculuk-Buddhacılık, Konfüçyüs'ün iktidarı ele geçirme ve insanları yönetme üzerine koyduğu ilkeler.

LEONARDO DA VİNCİ – Yalçın Gürkan

Helikopterden tekstil makinesine, giyotinden tanka kadar birçok icat ona aittir. Şu an kullandığımız pek çok icat ona aittir. Şu an kullandığımız pek çok modern aletin ilk tasarımlarını onun üstün hayal gücüne ve dehasına borçluyuz. Kitap, dehayı tanımak isteyen okurları, tatmin edecek zenginlikte hazırlanmıştır.

LOUIS PASTEUR – Y. Şahin Anıl & Şasev Özbek

Dehasını insanlığın hizmetine sunan bilim adamı Louis Pasteur. Mikrobiyoloji ve Biyokimya yanında cana mal olan ölümcül hastalıklara karşı insanlık alemi için kuduz aşısı, hayvanlar alemi içinde şarbon aşısı ve tavuk kolerası aşıları. Canlıların yeniden doğuşuna neden olması açısından Pasteur'ün dehasına sonsuza kadar minnet ve şükranlarımız sürecektir.

LUDWING VAN BEETHOVEN –Vahdet Gültekin

Bu küçük kitap büyük sanatkârların ciltlerine sığmayacak hareketli, acılı, coşkulu hayatını size en özlü, en yoğun biçimde anlatıyor. Onu bir roman gibi zevkle, merakla okuyacaksınız. Bu bir dehanın macerası, bir dâhinin hayat hikâyesidir.

MAC ARTHUR – Sydney L.Mayer

İkinci Dünya Savaşı'nda Japonlarla ABD ordusu arasında gecen Pasifik Savaşı, General Mac Arthur'un hayatının da öyküsüdür. O tarihte dünyanın en güçlü ordularından birine sahip Japonlarla dövüşmek ve onu yenmek büyük bir sorundu. Mac Arthur, işte bu sorunu başarı ile çözen bir askerdir.

MAHATMA GANDHİ – Yaşar Şahin Anıl

Gandhi'nin Hindistan bağımsızlık kazandıran Dünya görüşü Düşüncelerinin oluşumu, stratejisi ve amaçları, gerçek için direnmek, şiddetsizlik sade yaşam, yerli malı kullanma ve oruç Hindistan'ın yeniden doğuşunun öyküsü

MAREŞAL FEVZİ ÇAKMAK – Dr. Veli Yılmaz

Türk Devleti'nin harbiye nazırı. Atatürk'ten sonra Türkiye Cumhuriyetinin mareşali, 23 yıl Türk silahlı kuvvetlerimizin genel kurmay başkanı olarak Cumhuriyetimizin ilk dönem inkılâplarının bilinçli, kararlı savunucusu.

MEVLANA CELALEDDİN RUMİ – Fatıma Keskin

Ondördüncü yüzyılda yaşayan, yüzyıllardır kişiliği, eserleri, şiirleri ve düşünceleriyle insanlığa sevgiyi öğreten "Ya olduğun gibi görün, ya göründüğün gibi ol" diyen Mevlana.

MUSSOLİNİ – İhsan Dinç

Kendi talihini kendi yaratan Mussolini'nin yükselişi gibi düşüşü de çok hızlı oldu. Bu kitapta en heyecanlı serüven romanlarına taş çıkartacak kadar İtalya'nın kaderi ve Mussolini'nin serüvenini en heyecanlı bir şekilde okuyacaksınız.

NAMIK KEMAL – İhsan Dinç

Özgürlük kavramını son derece canlı ve lirik bir şekilde işlediği şiirlerinin yanı sıra romanları, tiyatro eserleri ve eleştirileriyle, Tanzimat edebiyatında büyük bir yeri vardır.

NAPOLEON (2 Cilt) – Emil Ludwing

Napoleon hakkında yazılmış 18 binden fazla kapsamlı eser içerisinde en tanınmışı olan bu kitap, 20. yüzyılın ilk yarısındaki biyografi çalışmalarının en önemlilerinden birisi olarak kabul edilmektedir. Burada sadece Napoleon'a ve çevresine değil, modern çağın en sancılı dönemlerinden birisini, entelektüel ortamı, diplomasisi, entrikaları, savaşları ve insan unsurunu tüm özellikleriyle birlikte derin bir bakış sunmaktadır.

NECİL KAZIM AKSES – Olcay Kolçak

Konservatuar öğretmenliği sürecinde değerli besteciler yetiştiren, müdürlüğü sırasında da konservatuarı çağdaş düzeye ulaştıran Devlet Sanatçısı müzik profesörü Akses, operaları, senfonileri ve oda müziği eserleriyle.

ÖMER HAYYAM – Tahir Galip Seratlı

11'nci asırda yaşamış bilgin filozof şair Ömer Hayyam; gerek rubailerinin üstün kalitesi, gerek özgür ve özgün düşüncesiyle dünya çapında tanınan büyük şairdir. Türk dünyasında Ömer Hayyam ezelden beri bilinen felsefesini, halkımıza mal olan rubailerini inceleyerek kimliğini, sanatını ve felsefesini ortaya çıkarmak için uğraş vererek kendisine ait olan rubailerinin Türkçesini bu biyografik kitaba sizler için sığdırmaya çalıştık.

GENERAL PATTON – Charles Whiting

"Savaş yalın ve acımasızdır. Savaşmak için yalın ve acımasız insanlara gerek vardır." Bu sözler Amerikalı general C.Patton'a aittir. Kitapta, Avrupa'da birçok savaşa imzasını atan generalin gerçek öyküsünü okuyacaksınız.

ROMMEL – P.Carell

Alman Yüksek Komutanlığının emirlerini kendine göre yorumlayan, Afrika cephesinde birliklerinin tamamının gelmesini bile beklemeden taarruza geçen, Mısır hududunu geçip Süveyş Kanalı'na kadar yaklaşan Feld Mareşal Rommel'in Afrika Cephesi Savaşlarının tüm öyküsü.

SABİHA GÖKÇEN – Güven Uluköse

Türkiye Cumhuriyeti'nin doğuş yıllarında 12 yaşında olan Sabiha, bu yaşında çok okumak, başarılı olmak tutkusu, Ulu Önder Atatürk'ün manevi kızı oluncaya kadar arayışlarını, başarılarını yakalayarak dünyada ilk bayan savaş pilotu olanSabiha Gökçen'in yaşam öyküsü sizlerle...

SOKRATES – Yaşar Şahin Anıl

Bütün cağların en önemli filozofunun biyografisi Ahlak ilmini bulan, yaşantısı yüzyıllarca bütün idealistlere örnek oluşturmuş bir fikir kahramanının ilginç yaşam öyküsü, tarihteki çarpıcı davalardan birinin ayrıntılı evreleri.

SULTAN II. MAHMUT–Y.Şahin Anıl&Meltem Gencer

Azmin, sabrın ve cesaretin yoğurduğu üstün kişiliğe sahip, dehası iradesi ve geniş ufku olan Sultan İkinci Mahmut, 31 yıllık sadaretinde Türk ulusunun önünü açan, çağdaş uygarlığı başlatan, yeniçeriliği kaldıran, çağdaş ordunun ilk temelini atan devrimci Adli Sultan İkinci Mahmut Han.

THOMAS ALVA EDİSON – V. Gültekin

O sadece bir bilgin değildi. Merak edip araştırmak, deneylere girişerek sabırla çalışmak, başarısızlıklardan yılmamak Edison'un en büyük güç kaynağı, en tükenmez hazinesiydi. Elektriğin evlerine dek gelmesini sağlayan ampulü buluncaya kadar yüzlerce deney yapmıştı.

ULVİ CEMAL ERKİN – Olcay Kolçak

VICTOR HUGO – Vahdet Gültekin

Hugo'nun hayatı yalnız sanatındaki eşsiz başarılarından dolayı değil, başından geçen kendi maceraları bakımından da büyük bir merakla okunacak bir romanı andırır. Bütün bunlara rağmen dahi sanatkâr yılmadan çalışmış, sanat gücü bu acılarla adeta bilinerek birbirinden üstün eserler yaratmıştır. Victor Hugo'nun bu hayat hikâyesi bütün sanatseverlerin zevkle okuyacakları bir kitaptır.

VOLTAİRE – Andres Maurois

Bu kitapta Voltaire'in eserlerini meydana getirişi ile 80 küsur yaşına kadar sürdürdüğü mücadelenin türlü safhalarını heyecanla izleyeceğiniz gibi, bir dahinin düşünce tarzını, aşklarını, rakipleriyle kavgalarını bir taraftan kralları nasıl alaya aldığını göreceksiniz.

W. SHAKESPEARE – Gökçe Demir

Shakespeare'in hayatı, kişiliği üzerindeki tartışmalar ve eserleri küçük bir hacme en mükemmel şekilde sığdırılmıştır. Ülkemizde yazılan en iyi Shakespeare biyografilerinden birisi olduğu kanısıyla sunarız.

WINSTON CHURCHİLL – İhsan Dinç

Hırslı ve atak 50 yıl siyasi hayatında İngiliz çıkarları için dünyanın başına olunmaz yaralar açan Osmanlı İmparatorluğunun çökertilmesi içinde baş etken olan Churchill sizlerle.